내 안의 너

내 안의 너

삶의 시화 詩化 와 문학의 탈신화 脫神話

김영롱 지음

이담
Books

G. M.

(1942~2009)

Contents

1부_ 집으로 가는 길

2부_ 일방통행길 13호

3부_ 막다른 골목 8호

4부_ 사서함 19호

서문을 대신하며

－ '내 안의 너' 또는 삶의 시화와 문학의 탈신화 －

　타자에 대한 관심, 탈식민주의, 이민의 문제성들은 일견 상이한 문제의식에서 출발한 듯 보이나 작금의 서구적인－유럽중심주의적 지식 풍토에서는 자주 등장하는 유행어이다. 마치 우리와 같은 제3세계 국가에서는 이러한 탈유럽중심주의 이데올로

기의 대체재로서 세계화라는 만능 요술주문만으로 '그들만의 리그'에 이르는 관문을 열어젖혔다는 자기암시로 일말의 내적 평온함을 얻게 되듯이 서구인들에게는 내가 여전히 너에게 관심을 가지고 있다는 고해성사에서 영혼의 위안을 찾고 싶은 듯하다. 지난 6, 70년대의 격렬했던 개발/저개발 논쟁은 저개발은 결코 후진성을 의미하지 않고, 저개발은 세계경제의 자본주의 체제로의 편입과정상 발생하는 종속성의 문제로 이해되어야 한다는 결론에 이른다. 이러한 시각은 그러한 논의의 함의가 지닌 반제국주의적 시각의 적실성에도 불구하고 여전히 제3세계를 피해자의 측면에서만 바라보고 있다는 반론을 받는다. 아니면, 헌팅턴의 '문명의 충돌' 테제의 경우나 작금의 이라크 전쟁의 배경에 잠재한 정치적 문제 해결을 문화적 차별성의 알리바이로 대체하려는 21세기 새로운 십자군전쟁식의 단순명료한 힘의 논리가 여전히 존재한다. 반면에 미셸 푸코 이래의 해체주의적 사유체계나 크리포드 기어츠의 문화인류학적 분석의 틀은 서구 지성사에서 타자에 대한 이해의 폭을 넓힌 바 있다. 이러한 일련의 과정에서 여전히 남아 있는 문제는 각 문화권 간의 차별성을 어떻게 인정하고, 그 문화 간의 차이를 어떻게 받아들여야 하는가인 것 같다.

로빈슨 크루소

전 세계 어린이들에게 가장 많이 읽히는 소설 중에 로빈슨 크루소의 모험이 있다. 무인도에 홀로 표류하여 온갖 모험을 통해 무인도를 차츰 문명의 섬으로 탈바꿈해 나가는 로빈슨 크루소의 이야기는 수백 년 동안 진취적인 인간상의 전형으로 전 세계 어린이들의 필독서가 되었다. 『로빈슨 크루소』의 저자 다니엘 디포(1660~1731)는 청교도 정육업자의 아들로 태어나 목사수업을 받았다. 그러나 그가 처음 택한 길은 사회적으로 마이너였으며 박해받던 자신의 믿음을 설파하는 목사의 길이 아니라 자신들을 박해하는 왕정을 혁파하려는 시도였다. 처음부터 가망이 없던 싸움에 보기 좋게 패배한 디포는 이제 막 피어오르기 시작한 자본주의적 시장질서의 메인스트림에의 편입을 시도하지만, 도리어 그에겐 파산자의 낙인이 찍힌다. 청교도인 디포에게 채무는 곧 하느님에 대한 죄의 개념과 동일시되었고, 그 죄과를 씻기 위해서 평생 지칠 줄 모르는 무모한 반항과 투쟁을 계속하게 된다. 그 덕에 디포는 파산한 기업가로, 쫓기는 언론인으로, 고독한 첩자로, 실패한 정치 선동가로 여전히 마이너의 길을 갈 수밖에 없었다. 엄청난 빚더미에 앉아 있던 59세의 디포가 집필한 당대의 컬트 소설 『로빈슨 크루소』(1719)가 없었다면 후대인들은 디포가 틈틈이 500편이 넘는 글을 쓴 작가라는 사실을 까맣게 잊어버렸을지도 모른다. 『요크의 선원 로빈슨 크루소의 생애와 이상하고 놀라운 모험』은 스코틀랜드의 한 선원의 무인도 표류기에 영감을 받아서 집필되었다고 하지만, 파산선고라는 인생항로에서 난파하여 비밀첩자라는 고립무원의 일상사를 영위하면서도 여전히 청교도 특유의 불굴의 노동윤리를 버리지 않았던 디포 본인의 경험이 많이 반영되어 있다. 로빈슨 크루소는 아버지의 만류를 뿌리치고 일확천금을 꿈꾸며 모험 항해에 나선다. 끝없이 펼쳐진 망망대해는 로빈슨의 무절제와 무계획성을 보여 주며, 자신의 삶에 자족하라는 신의 계명을 무시한 것이기도 하다. 홀로 무인도에 표류하여 자신의 오만에 대한 회개의 기도와 일기를 적어 가면서 로빈슨은 창의와 연구, 그리고 근면과 노력으로 착실한 무인도 생활을 설계해 나간다. 또한 원주민 프라이데이를 구출하여 충실한 하인으로 삼고, 마지막에는 무인도에 기착한 영국의 반란선을 진압하여 선장을 구출, 28년 2개월 19일간의 무인도생활을 접고 고국에 돌아오게 된다는 로빈슨 크루소의 모험은 18세기 계몽주의 시대의 전형적인 우화로서 자연에 대한 서구 식민주의 문명의 승리를 가장 이상적으로 그려 내는 현대의 신화가 되었다. 전 세계의 어린이들에게 여전히 진취적인 용기, 독립심, 개척정신, 청교도적 금욕주의, 경제적 인간상의 상징으로 별다른 거부감 없이 읽히는『로빈슨 크루소』에는 유럽인의 일방적인 가치관이 내재되어 있는 것은 아닐까. 무인도를 일궈 경작지를 얻어 내고, 원주민을 문명인으로 '교화'시키는 로빈슨 크루소는 전 세계를 떠돌면서 식민지를 개척하고 원주민들에게 자신들의 가치체계를 강요하던 유럽인들의 전형이었다. 절해의 고도에 대영제국의 가치체계를 복원하려는 로빈슨 크루소의 시도는 수백 년 동안 그가 오로지 백인이며 기독교인이라는 사실만으로 정당성을 확보할 수 있었던 것이다.

이러한 유럽중심주의가 지닌 타자에 대한 무지와 무관심에 대한 비판의식에서 출발하여 프랑스의 미셸 투르니에(1924~)는 처녀작 『방드르디, 또는 태평양의 가장자리에서(Vendredi, ou les limbes du pacifique)』(1967)에서 로빈슨 크루소의 이야기를 로빈슨의 원주민 하인 프라이데이의 시각에서 다시 재구성한다(방드르디는 불어로 금요일을 뜻하며 로빈슨의 흑인 하인 프라이데이의 불어식 표현인 셈이다).

미셸 투르니에의 방드르디

미셸 투르니에는 1924년 12월 19일 파리 태생이며, 법학사 과정을 마치고 철학 석사 과정을 마치고, 장차 철학교수가 되는 것이 꿈이었으나 1950년 교수자격시험에 실패한다. 레마르크의 개선문 등을 불어로 번역하기도 하였던 투르니에는 생계를 위해 시도한 방송국 일을 통해서 '대중'이라는 것을 실감할 수 있었다고 후에 술회하기도 한다. 플롱출판사의 문학부장직에 있으며 레비-스트로스의 강의에 심취한 투르니에는 때마침 『로빈슨 크루소』의 포켓판 재간행에 맞춰 레비-스트로스를 통하여 눈뜨게 된 새로운 인류학적 사유로써 디포의 『로빈슨 크루소』를 자기 식으로 다시 쓰지 않으면 안 되겠다는 생각을 하기에 이르렀다. 디포의 소설 속에서 로빈슨 크루소는 물질문명과 절연된 무인도에 표류하여 뜻하지 않았던 경험을 겪는다. 그러나 그는 등 뒤에 두고 떠나온 과거의 세계, 즉 대영제국의 가치체계에 근거한 하나의 세계를 무인도에 재현하려고 애쓴다. 오로지 그가 백인이고 서구인이고 영국인이며 기독교인이라는 이유 때문에 로빈슨의 입에서 흘러나오는 말은 모두가 진리라는 전제하에 서술된 그 작품을 읽으며 투르니에는 충격을 받았다. 그래서 그는 전혀 다른 로빈슨을 창조하려고 마음먹었다. 과거의 가치들이 더 이상 아무런 의미가 없어진 무인도에서는 전혀 새로운 가치들을 만들어 내지 않으면 안 된다는 사실을 깨닫는 로빈슨 크루소를 이야기하고 싶었다. 다른 한편 디포의 『로빈슨 크루소』가 지니는 회고적 시각에 대해서 투르니에는 강한 거부감을 표명한다. 로빈슨 크루소는 난파한 배의 표류물을 주워 모아 섬 안에 작은 영국 식민지를 또 하나 만들어 놓으려 하는데 이러한 복원 시도가 얼마나 터무니없는 짓인가를 투르니에는 말해 주고 싶어 했다. 투르니에의 '다시 쓰기'는 그것의 모델이 된 디포의 소설을 매우 충실히 반복하지만 방드르디에 의하여 로빈슨 크루소가 이뤄 놓은 '문명'이자 거처인 동굴이 방드르디의 부주의로 폭파되는 순간부터 원작과는 전혀 다른 사건 전개를 낳고 있다. 따라서 『방드르디』에서는 갑자기 나타난 방드르디가 로빈슨 크루소의 충실한 종이 아니라 로빈슨 크루소의 복원공사를 결과적으로 모두 망가트리고, 로빈슨 크루소의 호모 파베르적 인성 너머에 자리 잡은 인간 본원의 호모루덴스적 요소를 끄집어내기에 이른다. 이렇게 함으로써 백지상태 위에서 새로운 언어, 새로운 종교, 새로운 예술, 새로운 유희, 새로운 에로티시즘을 만들어 낼 수 있고, 투르니에의 소설 속에서 방드르디가 가장 핵심적인 역할을 하게 되는 까닭이다. 자연에 대한 문명의 승리가 아니라 문명에 대한 자연의 승리, 더 나아가 자연과 더불어 살아가야만 하는 로빈슨 크루소를 낳고 있다. 타자에 대한 지배밖에 모르는 서구의 계몽주의적 자아에 대한 조롱이 될 법한 방드르디의 존재는 그러나 기착한 영국기선을 타고 그가 영국으로 떠나고, 문명을 거부하고 섬에 다시 남은 로빈슨 크루소는 자신을 쫓아 낙오한 어린 수병에게 죄디(Jeudi, 목요일)라는 이름을 붙여 주고 다시 섬 생활을 계속한다는 결말로 인해 또 한 번 매혹적인 자기 부정을 낳고 있다.

쿡 선장의 죽음

디포의 로빈슨 크루소, 투르니에의 방드르디와 함께 타자의 이미지에 대한 언술의 본보기로 우리는 소위 서구인에 의한 '지리상의 발견기'의 쿡 선장의 죽음에 관한 상이한 보고를 예로 들 수 있다.

제임스 쿡(Cook, James, 1728. 10. 27. ~ 1779. 2. 14.): 일명 캡틴 쿡으로 더 유명한 쿡은 요크셔의 빈농에서 출생하여, 1755년에 일개 수병으로 해군에 입대, 프랑스와의 7년 전쟁 때에는 캐나다로 출동하였고, 퀘벡 공략에도 종군하였다. 그 후에 뉴펀들랜드, 래브라도 해역의 측량, 일식 관측 등으로 명성을 얻어 해군 대위로 승진하였다. 이 일식 관측의 보고는 학술원에서 높이 평가받았다. 1768년 태평양에서 실시한 금성의 태양면 통과 관측의 관측대장에 선임, 엔데버호(號)를 인솔하여 많은 학자와 동행, 타히티 섬에서 그 관측에 성공하였다. 그 후 소시에테제도(諸島)를 발견하고, 뉴질랜드를 주항(周航) 중에 쿡해협을 발견하여 뉴질랜드가 두 섬으로 이루어져 있음을 밝혔다. 다시 오스트레일리아 동해안을 탐험하여, 이것을 영국 영토로 선언, 1771년에 귀국하였다. 1772~1775년의 제2차 항해 때는 해군성의 명령으로 옛날부터 수수께끼인 남방 미지의 대륙(테라 아우스트랄리스 인코그니타)을 찾아 사상 처음으로 남극권에 들어가 남위 71° 10 까지 2만km 이상을 항해하여 마침내 이 해역에 대륙이 존재하지 않음을 확인하였다.

그러나 이 탐험은 이후의 남극탐험을 촉진하는 계기가 되었다. 학사원은 이 업적을 인정하여 그를 정회원으로 맞았을 뿐만 아니라, 이전의 항해에 많은 희생자를 냈던 괴혈병의 희생자를 한 사람도 내지 않은 공적도 표창하였다. 그 후 영국 정부는 오랫동안의 현안이었던 대서양, 태평양의 통로를 발견하는 일을 포함한 북태평양의 탐험을 계획하였고, 쿡은 스스로 탐험대장을 지원하여 전번의 레졸루션호(號) 및 디스커버리호를 이끌고 1776년 2월에 출범하였다. 희망봉에서 뉴질랜드, 타히티를 거쳐 이듬해 1월 샌드위치(하와이) 제도를 발견하였고, 여기에서 북아메리카 연안을 북으로 따라 올라가서 알래스카 남부를 지나 6월 말 베링 해협으로 들어가 북빙양(北氷洋)에 도달하였으나, 8월 중순 두꺼운 빙판에 막혀 재기를 기약하며 11월 말에 샌드위치 제도로 귀환하였다. *섬의 원주민들은 일행을 열광적으로 환영, 이듬해 2월까지 체재하였으나 원주민과의 분쟁이 일어 2월 14일 쿡은 한 원주민의 돌창에 맞아 목숨을 잃었다.*

나머지 일행은 쿡의 유지(遺志)에 따라 재차 베링 해협에 들어
가 북위 70° 33′까지 진출하였으나, 이번에도 돌아올 수밖에 없
어 1780년 10월 귀환하였다. 3회의 항해, 탐험에 의하여 태평양
의 많은 섬의 위치와 명칭이 결정되었고, 현재와 거의 같은 태평
양지도가 만들어진 공적 이외에도, 여러 곳의 원주민에 대한 인
류학·민족학적 조사와 동식물의 분포도 밝혀져 과학적 탐험의
열매를 거두었다.

　　1779년 하와이에서 원주민에 의해 살해당한 쿡 선장의 죽음
을 해석하기 위한 시도들이 1980년대 이후 주로 미국 학자들을
중심으로 이뤄진다. 원주민의 열광적인 환영을 받았으면서도 도
리어 그 원주민들에게 살해당했다는 것은 아무리 생각해도 이
해되지 않는 일이지 않는가. 석연치 않은 그의 죽음을 둘러싼
해석상의 차이는 시카고 대학에서 인류학을 강의하였던 마셜
샐린스(Marshall Sahlins)와 프린스톤의 가나나스 오베이에세케레
(Gananath Obeyesekere) 사이의 논쟁으로 비화되는데, 샐린스는
미국의 소위 신진화주의적 인류학을 대변하는 어느 모로 보나
미국사회 주류의 학자이고, 반면에 오베이에세케레는 영국의 식
민지 경험을 겪은 스리랑카 태생의 학자였다. 이 두 학자의 논
쟁은 타자의 문화를 이해하는 것이 결국 문화적 기억력의 근원
에까지 소급되는 무척 껄끄러운 사안임을 보여 준다. 쿡 선장은
1779년 2월 14일 종전까지 그렇게 환대하던 원주민들에게 살해
를 당한다. 이 급작스러운 살해에 대해서 샐린스는 다음과 같은
주장을 펼친다. 이 섬의 원주민들은 다산과 풍요로움을 기리며

로노 신(神)을 위한 카니발을 몇 달간에 걸쳐 치르는데 그들의 전설에 의하면 로노 신은 하얀 피부를 지니고 있다고 하는데, 마침 11월 쿡 일행이 도착했을 때가 이 카니발이 막 시작한 때였으며, 쿡 일행을 로노 신 일행으로 착각하였다는 것이다. 더욱이 1779년 1월 쿡 일행의 두 척의 기선이 섬의 해안선에 닻을 내리고 상륙을 시도하자 이 원주민들은 신의 강림을 기리기 위해서 노래와 춤을 추면서 수십 척의 카누를 저어서 기선들 주변에 모여서 로노 신을 맞이하는 축제를 거행했다고 쿡 선장 일행의 항해일지에 기반을 둔 해석을 하고 있다. 원주민 제사장이 쿡 선장을 대동하여 섬의 신전에서 여러 가지 제식을 거행하고 심지어 쿡 일행을 마치 신처럼 대했다고 그 당시 쿡의 선원으로 참여한 독일 태생의 하인리히 침머만은 기록하고 있다. 이러한 쿡 일행에 대한 환대는 2주일간 지속되었으나 이후 갑자기 분위기는 반전되었다. 원주민들의 우호적인 분위기가 점차 사그라지고 갈 길이 멀었던 쿡 선장 일행은 1779년 2월 3일 출항한다. 그러나 폭풍에 선단의 돛대 하나가 부러지는 사고를 당하자 쿡 일행은 출항한 지 8일 만에 다시 그 섬으로 되돌아오게 되는데, 섬 원주민들의 태도는 처음 방문했을 때와는 무척 다른 것이었다. 원주민들의 도움을 기대할 수 없었으며 심지어 원주민들이 기선을 약탈하는 일까지 발생하자 쿡 선장은 원주민 추장을 인질로 납치할 생각을 하고 그 실행을 위해 2월 14일 아침 섬에 들어갔다가 원주민의 돌도끼에 맞아 죽게 된다. 샐린스의 주장을 따르면 원주민들의 전설에 의해 풍요의 신 로노, 즉 쿡 선장 일행이 다시 돌아오자 이것은 우주의 질서가 깨어지는 위기의 순간이었으며, 종말로부터 세계를 구하기 위해서 쿡 선장을 희생하여야 했다는 것이다. 즉 쿡을 살해한 것이 아니라 신들의 노여움을 잠재우기 위해서 제물로 바친 것이라는 것이다.

오베이에세케레의 견해는 샐린스의 주장과는 무척 다른 것이었다. 그는 샐린스가 주장하는 쿡 선장에 대한 원주민들의 경배와 신격화가 잘못된 추론이라는 주장을 한다. 한마디로 말해서 원주민들에게 쿡 선장 일행은 바로 자신들을 침입한 약탈자로 여겨졌으며 약탈자를 몰아내는 행위로서 쿡 선장을 살해한 것이라는 것이다. 쿡 선장의 살해를 신격화시키는 시도는 다분히 제국주의적 신화해석일 따름이라는 것이다. 원주민들은 쿡 선장 일행을 결코 로노 신의 일행으로 받아들이지 않았고, 이러한 오해는 후대에 이 사건을 기술한 유럽인들의 자가당착이 낳은 오해일 뿐이라고 주장한다. 자신의 문화적 전통에 사로잡혀 타자에 대해 만들어진 이미지에 근거한 픽션일 뿐이라는 것이다.

누구든지 과거를 재구성하려는 사람은 에스노센트리즘(ethnocentrism)에서 자유로이 사안에 대한 접근을 해야 하는 것이다. 오베이에세케레는 유럽인의 자기중심적 계몽주의적 이성의 필터로 타 문화권의 제 현상을 자기중심적으로 걸러 내고 그것을 일반화시키는 오류를 지적한다. 상식적으로 생각해서도 원주민의 눈에 아무리 유럽인이라고 하더라도 신의 모습이 아니라 당연히 사람으로 여겨졌을 것이며, 쿡 선장 일행이 원주민들의 식량을 도둑질하고 심지어 성병을 퍼트린 점에서 볼 때 쿡 선장을 로노 신으로 착각했을 확률이 극히 미약하다는 점을 지적한다. 오베이에세케레의 해석에 따르면 원주민 추장은 쿡 일행을 당시 인근 섬들과의 주도권 전쟁에 활용할 수 있는 연합군으로 이용하고자 했다는 것이다. 그러나 선원들의 장기 주둔으로 식량난에 봉착하게 되고 '주둔 연합군'의 식량을 각출당하던 원주민들의 저항에 부딪쳐 쿡 선장이 살해되었다는 것이다. 쿡이 살해된 후 사지가 절단되어 전시되었다는 점을 들어서 만일 그가 신의 이름으로 죽었다면 아마도 다른 문화권에서 일반화되었듯이 신전에 추앙되었어야 맞는다고 주장한다.

이러한 두 사람의 논쟁의 근저에는 문화의 차이에 대한 상반된 견해가 놓여 있다. 샐린스는 문화권 간의 근원적인 차이를 염두에 두고 있는 반면에 오베이에세케레에게는 문화적 차이는 단지 피상적인 현상에 불과하다는 주장을 하고 있다. 다른 한편으로는 이 두 사람의 유로센트리즘을 둘러싼 논쟁의 중심에는 여전히 서구적인 에스노센트리즘에서 파생된 신, 진리, 민족, 역사와 같은 개념들이 중심에 놓여 있음을 발견하게 된다. 또한 이런 점에서 두 사람의 논쟁은 또 하나의 닫힌 역사를 위한 변명에 불과할 뿐이라는 주장도 있다. 산업화 이전의 무지한 원시 사회에 대한 분석의 틀인가 아니면 포스트모더니즘적 자의성에 기반을 둔 역사의 재구성인가에 대한 상호 반론들 속에서 우리는 몇 가지를 명백하게 이해할 수 있다. 우선 랑케식의 '있는 그대로 사실 그대로'라는 슬로건은 더 이상 존재하지 않는다는 사실을 다시 한 번 검증해 주고 있다. 우리의 문화적 기억력은 다양한 여러 목소리로 이뤄져 있으며 결코 주류의 목소리만이 진실에 다가갈 수 있는 것은 아니다. 또한 쿡 선장의 죽음을 둘러싼 논쟁은 또한 동북공정이니 광개토대왕비 왜곡 사건 등으로 점철된 동북아의 고대사에 대한 해석의 문제에서도 많은 시사점을 가질 것이다. 다른 한편으로는 쿡의 죽음에 대한 유럽인들의 신화적 해석은 자연과 타자에 대한 정복을 통해 식민지건설에 매진하던 시대상의 반영이지 않았는가 하는 점이다. 로빈슨 크루소가 픽션으로서 서구인의 에스노센트리즘에 부응하는 이데올로기를 만들어 내었다면 쿡 선장의 죽음은 만들어진 역사로서 서구인의 타자를 바라보는 기준점으로 작용했던 것이 아닐까. 서구인들은 쿡의 죽음을 신화화하면서 너무나 나와는 문화적으로나 정신적으로 격차가 커다란 타자 속의 너를 새로이 창조한 셈이다.

진실의 환상, 문학의 경우 얼마나 힘들게 또 얼마나 서서히 이러한 이상을 포기해야만 했는가를 우리는 잊어서는 안 될 듯 싶다.

1부_ 집으로 가는 길

"아침이 밝을 즈음, 나는 암울한 결정을 내렸다.
이 살인마 같은 섬에서 육체는 편하고 정신은 죽은
쓸쓸한 반쪽 인생을 사느니,
내 삶을 찾아서 여길 떠나 죽는 편이 낫겠다고.
나는 맑은 물을 채우고, 낙타처럼 마실 수 있는 만큼 마셨다."

'사이렌의 침묵'과 오디세이

― 탈(脫)신화화된 서사와 『계몽의 변증법』 ―

1. 들어가는 말

― '모든 탈신화화는 희생이 아무 쓸모없고 불필요했었다는
경험의 표현'

현대인의 삶이 지닌 정체성 위기에 덧붙여 21세기의 멀티미디어적 통신환경은 '주관성의 객관화'를 이야기하거나, 서사의 중심을 이야기하기 더욱 어렵게 한다. 더욱이 디지털 시대에서는 사적 영역과 공공영역의 구분은 점차 없어진다. 싸이월드와 같은 웹 블로그나 구글과 같은 서치엔진의 발전, 더구나 인터넷 수색, 해킹, 위치추적 장치, 폐쇄회로 카메라, 휴대폰 도청 등을 통해서 사적인 영역은 자발적이든지 비자발적이든지 최소한 가상적인, 공적인 공간에서 그 내면의 모습들을 더 이상 감출 수

없다.[1] 이 지점에서 본서의 문제의식은 출발한다. 신화와 계몽의 변증법에서 이야기되는 '탈(脫)신화화된'[2] 현실인식이 더 이상 유효하지 않은 것일까? 고전적인 서사의 중심이 상실됨과 동시에 우리는 주관성의 객관화 과정을 보았으며, 이는 픽션의 발흥을 낳은 역사철학적 배경이 되었다. 주·객관 세계의 분리와 '세계상의 탈중심화'(피아제)의 과정은 전래의 세계를 시간화시키는 데 성공한 바 있다. '탈신화화된 현실인식' 또는 '공적 영역의 사유화', 그 어떻게 이야기되더라도 이런 방식의 탈중심화된 세계상은 도치(倒置)되었다. 이제 '*사적 영역의 공유화*'가 낳은 서사의 '*새로운*' 조건들에 대해서 진지하게 이야기해야 하지 않을까? 공간성의 시간화가 아니라 시간의 탈공간화가 가능할 수 있을 것인가 하는 문제를 논구하기 위해서 우리는 다시금 그 신화 속으로 시간여행을 해야 할 듯싶다.

옛이야기는 10여 년에 걸친 트로이전쟁이 끝나자 고향 이타카로 돌아가는 오디세우스 일행의 고난에 찬 항해를 전하고 있다. 다시금 10여 년이 더 걸린 저주에 가득 찬 오디세우스의 귀향길, 즉 오디세이는 호머의 서사시에뿐 아니라 우주미아가 된

---

1) 뿐만 아니라 속도로 특징 지워지는 뉴미디어시대에서는 '회상·기억'의 요소는 '현재성'과 '인스턴트성과 라이브적 특성'을 위해서 소멸된다. 왜냐하면 더 이상 아는 것이 힘이 아니라, 속도는 바로 권력 그 자체이기 때문이다. 공간이 시간성에 의해 치환되는 이런 논의는 무엇보다도 비릴리오의 속도학을 들 수 있다. Vgl. Virilio, Paul: La bombe informatique. Paris, 2000.

2) Habermas, Jürgen: Die Verschlingung von Mythos und Aufklärung. in: Bohrer, Karl Heinz(Hrsg.): Mythos und Moderne. Frankfurt/M. 1983. S. 405~431, hier S. 414.

가족의 이야기에서와 같은 공상과학영화의 소재에 이르기까지 시대를 넘어서 여전히 주어진 운명을 스스로 개척하는 불굴의 인간상을 보여 주는 메타포가 되었다. 어찌할 수 없는 자연의 위력 앞에 이리 밀리고 저리 밀리면서도 고향 이타카의 항구를 찾아 나서는 오디세우스가 이러저러한 어려움을 극복하는 과정에서 후세의 사람들은 이성의 힘으로 자연을 길들이는 계몽의 정신을 읽어 내고 있는 것도 무리는 아닐 성싶다. 아름다운 부인 펠레로페가 20년간 온갖 유혹을 뿌리치며 오매불망 기다리는 고향으로 향한 오디세우스의 강건함에 어쩌면 자신의 모습을 보고 있었을지도 모른다. 한시도 잊을 수 없었던 고향에 대한 그리움이 인생 노정에 지친 이들에게는 어떤 위안이지 않았을까. 마치 오디세우스의 귀향 노정이 아무리 험난하고 힘들지라도, 충견 아르고스가 20년이 지난 후에도 주인의 귀환을 알아차리고 숨을 거두는 장면의 찡한 감동을 나 역시 갖게 되리라는 희망이 나그네를 길에서 멈추지 않게 하지는 않았을까. '운명적'이라는 수식어를 여기저기에 덧붙이길 잊지 않았을 테고. 그러나 만일 되돌아갈 고향이 우리에겐 원래 존재하지 않았다면? 아니 이런 억측은 우리의 오디세우스에겐 금물인 것 같다. 아름다운 키르케의 유혹도 뿌리치고, 가야 할 길을 재촉하는 오디세우스를 기다리는 사이렌들의 유혹의 노랫소리도 단호한 오디세우스의 귀향길을 막을 순 없었다. 한 줌의 밀랍으로 귀를 틀어막고 쇠사슬로 돛대에 제 몸을 묶은 채 우리의 오디세우스는 아름다운 사이렌의 유혹을 벗어나고 있다. 사람들이 오디세우스의 기발한 꾀를 이야기하는 대목이다. 아니 오디세우스라고 대변되는 인류가 이성의 힘을 빌려 감히 대항할 수 없었던 자연의 폭거를 보기 좋게 따돌리는 본보기로서 수많은 이들이 인용하는 이야기일 것이다. 그런데 정말 오디세우스는 한 줌의 밀랍과 한 다발의 사슬에 완전히 신뢰하고 자신의 꾀에 천진난만한 기쁨을 느끼며 사이렌들을 향해 배를 저어 갔단 말일까?

이 사건에 대해서 우리는 또 다른 이야기를 들을 수 있다. 사이렌들은 오디세우스 일행을 유혹하고 궁극적으로는 난파시킬 그들의 노래보다도 더 끔찍한 무기를 가지고 있었다고 한다. 자신의 꾀로 사이렌의 노랫소리를 피했다고 하는 오디세우스에게는 미안한 이야기이지만, 사이렌들은 그때 노래하지 않았다는 것이다. 더 이상 유혹하고 싶은 마음은 그들에게 남아 있지 않았고, 오디세우스 일행의 배가 그들을 통과해 갈 적에, 다만 오디세우스의 커다란 두 눈에 비치는 것들을 가능한 한 오래 붙잡고 싶었다고들 한다. 오디세우스는 사이렌이 진정 노래를 했었는지 듣지 못해 알 수 없었는데도, 또 다른 이야기에는 오디세우스는 처음부터 사이렌이 노래를 부르지 않을 것을 알았기에 그토록 용감하게 배를 저어 갔다고 한다. 모두 한 편의 연극을 천연덕스럽게 한 셈일까?[3]

---

3) 내려오는 이야기 하나를 마저 덧붙인다면, 고향에 되돌아간 오디세우스는 다들 알고 있듯이 사랑하는 아내와 늠름한 아들 텔레마코스와 행복하게 여생을 마친 게 아니란다. 무료함에 좀이 쑤셔 이번에는 머나먼 대서양으로의 여행을 떠나 산채만 한 파도에 휩쓸려 이 세상을 떠난 오디세우스의 근황을 단테는 신곡의 지옥 편에서 전

2. 주체의 담론과 신화적 상상력

 ― '세계의 정복은 유쾌한 일이 아니야. 구원은 관념에서뿐이야, 관념에 대한 이기적이지 않은 관념 말이야'.

 얀 마텔(Yann Martel, 1963~)의 『파이이야기(Life of Pi)』(2001)[4]는 깊이 1미터 남짓, 폭 2.4미터, 길이 8미터의 구명보트에 벵갈산 수호랑이 한 마리와 함께 조난당해서 무려 227일간 바다를 떠돈 파이라는 인도 소년의 표류기를 다루고 있다. 스페인에서 캐나다인 부모에게서 태어나 코스타리카와 프랑스, 그리고 멕시코 등지에서 유년기를 보낸 작가는 대학에서 인문학(철학) 공부를 마치고 접시 닦이와 같은 허드렛일을 해 가면서 지구의 다른 쪽을 떠돌았다. 진지하게 글쓰기를 시작한 것은 오랜 방황 끝에 '고향'인 캐나다에 정착하고 난 연후였다.

 21세기 오디세우스 혹은 로빈슨 크루소에 비견될 만한 '파이'의 이야기는 작가의 노트에서 언급하고 있듯이 작가가 '배고픔에 시달릴 때'에 태어났다.[5] 소설의 전반부에 등장하는, 얼룩말과 오랑우탄을 잡아먹는 하이에나, 그리고 그 하이에나를 다시

하고 있지 않던가.

4) Martel, Yann: Life of Pi, N.Y. 2001. 한국어 번역본은 공경희(역): 파이이야기, 작가세계사, 2004. 얀 마텔에 대한 서평은 졸고 '얀 마텔의 파이이야기'(파이낸셜 뉴스 2006. 3. 30.)를 참조함.

5) 주지하다시피 이 소설에는 'This book was born as I was hungry. Let me explain'이라는 문구로 시작하는 작가 노트가 본 줄거리 앞에 놓여 있다.

잡아먹는 벵갈산 호랑이의 끊임없는 식성, 그리고 그 야생고양이과(科) 맹수의 허기를 통제하고 길들여야 하는 어린 소년 파이의 기지와 용기는 '배고픈' 작가를 대리만족시켰던 것일까. 벵갈산 호랑이를 작은 구명보트에서 매일 마주 대하면서 언제 끝날지 모르는 기나긴 조난의 항해에서 반드시 살아서 뭍으로 되돌아가겠다는 소년 파이의 열정은 오디세우스의 귀향에 대한 열망에 비견할 만하다. 더욱이 오디세우스와 마찬가지로 여러 가지 꾀를 생각해 내고 앞으로 일어날 일들에 대해서 나름의 계획을 세운다. 망망대해의 일엽편주와 같은 조각배에 한 마리의 야생호랑이와 동고동락을 해야 한다는 현실을 받아들이고 동물원집 아들답게, 동물들에 대한 지식에 기대여 호랑이를 길들이는 계획을 세운다. 무엇인가를 갈망하던 작가가 그려 내는, '굶주린' 호랑이의 밥이 되지 않기 위해 그 맹수를 지혜롭게 제어하고 길들이는 소년 파이의 이야기는 사이렌의 노래에 밀랍으로 귀를 틀어막아서 대처해 나간 오디세우스의 이야기에 견줄 만하다. 그뿐만 아니라 정신을 가다듬은 소년 파이가 구명보트에 비치된 장비들을 '점검'하는 것이나 벵갈산 호랑이를 길들이고 그 호랑이의 존재에 비춰 자신의 삶의 의지를 불태우는 장면은 마치 로빈스 크루소를 연상하게 한다. 그럼에도 소설의 후반부에서 보이는 이야기들은 파이와 호랑이는 우리 내면의 대립적인 두 자아의 모습이 아닐까 하는 의구심이 들게 한다. 그럼에도 작가 노트를 제외하고 정확하게 100편의 사건들(Chapter)로 이뤄진 이 소설은 다음과 같이 난파 사건 조사보고서로 결말을 지음으로써 벵갈산 호랑이와 소년의 오디세이를 증명하고 있다.

> 곁들여 말하면, 유일한 생존자인 인도인 피신 몰리토 파텔의 사연은 이를 데 없이 힘들고 비극적인 상황에서 용기와 인내를 보여 준 놀라운 이야기다. 이 조사관의 경험으로 볼 때, 그의 이야기는 난파선 역사상 어느 사건과 견줄 수 없다. 파텔만큼 오래 생존한 조난자는 없었다. 더구나 벵골 호랑이와 함께 생존한 사람은 한 명도 없었다.[6]

그 벵골 호랑이의 이름은 '*리차드 파커*(Richard Parker)'였다. 포획한 사냥꾼의 이름과 헷갈린 서기의 실수에서 생겨난 이름이라고 소설은 설명하고 있다.[7] 살인 표범을 찾아 나선 사냥꾼들이 우연하게 잡은 어미 호랑이와 강가에서 물을 마시다 잡힌 새끼 호랑이의 이야기, 처음 찾아 나선 살인 표범이 잡혔는지 아무도 관심이 없고, 더구나 새끼 호랑이를 포획한 사냥꾼과 그 사냥꾼이 이름 붙인 새끼 호랑이의 이름이 뒤바뀐 어처구니없는 경황이 천연덕스럽게 이야기되고 있다. 처음 새끼 호랑이의 이름은 '갈증'이었고, 지금은 '리차드 파커'이고, 호랑이로부터 자신을 구한 것은 바로 그 갈증 덕이라는 역설적인 이야기가 이

---

6) As an aside, story of sole survivor, Mr. Pscine Molitor Patel, Indian citizen, is an astounding story of courage and endurance in the face of extraordinary difficult and tragic circumstances. In the experience of this investigator, his story is unparalleled in the history of shipwrecks. Very few castaways can claim to have survived so long at sea as Mr. Patel, and none in the company of an adult Bengal tiger. in: Martel, 319쪽.

7) 소설의 48번째 이야기(Chapter) 참조. in: Martel, 132쪽.

어진다. '십자가의 예수는 질식해서 죽었지만, 그가 유일하게 불평한 것은 갈증이었다고.' 배고픔, 갈증, 그리고 호랑이 '리차드 파커'는 모두 파이의 생존을 위협하는 것들이면서 동시에 살아 있어야 하는 목표가 되어 가고 있다.[8] 더욱이 주지하다시피 '리차드 파커'라는 이름은 에드거 앨런 포의 소설『아서 고든 핌의 모험(The Narrative of Arthur Gordon Pym of Nantucket)』(1838)의 12장(章)에 묘사된 카니발니즘의 희생자 이름이다.[9] '흑과 백, 삶과 죽음, 의식과 무의식, 현실과 환상, 그리고 꿈과 악몽의 경계가 불명확한 지역으로 우리를 이끄는 자아발견과 탐색의 오디세이'[10]라고 할 수 있는 핌의 이야기는 단순히 소설 이상의 의미를 동시대인들에게 부여하였던 듯하다. 그리하여 쥘 베른(Jules Verne)은 1897년『핌의 모험』의 속편 격인『빙원의 스핑크스(Le Sphinx des glaces)』를 간행한다. 이는 포의 소설에서 행방불명된 핌과 윌리엄 가이 선장의 흔적을 쫓는 동생 렌 가이 일행의 모험담으로 핌의 일행이 남극에서 보았던 스핑크스의 정체를 커다란 자석이라고 다음과 같이 묘사하고 있다.

우리가 가까이 다가갈수록 그 괴물 같은 존재는 더 커졌고, 신

---

8) 가령 파이는 57장(章)에서 다음과 같이 털어놓는다. '하지만 그것만은 아니었다. 죄다 말하겠다. 여러분에게 비밀을 털어놓겠다. 마음 한편으로 리차드 파커가 있어 다행스러웠다. 마음 한편에서는 리차드 파커가 죽는 걸 바라지 않았다. 그가 죽으면 절망을 껴안은 채 나 혼자 남겨질 테니까.' 그래서 파이는 호랑이를 '길들이기'로 결심한다.

9) 에드거 앨런 포: 아서 고든 핌의 모험. 황금가지. 1998 참조.

10) 포. 284쪽 참조.

화적인 모습도 더 뚜렷해졌다. 그 광대한 곳에서 그것의 모습은 경외심마저 자아냈다. 그리고 이건 단지 우리의 착각일 뿐이겠지만, 우리는 마치 자석에 이끌리듯이 그것을 향해 끌려 나갔다. 그 봉우리의 밑에 도착하자, 거기에는 자석이 끌어당긴 오만가지 것들이 붙어 있었다.[11]

쥘 베른의 소설은 19세기 말엽 당대의 서구문화가 열광하였던 극지의 정복과 자원과 자연에 대한 지배욕을 형상화하고 있는 셈이다. 스핑크스를 둘러싼 핌의 실종사건에 대한 '과학적' 해명은 오디세우스의 '기지(機智)'를 다시금 생각나게 한다. 비슷한 시기에 나온 조셉 콘래드(Joseph Conrad)의 『암흑의 핵심(Heart of Darkness)』(1899)의 말로(Marlow) 선장의 다음과 같은 유년기의 회상에서도 다시금 신화 모티브를 어렵지 않게 발견할 수 있다.

꼬마 시절에 나는 열정적으로 지도를 보는 취미를 가지고 있었거든. 여러 시간 동안 남아메리카나, 아프리카나 또는 호주니 하는 지역을 살펴보면서 그곳을 탐험한 모든 사람의 영광스러운 이야기에 몰두하곤 했었어. 그 당시만 해도 이 지구 상에는 많은 빈 공간이 있었다고. 지도에 그려진 모든 지역이 다 유혹적으로 보이기는 했지만, 특별히 유혹적인 지역을 보게 될 때마다 그 지역에 손가락을 대고 "내가 크면 이곳에 가 보아야지"라고 말하곤 했었다네. (……) 그곳은 암흑의 땅으로 변해 있었어. 하지만, 거기에는 특별한 강이 하나 그려져 있었지. 자네들도 지도에서 볼 수 있었던 그 굉장한 강은 한 마리의 거대한 뱀이 똬리를 틀고 있는 형상이었는데, 머리는 바다에 닿고, 꾸부정한 몸뚱이는 멀리

---

11) 포, 272쪽.

광활한 대륙에 놓여 있었으며, 꼬리는 그 땅의 오지(奧地)에 감추
어져 있었지.[12]

베른의 텍스트와 마찬가지로 콘래드의 텍스트 역시 식민지지
배와 자연정복의 역사를 신화적 이미지와 상징들의 중첩을 통
해서 이야기하고 있는 셈이다. 무엇인가를 갈망하는 자들의 열
정은 '오지와 극지'에 이르는 여행을 수행하게 하고 있으며, 목
적지에 이르는 길에서 베른의 경우와 콘래드의 경우 모두 죽음
의 표상을 내재한 신화적 형상들과 마주하게 된다. 베른에게 있
어서 포의 소설에서 유래한 스핑크스의 문제를 가설적인 자연
과학의 문제로 치환하고 '탈신화화'시키고, 식민지 개척과 정복
의 역사를 진보의 모습으로 보여 주고자 하였지만, 콘래드의 주
인공 커츠(Kurtz)는 주지하다시피 '오리엔탈리즘'[13]의 병폐를 죽
음으로써 대변해 보이고 있다. 사이드(Edward W. Said)는 다음과
같이 콘래드의 글쓰기가 지닌 문제성을 이야기하고 있다.

콘래드는 말로의 이야기를 전개해 나가는 데 너무 의식적이
된 나머지, 우리로 하여금 제국주의가 스스로 역사를 삼키기는커
녕 슬그머니 일어나고 있으며 보다 큰 역사에 따라 둘러싸여 있
고, 넬리호의 갑판에서 원을 그리며 앉아 있는 유럽인들의 외부
에 존재한다는 것을 깨닫도록 해 주고 있다. 그러나 사실 그곳에
는 아무도 존재하지 않고 있으며, 그래서 콘래드는 그것을 텅 빈

---

12) 조셉 콘래드(이상옥 역): 암흑의 핵심. 민음사. 1998. 17~18쪽.
13) Vgl. Two Visions in Heart of Darkness, in: Said, Edward W.: Culture
    and Imperialism. N.Y. 1994. S. 19~31.

공간으로 놓아두고 있다.[14]

이 '비어 있는(empty)' 공간을 채우고 있는 것은 신화적 배경이다.[15] 그리고 자신의 목적지를 망각하고 음습한 밀림지대에 자아를 잃어버린 주인공 커츠의 모습은 80여 년이 지난 후에 코폴라(Francis Ford Coppola) 감독에 의해서 <지옥의 묵시록(Apocalypse now)>(1979)의 월남전 탈영병의 모습으로 '재매개'된 바 있다. 베른 소설의 얼음에 갇혔지만 어떻게든지 극지를 정복하고 스핑크스의 비밀을 규명하고자 하였던 불굴의 영웅들 모습은 마치 난관을 헤쳐 나간 오디세우스의 모습처럼 21세기의 수많은 스토리텔링 속에서 계속 매개되고 있으며, 때로는 끝없는 우주를 떠도는 영웅의 모습에서 때로는 버츄얼한 공간을 넘나드는 주인공의 모습으로 상징화되어 나타난다. 물론 파이의 경우처럼 고전적인 난파소설의 형태를 고수하기도 하고 말이다.[16]

이상과 같이 살펴본 바와 같이 19세기 말의 소설들에서나 21세기 벽두의 베스트셀러에서도 주체의 담론(Subjektdiskurs)은 신화적 형상 속에서 이미지화되어 나타나고 있으며 작금의 신화적 소재들에 대한 문학을 위시한 문화계 전반의 관심증대는 단지 새로운 디지털 미디어의 출현에 따른 재매개적 표상의 발전에

---

14) Ebd. S. 24.

15) 무언가에 갈망하고 굶주려 있던 작가 얀 마텔의 문학적 세계관과 이렇듯 비어 있는 콘래드의 서사공간의 신화적 충만성이 이야기될 수 있는 지점이다.

16) 여기에 덧붙인다면 베른과 콘래드, 그리고 마텔의 소설에서는 신화적 아우라에 대적하는 남성적 영웅의 이야기만 보일 뿐 여성의 모습은 배경적인 자연의 모습으로 물러나 있는 점도 이야기될 수 있다.

따른 것으로만 치부할 성질은 아니다.[17]

  '문명의 근원텍스트(호르크하이머/아도르노)'로서 신화는 항시 새로이 읽혀야 할 것이며, '신화에의 작업(블루멘베르크)'은 해석학이자 미메시스의 작업일 것이며, '신화에의 매료됨(슐레지어)'은 텍스트화된 신화의 순응적 요소에 기인한 것일 것이다. 주체가 신화적 힘들로부터 자유로워지는 고난에 찬 역정인 오디세이에서, 특히 사이렌과 오디세우스의 조우에서 '회상/기억'의 요소는 탈신화화의 과정을 거치면서 오히려 '현재성'과 '인스탄트/라이브적 특성'을 위해서 소멸된다.

3. 신화와 계몽의 변증법

  ─'별을 보고 길을 찾는 것은 포기했다. 무엇을 알아낸다 하더라도 쓸모가 없었다. 어디로 갈지 제어할 수단이 없었다. ─키도 돛도 모터도 없었고, 노는 있었지만 힘이 충분하지 않았다.'

  호르크하이머(Max Horkheimer, 1895~1973)와 아도르노(Theodor W. Adorno, 1903~1969)가 망명지 미국에서 집필한 『계몽의 변증법(Dialektik der Aufklärung)』(1944/47)의 문제의식은 주지하다시피 다음의 테제에 축약되어 있다.

---

17) Vgl. Febel, Gisela u.a.(Hrsg.): Kunst und Medialität. Stuttgart 2004.

부르주아 상품경제의 확대로 말미암아 신화의 어두운 지평이 산술적 이성의 태양으로 밝게 비치고, 이러한 산술적 이성의 차가운 광선 아래 새로운 야만성의 싹이 움튼다.18)

우리 세대에게는 마치 또 하나의 '신화'처럼 여겨졌던 프랑크푸르트학파의 학문적 오디세이의 귀결이 되는 이 '철학적 단상(Philosophische Fragmente)'은 호르크하이머가 행한 도구적 이성에 대한 비판과 동일선상에 놓여 있는 논의로 이야기될 수 있다. 나치의 집권에 따른 망명, 새로이 뉴욕의 컬럼비아 대학에 둥지를 튼 사회연구소, 그리고 다시금 미국 서부로 이주해야만 했던 프랑크푸르트학파 두 거장의 당대 현실에 대한(역사철학적) 분석은 자신들의 눈앞에서 자행되는 홀로코스트와 파시즘의 횡행, 미국의 자본주의가 잉태한 현혹적인 '문화산업'의 논리에 대한 비판적 문제의식에 기초한다.19) 프랑크푸르트학파의 비판이론은 그 학제적 연구방법론에서 성가를 발휘한다. 그럼에도 우리

18) Horkheimer, Max/Adorno, Theodor W: Dialektik der Aufklärung. Philosophische Fragmente. Frankfurt/M. 1994. S. 38.

19) Zur Frankfurter Schule vgl. Wiggershaus, Rolf: Die Frankfurter Schule. München/Wien 1986.

는 『계몽의 변증법』의 집필을 준비하던 시기의 토론이 정신분석학에 대한 논구에 집중되어 있음을 보게 된다.[20] 정신분석학적 방법론은 타부와 망상을 진리에 대한 추구로 이끌어 내고자 한 전래의 계몽정신의 일환이라고 보았기 때문이다. 네오마르크시즘적 출발점에서 시작한 프랑크푸르트학파의 정신적 노정에서 자칫 '비과학적'이라 홀대받기 쉬웠던 정신분석학과 변증법적 사유의 접합을 이끌어 낼 수 있었던 '사고의 전환'은 근대의 논리 실증주의적 방법론이 지닌 한계에 대한 인식에서 출발한다. 탈마법화로의 계몽은 근대의 정신이기도 하지만, 상상력을 붕괴시키고 신화적 사고를 해체했다고 보기 때문이다.

> 예로부터 진보적 사유를 좇아 가장 포괄적인 의미의 계몽은 인간의 공포를 몰아내고, 인간을 주인으로 자리 잡게 하는 목표를 따랐다. 그러나 이제 계몽된 세계는 승리를 구가하는 재앙의 상징기호에서 빛을 발하고 있다. 계몽의 프로그램은 세계의 탈마법화였다. 계몽은 신화를 해체하려 했고 지식의 힘으로 상상력을 무너트리려 했다.[21]

주지하다시피 여기에서는 이성(ratio)의 지배를 일반화시켜 '계몽'이라고 규정한다. 이성과 신화의 대립이라는 일반적인 계몽에 대한 이해를 넘어서서 두 저자가 시도하는 현실 분석은 베

---

20) 발생사에 관한 문제점들은 무엇보다도 다음을 참조. Horkheimer, Max: Gesammelte Schriften. Bd. 5: Dialektik der Aufklärung und Schriften 1940~1950. Frankfurt/M. 1987.

21) Horkheimer/Adorno(1994). S. 9.

이컨식의 '인식과 권력은 동의어'라는 논의를 넘어서고자 하는 시도이다. 신인동형론(Anthropomorphismus)으로서 신화의 원리는 신화 역시 계몽의 산물임을 보여 주고 있을 뿐이다. 계몽의 도구를 두 사람은 개념(화)이라고 보고, 신화 역시 이러한 개념화의 소산이며, 이러한 의미에서 보자면 신화의 세계 역시 계몽의 단계로 파악될 수 있다. 개념화에 성공한 소크라테스 이후의 이론적 인간은 자연을 객관화시키는 주체로 자신들의 위치를 격상시키고, 자연에 대한 지배를 정당화시킨다. 그러나 그 대가로 우리가 치러야 하는 바는 '소외'이며, 이러한 즉물화의 논리는 역으로 인간사의 제 관계에서도 관철되게 된다.

> 신화는 계몽으로 넘어가며 자연은 단순한 객체의 지위로 떨어진다. 인간이 자신의 힘을 증가시키기 위해 치르는 대가는 힘이 행사되는 대상으로부터의 소외이다.[22]

이는 자본주의 사회 내에서 상품의 교환가치 추상화의 한 표현 양상으로 이해될 수 있는 것이다. 결국, 주체가 아무 저항 없이 상품경제의 총체적 지배에 몸을 내맡김으로써 계몽의 정신은 다시금 '신화'로 회귀하게 되어 버린다는 것이다. "애니미즘이 사물들에 영혼을 불어넣었다면, 산업화는 영혼을 물화시켰다." 이러한 논리에 따르자면 윤리, 문화산업 그리고 학문은 이와 마찬가지로 도구적 이성의 형식주의 발아래 놓이게 되고, 인

---

22) Horkheimer/Adorno(1994). S. 15.

간과 자연에 대한 총체적 지배를 가능하게 하는 현혹적인 연관 관계에 봉사할 뿐이다.

『계몽의 변증법』을 집필하던 시기의 호르크하이머와 아도르노는 인류가 처한 야만적 현실에 대한 회한의 감정에 사로잡혀 있었음이 확실하다. 그럼에도 이 저작의 중심을 이루고 있는 오디세우스의 이야기를 다루는 부분에서 그들은 모험을 가능하게 하는 것은 고향에 대한 향수라고, 웃음은 '고향'으로 가는 길을 약속해 준다고 적고 있다. '주체가 신화적 힘으로부터 도망쳐 나오는 도정'에 대한 묘사로서의 오디세이는 '신화적 세계에서 탈출한 상태'로서의 '고향'에 대한 추구이며, 이를 묘사하는 호머의 '회상(Eingedenken)' 속에서만 '희망'이 이야기된다. '고향'과 '화해' 사이의 은폐된 심연, 즉 '계몽에 대한 (새로운) 계몽'의 가능성에 대해서는 우리 시대의 누구도 쉽사리 이야기할 수 없어 보인다. 다시금 호르크하이머와 아도르노의 말을 따르자면, 왜냐하면 '서사시는 소설이 됨으로써 비로소 동화로 넘어가는 것이기 때문'이다.

호르크하이머와 아도르노는 계몽을 운명의 힘으로부터 탈출하는 데 실패한 시도로 파악한 것이다. 해방의 황폐한 공허는 신화적 폭력의 저주가 도망자를 항상 앞지르는 모습으로 나타난다. 신화적 사유와 계몽적 사유에 대한 서술의 또 다른 차원은 탈신화의 궤도가 근본 개념들의 변형과 분화로서 규정되는 대목에서만 보인다. 마법적 사유는 사물과 인격, 탈영혼성과 영혼성, 조작의 대상과 행위, 행위자들 사이의 구분을 낳고 있지 않다. 이런 의미에서 보자면 하버마스의 말처럼 '탈신화화가 비로소 우리에게 자연과 문화 사이의 결합으로 나타나는 마법을 푼다.' 계몽의 과정은 자연의 탈사회화와 인간세계의 탈자연화를 야기하는 것이다. 이러한 '세계상의 탈중심화(피아제)'의 과정은 전승된 세계상을 시간화시킬 수 있었으며, 전래의 세계관은 그 자체로 변경될 수 있는 세계에 대한 해석으로서 구별될 수 있게 되었다. 외면 세계는 존재자의 객관적 세계와 규범의 사회적 체계와 분화되며, 이 양자는 다시금 모두 주관적인 체험의 세계인 내면세계와 구별되어 나타난다.

이러한 탈마법화/합리화의 과정은 문학과 예술의 영역에서도 실현된다. 실재세계와 묘사된 세계의 분화가 이뤄진다. 기호로서의 문자는 과학으로 나아가며, 기호로서의 언어는 자연을 인식하기 위한 계산의 도구로 전락하는 반면에 (형상)이미지로서의 언어는 자연의 모상으로서 남게 되지만, 계몽의 과정을 거치며 완결된, 이러한 '기호와 형상의 분리'는 다른 한편에서는 근대의 '픽션' 개념을 낳게 된다. 근대에 생성된, 실제세계와 구분되고 원칙적으로 '자율적'인 이러한 '픽션/허구'의 개념은 환상, 허구, 거짓이라고 여겨지지 않았으며 심지어 현실의 감춰진 또 다른 측면의 알레고리로 이해된 적이 없다. 이러한 픽션의 자율성은 미디어와의 연관성 속에서 보자면 시간과 공간의 측면에서 해석될 수 있다. 즉 회화를 중심으로 하는 '주관성의 객관화(파노프스키)' 과정은 광학과 시점의 차이에 대한 인식과 허구적 공간의 구성을 낳았으며, 서사의 시간성에 대한 재발견은 소설형식의 흥기를 낳았다. 화가 또는 작가 중심의 시점에 대한 강조는 커뮤니케이션의 측면에서 보자면 현실과 그 묘사된 세계 사이의 일치성에 대한 믿음이 깨어진, 즉 '세계상의 탈중심화'의 특징이다.[23)]

4. 남는 문제들

－'저 나태하고 편협한 고정관념의 요새를 지켜 내기 위해, 마비되어 가는 이성의 손가락 하나로 그렇게 기를 쓰고 매달려 있었다. － 이제 일어나 손가락을 빼냈다.'

출발점으로부터 멀리 벗어날 수 있다면, 이는 성공적인 계몽일 것이다. 그러나 오디세이의 이야기에서 볼 수 있듯이 신화의 이야기는 근원으로의 회귀를 '지연'시킬 뿐이다. 인류는 계몽의 세계사적 과정에서 근원으로부터 점점 더 멀어지지만, 신화적 반복의 강제로부터 해방되지 못한다. 완전히 합리화된 현대세계는 오직 가상적으로만 탈마법화된 세계이다.[24)] 신화와 계몽의

---

23) Vgl. Todorov, T: La naissance de l'individu dans l'art. Paris 2005.
24) 우리의 '경험세계'의 심미화 과정. 즉 객관적 세계의 기술적 규정과 사회적 세계의 매

변증법에 놓여 있는 탈중심화된 세계인식의 이해 근저에는 이데올로기 비판뿐만 아니라 문화비판의 준엄한 칼날이 번뜩인다. '주관성의 객관화'가 '객관성의 주관화' 또는 사적 영역의 침탈로 이어지는 디지털 시대에서 출발점으로부터 멀리 벗어난다는 것은 공간적으로나 시간적으로나 무의미해 보인다. 우리는 이와 유사한 단절의 시기를 르네상스라 부르는 시기의 회화사에서 찾아볼 수 있다. 이 시기에 우리는 뒤러의 자화상으로 대변되듯이 신(神)적인 것이 점차 인간화됨을 보게 되고, 인간이 신격화되는 과정이 뒤따른다. 그럼에도 이러한 개인의 발견이 주관의 자의성으로 환원된, 타인들과 고립된 개인의 승리를 의미하는 것이 아니라는 점에 주목해야 한다. 르네상스기의 이 화가들은 항상 같은 사고방식과 해석의 코드를 공유하고 있을 뿐 아니라, 모두 여전히 기독교의 교리 테두리 안에 있었고 어떤 대상과 몸짓의 규범적 의미를 잊지 않고 있었다. 더욱이 그들은 모든 사람에게 보이고 그림에 의해 재현되는 공동체와 관계를 맺고 있었다. 그들의 인본주의는 결코 개인주의는 아니었던 것이다. 반면에 우리가 현재 직면하고 있는 '가상현실'은 정신을 통해서가 아니라 가상세계에서는 드러나지 않는 가시적 육체를 통해서 자아를 규정하고 있다. 가상현실과 같은 투명한 테크놀로지는 데카르트적 자아를 단순히 반복하는 것이 아니라 오히려 재매

개적 연결이라는 관점에서 심미적인 것은 '버츄얼한 것'이라는 의미를 지니게 된 것이다. 의식의 심미화는 결국 우리가 의식의 전제가 되는 토대들(Fundamente)을 더 이상 바라보지 못하고, 현실을 우리가 이전에는 단지 예술의 산물로만 이해하였던 표현양식(Verfassung)으로만 받아들이게 된다는 것을 의미한다.

개한다고 주장된다(볼터/그루신). 우리는 현대의 가상적인 탈마법화의 세계를 탈신화화된 세계인식의 '재매개적' 발현으로 이해할 수 있지 않을까? 이것이 바로 '*사적 영역의 공유화*'가 초래한 서사의 위기를 넘어서는 글쓰기 전략이다.

주체가 신화적 힘들로부터 도망쳐 오는 도정의 묘사로서 이야기되는 사이렌과의 조우에서 오디세우스가 고안해 내었던 기지(機智)의 이야기를 통해서 오디세우스가 '시민적 개인'의 원형으로 등극할 수 있었다면, 이런 점에서 우리는 '구텐베르크 갤럭시'를 벗어나 디지털 이미지에 의한 새로운 총체적 매체 환경의 우주 속에서 이뤄질 21세기의 '오디세이'에 대해서 관심을 둬야 할 것이다.

이 점에서 다음과 같은 『사이렌의 침묵(카프카)』의 결말부분으로 이 글을 마칠까 한다. "여기에는 부록처럼 덧붙은 이야기가 하나 더 전해 내려오고 있다. 사람들이 말하건대, 오디세우스는 어찌나 꾀 많고, 얼마나 여우 같은 인간인지, 심지어 운명의 여신마저도 오디세우스의 속마음은 꿰뚫어 보지 못했다는 것이다. 비록 인간의 오성으로는 도저히 파악할 수 없는 일이기는 하지만, 오디세우스는 아마도 실제로는 사이렌들이 침묵한다는 사실을 알아차렸을 것이고, 사이렌들과 신들에게 위에 이야기된 거짓 행위를 그가 짐짓 방패로 내세운 것이라는 것이다."

기억의 토포스와 도시의 토폴로지

― 발터 벤야민의 『베를린의 유년시절』과
자아의 기억공간에 관하여 ―

1. 오, 새콤달콤한 설탕 시럽을 듬뿍 바른 노릿하게 잘구워진 유년시절 승리기념탑 케이크여

― 『베를린의 유년시절』 또는 '모더니티의 원형성'

발터 벤야민(Walter Benjamin, 1892~1940)의 『1900년 무렵 베를린의 유년시절(Berliner Kindheit um neuzehnhundert)』[25]은 여러 겹으로 감싸진 매우 개인적인 체험의 아카이브이자, 동시에 언제고 일반화되어 경험의 시학으로 탈바꿈 가능한 기억의 저수지라 할 수 있다. 『베를린의 유년시절』은 전래의 정체성 모델이 해체된 1900년경 메트로폴리스 베를린을 중심으로 고전적 모더니

---

25) Vgl. Benjamin, Walter: Berliner Kindheit um neunzehnhundert. Frankfurt/M. 1987. 1981년 발견된 벤야민의 타이프원고에 충실하기에 이 판본을 본서의 저본 텍스트로 사용하며, 본문에서는 이하 줄여서 『베를린의 유년시절』로 표기하고자 한다. 본서의 많은 부분은 故 마텐클로트(Gert Mattenklott, 1942~2009) 교수의 AVL 오버세미나에 빚지고 있음을 밝혀 둔다.

즘(*Moderne*) 초창기의 풍광을 개인적인 체험의 공간 속에서 시화시키는 작업인 것이다. 전통적인 질서와 규범이 더 이상 맞아떨어지지 않고, 전통적인 미학의 전형성과 규정성이 더 이상 작동하지 않았던 이 시기의 일반화된 문화코드는 위기의식(*Krisenbewußtsein*)이라 할 것이다. 주체의 위기(*Krise des Subjekts*)(『꿈의 해석』(1900))와 언어의 위기(*Krise der Sprache*)(『산도스경의 편지』(1902))로 대변되는 '위기의 시대'는 '주체의 언어성 (*Sprachlichkeit des Subjekts*)'이라는 특질로 대변되는 모더니티의 자전적 특징을 잉태하고 있는 셈이다. 바로 이 지점에『베를린의 유년시절』의 문학사적 위상을 가늠할 수 있을 것이다. 더구나 유년기의 체험을 자서전적 시각으로 재조명하는 당대의 자서전 문학의 전통(한스 카로사의『유년시절』등)에도 서 있는 셈이다.

『베를린의 유년시절』은 각기 제 각각의 소제목을 지닌 41편의 에세이로 이뤄져 있다. 이 41편의 에피소드 중 12편은 프랑크푸르트 신문(Frankfurter Zeitung)에 1933년 2월에서 3월 사이에 『베를린의 유년시절』이라는 제목과 함께 게재되었으며, 이후에도 이 신문과『문학 세계(Literarische Welt)』와 같은 잡지에 산발적으로 1938년에 이르기까지 넓은 시차를 두고 게재된다. 특히『포

쓰신문(Vossische Zeitung)』에는 수차례 본명으로, 그 후 수차례 가명(Detlef Holz, C. Conrad)으로 여러 편이 실렸다. 저널리스트 출신의 폰타네(Theodor Fontane)의 경우에서와 유사하게 벤야민의 저널리스트 경험은 『베를린의 유년시절』의 생산구조에 지대한 영향을 끼쳤을 뿐만 아니라 분절화된 에피소드 구조와 서사의 병행적 특성을 각인시켰다.

아도르노(Theodor W. Adorno)는 1950년 벤야민 생전에 간행된 텍스트들을 모아서 한 권의 책으로 『베를린의 유년시절』을 간행한다. 점차 누락된 원고들이 보완되었지만, 여전히 문제가 되었던 것은 이 에피소드들을 어떤 순서로 배열하는가 하는 문제였다(벤야민이 생전에 3차례나 출간을 시도했다는 사실을 기억하고 있었던 아도르노의 뜻에 따라 잠정적인 순서가 정해졌지만). 1981년에 이르러서 파리의 국립도서관에서 벤야민의 다른 원고들과 함께 1938년에 타자기로 작성한 『베를린의 유년시절』의 최종원고가 발견되면서 편집상의 논란거리는 해소되었다. 벤야민이 정한 순서는 일견 맥락 없는 에피소드들의 나열처럼 보인다.[26] 벤야민은 이야기의 시간, 즉 연대기적 기술법칙을 무시하고 있으며, 각기 에피소드들은 다른 에피소드들과는 무관하고 그 자체로서 완결성을 지니는 에피소드들이 극도의 절제되고 능숙한 언어 이미지들로 나타난다.[27] (이야기/에피소드의) 연대

---

26) 1938년의 원고에서 벤야민은 30편만을 추려서 놓았으며, 여러 판본상의 대조 결과 이후 최종 출간 본은 총 42편이 실린다.

27) Günter, Manuela: Anatomie des Anti-Subjekts. Zur Subversion autobiographischen Schreibens bei Siegfried Kracauer, Walter Benjamin

기적 연관성(*der chnonologische Zusammenhang*)이 응축의 원칙(*das Prinzip der Verdichtung*)에 밀려 지워진 셈이다. 종래의 자전적 이야기에 비하자면, 『베를린의 유년시절』에서는 옛 어린 추억이 더 이상 이야기로 표현되지 않고, 이미지들의 나열과 그 조합으로 나타난다.[28] 더욱이 『베를린의 유년시절』에 보이는 이미지들은 자기 지시적일 뿐 대상 지시적(*referential*)이지 않다. 여기에서는 기억의 공간이 바로 텍스트의 자기 이미지로 보일 뿐이다. 이 점이 『베를린의 유년시절』을 읽는 독자들에게 해석상의 많은 어려움을 낳게 하는 것이라 할 것이다. "내가 그토록 동경한 이유는 그것이 유년시절의 기억과 일치하기 때문이다. 내가 그토록 갈구한 것은 유년시절 그 자체일 뿐이었다."(『도서카드상자(*Der Lesekasten*)』)

---

und Carl Einstein. Würzburg 1996, S. 111f.

28) 전통적인 자전적 글쓰기와 다른 『베를린의 유년시절』이 지닌 특성에 대한 언급이기도 하지만, 더 나아가서 벤야민의 여러 자전적 에세이들, 즉 『베를린 연대기』, 『일방통행』 등과의 차별성에 대한 단초로 이야기된다. 이 세 편에서는 동일한 주제에 대한 공통된 묘사가 여러 사례 존재하는데 상호 차별성에 대한 제시는 현대의 문학장르에 대한 이론적 논구를 제시하는 데 매우 의미 있는 일이라고 생각한다. 이에 대한 상세한 논구는 필자의 후속 논문들을 참고바란다.

2. '집은 가면들의 병기창이었다. …… 그곳에서 부활절 달걀을 찾았었지'
−『베를린의 유년시절』 또는 '기억의 숨바꼭질'

　베를린의 유서 깊은 유대인 집안 출신의 벤야민에게 대도시 베를린은 출생지 이상의 의미가 있는 듯하다. 수차례에 걸친 긴 여행, 대학생활, 파리와 카프리, 이비차 등지에서의 긴 체류 등으로 여러 차례 장기간 베를린을 비웠지만, 그 누구보다도 도시의 구석구석을 잘 알고 있었다. 짧은 전통의 독일 제국 수도가 되기에는 너무나 유구한 역사를 지닌 베를린의 역사와 전통에 대한 벤야민의 해박함에 대해서, 일찍이 아도르노는 마치 창세기에 나열된 이름들을 외우듯이 벤야민이 베를린 곳곳의 지명뿐 아니라 도로이름들을 줄줄 꿰고 있었다고 회상한 바 있다.[29]

　베를린의 구석구석을 잘 알고 있었던 벤야민과 마찬가지로 『은신처(Verstecke)』[30]의 화자 역시 어려서 숨바꼭질하던 주택의 구석구석 숨을 곳을 잘 알고 있다. "심장이 두근거렸

---

29) Vgl. Benjamin(1987). S. 111.
30) Benjamin(1987). S. 61.

고, 나는 숨을 참았다. 여기에서 나는 이야깃거리들로 가득 찬 세계에 들어온 것이다. 이 세계는 말이 필요 없이 내게 다가오고 매우 명백하게 드러났다. 교수형을 당한 사람만이 오랏줄과 교수형대의 의미를 깨우치는 법이다. 현관 가림막 뒤에 숨은 아이는 바람에 펄럭거리고 허연 것, 유령이 되기도 하고, 아이가 그 밑에 쪼그려 앉아 있는 식탁은 그 아이를 식탁의 네 다리가 네 기둥으로 변한 사원의 나무 우상으로 만들기도 한다. 그리고 문 뒤에서 아이는 그 자신이 또 하나의 문이다. 아이는 마치 육중한 가면과 같이 이 문을 쓰고, 마법사가 되어 아무것도 모르고 문을 들어서는 모든 이들에게 주술을 걸리라. 그리고 어떤 경우에도 결코 발각되어서는 안 된다. 만일 아이가 얼굴을 찌푸리면, 사람들을 그에게, 그냥 시간이 흐르게 놔두고, 그대로 있기만 하면 된다고 말한다. 나는 이 놀이에서 가장 진실한 것을 이렇게 숨어 있는 동안에 발견했다. 나를 발견한 사람들은 나를 마치 식탁 밑의 우상처럼 굳게 만들었고, 커튼 속의 귀신으로 영원히 집어넣을 수 있었고, 평생 육중한 방문 안에 가두어 놓을 수도 있었다.”

　　여기에서 유년기의 체험 공간은 어린아이의 눈에 보였던 마법의 공간으로 그려지고 있으며, 수많은 이야깃거리로 가득 찬 기억의 공간은 더 이상 실제 삶의 공간이 아니며, 말보다는 이미지로 다가오는 주술의 구조로 각인되어 있다. 유년시절의 체험과 기억이 머무는 장소는 무엇보다도 육중한 방문 저편의 공간이며, 방문 저편에 자리 잡은 유년시절의 자아는 방문/가면으로 자칫 평생 격리될 수도 있을 것이다. 유년시절 기억의 편린들은 마치 가면과 같이 자아를 감추는 방문 저편에 어린 화자의 모습으로 자리 잡고 있는 셈이다. 집 안 방들의 문을 어린 자아의 내면 공간을 타자로부터 감추는 가면과 같이 생각하는 주인공의 어린 시절의 추억은 마치 방 안 어두운 구석에 평생 비밀스레 가두어진 유령과 같은 것이지 않을까(『유령(Ein Gespenst)』). 아니면 상실된 기억은 부서진 도서목록 카드상자 속에 먼지를 가득 뒤집어쓴 채 방치된 비밀로 묘사되기도 한다(『도서카드상자(Der Lesekasten)』). 뿐만 아니라 이러한 유년기의 기억은 마치 바느질 통 속에 굴러다니는 실타래들과 같이 어떤 수수께끼와 같은 비밀들을 해결하는 데 실마리로 작용할 수도 있을 것이다(『바느질 통(Der Nähkasten)』). 어린 시절 가지런히 정리된 옷가지와 속옷 등을 헝클어짐 없이 수납할 수 있었던 낮은 서랍장(Kommode)의 추억은 서랍장 안에 깊숙이 손을 넣어 꺼내던 양말에의 기억으로 이어진다. 짝을 맞춰서 서로 겹치게 말아 넣은 양말짝들에서 감싸진 양말과 감싼 양말이 실은 같은 짝이었음을 깨닫고 있다. 서로 짝이 맞춰진 양말을 서랍장에서 찾는 행위는 '내용과 형식의 일치'를 말해 주고 있다는 것이다. 또한 우리의 기억이란 동일 기억의 다른 한쪽 면으로 감싸지고 보존되는 것은 아닐까? 더군다나 서랍장에 깊숙이 손을 집어넣어 양말

을 꺼내는 어린아이의 행동과 같은 것이 마치 문학에서 진리를
조심스럽게 추출해 내는 행동에 비유할 만하다는 것이다(『스타
킹 양말(Der Strumpf)』).

　육중한 문 저편에 가면을 쓰고 숨어 있던 어린 주인공은 누군
가에게 발각되었을 때, 자기만의 기억 공간을 침입하는 데몬들
에게 '자유를 외치며' 저항했던 기억을 적고 있다. 은밀한 내면
의 공간을 무장해제당하지 않으려는 어린 주인공의 노력은 가
상하게도 데몬과의 전투에서 절대 지치지 않았다. "집은 이때
가면들의 병기창이었다. 그럼에도 일 년에 한 번씩은 그곳의 비
밀스러운 장소인 텅 빈 동공과 경직된 입속에 선물들이 놓여 있
었다. 주술적 경험은 과학이 되었다. 나는 엔지니어로서 이 음산
한 주택을 주술로부터 해방시켰으며, 부활절 달걀을 찾았었다."
(『은신처(Verstecke)』)

3. '나를 둘러싼 모든 것들에서 찾고자 했던 유사성 때문에 나는 일그러진 것이야'
　　 ─『베를린의 유년시절』 또는 '망각의 토폴로지'

　『베를린의 유년시절』은 생애의 마지막 15년간 벤야민이 지속
적으로 되묻던 문제의식과 맞닿아 있다. 모더니티의 원초적 모

습을 담고 있는 것이다. 그가 풀고자 했던 역사적 원형성의 문제는 이 책에서 기억의 직접성을 통해 해명되었으며, 다시 되돌릴 수 없는 시간의 유한성에 대한 아픔은 마치 자기 자신의 파국에 대한 알레고리로 읽히기도 한다. 다가오는 종말의 위기감에서 망명을 염두에 두고 있던 1932년 아마도 되돌아오지 못할 고향 베를린에 대한 추억들을 글로써 남길 결심을 한다. 그가 서문에서 밝히고 있듯이 주체할 수 없을 고향에 대한 그리움과 기약 없는 오디세이를 목전에 두고 벤야민은 어린 시절의 추억을 우연적인 전기적 사실보다는 필연적인 사회적인 측면에서 시간의 비회귀성에 주목한다. 되돌릴 수 없는 시간의 흐름에 잠겨 있는 우리네의 삶에서 그

시간의 흐름에 저항할 수 없다는 것은 어쩌면 죄책감마저 드는 것이 아닐까? 모던한 시대에 시간을 제대로 맞추어 살아가지 못한다는 것은 문제일수도 있다. 어느 날 학교에 지각한 벤야민의 어린 자아는 시간에 제대로 맞추어 도착하지 못한 심정을 다음과 같이 죄책감으로 표현하고 있다.

"학교 운동장의 시계는 나의 죄악으로 말미암아 망가진 듯 보였다. 그 시계는 '너무 늦은' 시간을 가리키고 있었다. 그리고 내가 스쳐 지나가는 교실 문들에서는 비밀회동의 중얼거림이 복도로 새어 나왔다. 저 문 너머에 있는 교사와 학생들은 한통속이다. 아니면 어떤 한 사람을 기다리는 듯 모두가 조용히 입을 다물고 있었다. 나는 살그머니 소리 나지 않게 문고리에 손을 가져갔다. 태양이 마치 내가 서 있는 자리의 반점을 삼켜 버린 듯하다. 들어가야 했기에 나의 그린 데이31)를 욕보인 것이다. 어느 누구도 알아보지 못했고, 그저 바라만 볼 뿐이다. 마치 악마가 페터 슐레밀(*Peter Schlemihl*)의 그림자를 그렇게 했듯이, 선생님은 수업 시작할 때에 나에게서 내 이름을 유보했다. 난 더 이상 내 차례가 돌아오지 않길 바랐다. 조용히 종이 칠 때까지 버텨 냈다. 그러나 하느님의 은총이 함께하진 않았다"(「너무 늦게 오다Zu spät gekommen)」)

지나간 시간에 대한 이야기, 특히나 유년기의 기억에 대한 집착은 이제 더 이상 되돌아갈 수 없는 그 시절에 대한 아쉬움이기도 하지만 그 기억의 공간이 되는 그곳에 다시 되돌아갈 수 없게 된다는 아픔의 귀결일 것이다. 윗글에서 지각한 어린 자아가 복도에서 문을 열고 들어가면서 느끼는 것은 치욕감이다. 즉 '태양이 삼켜 버린 반점'과 함께 사라져 버린 것은('그린 데이'로 표상된) 시간으로부터 자유로움이며, 더군다나 교실 저편의 모두 한통속인 그들은 나를 바라만 볼 뿐 누구 하나 아는 체하지 않는다. 시간이 정지된 그린 데이는 태양이 '내가 서 있는 반점'을 삼키는 순간 사라진다. 시간의 멈춤이 '정상화'되면서 대

---

31) Der grüne Tag: 마야인들의 달력에서 시간의 흐름에서 자유로운 일 년 중 하루를 이른다.

하는 공간에서 나는 그저 개성이 상실된 대중으로만 보이며, 마치 그림자를 빼앗긴 슐레밀의 처지와 유사하다. 태양으로 상징되는 시간성이 내가 서 있는 공간의 어둠(반점)을 빨아들이고, 어둠이 제거된, 즉 시간성의 노예가 된 나의 어린 시절 기억은 교실 안의 몰개성화된 뭇 학생들의 유년시절 기억을 대변하는 것이리라. 한편 「달(Der Mond)」의 경우에서도 시간성이 빛으로 이야기되는 것을 찾아볼 수 있다. 달빛이 비추는 공간은 해가 뜬 낮 시간의 공간과 '적대적이거나 동시적인 공간'을 만들어 낸다. 은은한 달빛은 해가 사라진 어둠의 공간에 시간의 족적을 남기기에 충분하다. 시간은 빛이라는 매개체를 통해서 공간성을 확보한 셈이다.

『베를린의 유년시절』에서 시간의 공간화 과정은 기억의 기념비적 장소에 중첩된 감각의 기억들로 형상화된다(프루스트의 경우와 유사하다 할 수 있다). 대도시의 길 찾기를 미로 찾기뿐만 아니라 마치 숲 속에서의 트레킹에 비유하며 어린 시절 티어가르텐에서의 꽃 찾기를 통해서 색채감을 형상화하기도 하고(「티어가르텐(Tiergarten)」), 「로지아(Loggien)」에서는 포도나무 넝쿨 같은 사랑의 감정을, 「색채들(Die Farben)」에서는 정자의 울긋불긋한 유리창들에 대한 기억에서 달콤한 초콜릿의 미각을, 「전화기(Das Telefon)」와 「카이저파노라마(Kaiserpanorama)」에서는 새로운 미디어에 대한 기억을 그려 내고 있다.[32] 유년기의 시간체험이 상징적인 기념비적 도시공간에 중첩되어 나타나는 가장 적합한 일례로 우리는 「승리 기념탑(Die Siegessäule)」을 제시할 수 있다. "그것은 마치 매일 한 장씩 뜯어내는 일력(日曆)의 빨간 날짜처럼 넓은 광장에 서 있었다. 마지막 스당승전기념일과 함께(달력을 뜯듯이) 허물었어야 했지 않을까. 내가 어릴 적에는 스당기념일이 없는 한 해를 도저히 상상할 수 없었다. 스당전투가 끝나고 오직 축제의 퍼레이드만이 남아 있었다." 여기에서 달력의 공휴일을 표시하는 붉은색 활자는 시간의 흐름과 그 기억을 가리키는 이미지뿐만 아니라, 동시에 시대의 변화에 따른 그 이미지의 유효성의 종말을 의미한다. 스당기념비는 더 이상 스당전투의 승리를 무한하게 상징하는 대명사로서 존재하는 것이 아니며, 이 전투가 끝나고서 기념일에 퍼레이드로서만 그 유효성을 증명하고 있었듯이 어떠한 기억의 이미지도 영원성의 가치를 지니지 못하고, 상대적인 유효성을 지닐 뿐이다. 원래 승리 기념탑은 어린아이 개인의 유년기적 추억을 간직한 장소를 넘어서는 문화적 기억의 저장 매체이다. 이것은 정기적인 추모와 기억의 재구성을 통한 정체성 정립의 사회적 기제인 것이다. 그러나 기념비·추모비에 전제되는 기억의 통일성이 오래전에 이미 그 유효성을 상실한 것이라면, 그것은 능동적인 의미에서 더 이상 문화적 기억의 공간이 될 수 없다. 또한 이는 일찍이 벤야민이 『일방통행(Einbahnstraße)』의 헌사에 적었던 다음과 같은

---

32) 기억의 과정과 언어의 물질성에 대한 논의와 더불어 뉴미디어에 대한 『유년시절』의 이미지들에 대한 상세한 논구는 다음 기회로 미룬다.

현실인식과 다름없다. "삶의 구조는 오늘날 더 이상 확신보다는 현실의 실재적 위력하에 놓여 있는 셈이다."

4. '나는 그를 본 적이 없다. 단지 그만이 나를 항시 바라 보고 있었다'
―『베를린의 유년시절』 또는 '체험과 장소의 재매개'

죠르쥬 바타이유(Georges Bataille) 가 벤야민의 요청으로 파리 국립 도서관에 감춰 두었던 원고 뭉 치가 1981년에 다시 발견되기 이전에도『베를린의 유년시절』 의 가장 마지막 순서를 차지할 에피소드에 대해서는 이견이 없었다.「작은 꼽추(Das bucklichte Männlein)」라는 제목의 에세이는 이 책의 미래와 저자 자신의 미래를 다음과 같이 기원하며 끝마치고 있기 때문이다. "나는 그를 본 적이 없다. 단지 그만이 나를 항시 바라보고 있었다. 숨 바꼭질하던 나, 수달의 우리 앞에 있던 나, 그 겨울날 아침에도, 부엌 복도 앞 전화기 앞에서도, 나비 잡던 맥주공장에서도, 금관 악기 음악이 울려 퍼지던 스케이트장에서도 그는 항시 나를 바라보고 있었다. 이미 오래전에 그는 소임을 다했다. 다만 마치 가스등불이 타는 듯한 목소리의 그의 음성만이 세기말의 문턱을 넘어서 여전히 속삭이고 있을 뿐. '귀여운 아가야, 아 제발, 이 작은 꼽추 아저씨를 위해 같이 기도해 주렴.'"33)

'능동적인 회상(Eingedenken)'의 일례로 유명한 이 단락은 『베를린의 유년시절』의 '주요 사건들'에 대한 회고 조의 기억을 통해서 자서전적 특성을 잘 보여 주고 있는 셈이다. '근원적인 일그러진 모습'34)인 장애인 꼽추 아저씨의 모습은 그러나 명백하게 어떤 한 가지 상징성으로만 환원될 수 없다. 언어적으로는 재현 불가능하지만, 구성적인 망각의 시점을 규정짓는 상징성의 차연을 보여 주고 있는 셈이다. 기억의 공간을 규정짓고 저장하고 계속적으로 반추하며, 경우에 따라서는 자아 정체성의 문제에 깊이 관여하는 자의식의 언어적 특성이 이 단락에서는 마치 꼽추 아저씨와 같은 '왜곡된 이미지의 근원적 모습'으로 상징화되는 것이다. 아우라와 통제된 시선 사이의 상호작용을 통해서 마치 천을 짜듯이 텍스트를 구성하는 계기들을 토해 내고 있으며, 이는 바로 기억의 공간을 규정짓는다.

이로써 벤야민의 『베를린의 유년시절』을 통해서 보여 주고 있는 바는 전통적인 개념과는 다른 새로운 주체 개념—프로이

---

33) Benjamin(1987), S. 79.
34) Benjamin, GW Ⅱ-2, S. 431.

트와 프루스트의 영향에 따른—의 확장이지 않을까 싶다. 20세기 문턱에 서 있던 어린 화자는 더 이상 자의식(自意識)에만 국한된 것이 아니라 무의식의 세계를 그리기도 하고 있으며, 자의적(恣意的)인 것만이 아닌 세상을 바라보고 있다. 이러한 기억과 망각의 변증법은 주지하다시피 주체의 사회적 차원으로의 확장을 낳기도 한다. 상징의 조화로운 통일성이 파괴됨으로써 동시에 경험한 인식의 주체와 객체의 몰락을 미학적으로 그려 내려는 시도는 알레고리적으로, 또는 '우회적으로', 아니면 일그러진 왜곡된 모습으로 유년기의 자아를 반추하려 시도하고 있다. 언어적인 재현의 경우에서, 이렇게 뒤틀리고 왜곡된 이미지들을 다시금 언어적으로 묘사하려 시도한다면 그의 유년기는 '언어적으로 올바르게' 제시될 수 없다. 분절적이고, 알레고리만이 남은 조각난 유년기의 회상이 이야기되는 지점이다. 마치 일그러진 글자의 흔적을 되새기는 것과 같은 망각의 기억에 대한 시학이 그려 내는 유년기의 모습은 어쩌면 모든 매개로부터 자유로운 실재의 한 측면을 보여 주는 것이다. '항시 나를 바라보고 있었던 그의 시선', 즉 아우라적 시선은 항시 다른 기억의 층위들 속에서 아우라를 담보하고 있는 것이다. 따라서 이러한 벤야민의 추구와 기억의 작업은 망각의 분산을 야기하는 것이지, 어떠한 불변의 과거 이미지를 끄집어내려는 시도가 아니며, 그와 반대로 긍정적인 방황을 추구하는 것이다.

즉 "그리하여 공간에서는 미로가 그러한 것처럼, 시간에서는 기억이 그러하여, 기억은 지나간 것들 속에서 아직 도래하지 않은 미래의 징후를 찾고"[35] 있기 때문이다.

---

35) Szondi, Peter: Nachwort zu: W. Benjamin. *Städtebilder.* Frankfurt/M. 1973. S. 84.

지각의 로지스틱과 시간의 공간화
– 카프카의 「사냥꾼 그라쿠스」와 무성영화 –

"어느 누구도 그것에 대해서 물어보지 않았을 때는 나는 그것
에 대해 알고 있다. 하지만 누군가로부터 그것에 대한 질문을 받
고, 그것에 대해 설명을 하려 하면 나는 더 이상 그것이 무엇인
지 알지 못한다."(아우구스티누스)

1. 표현주의와 시네마토그라프의 시간

카프카의 사망 10주기를 추모하며 집필된 『카프카 에세이』의
말미에서 벤야민은 카프카의 주인공들은 마치 영화와 축음기와
같은 새로운 미디어의 실험인들과 같은 처지라고 언급한 바 있
다.36) 인간 상호 간 소외가 극도로 고조된 시대의 산물인 영화

---

36) Benjamin, Walter: Franz Kafka. Zur Zehnten Wiederkehr seines
Todestages. in: ders.: Gesammelte Schriften. Band Ⅱ - 2. Frankfurt/M.

와 축음기에서는 자신의 행동과 목소리가 낯설 뿐이며, 각기 배역이라는 연관성 속에서만 실존의 편린들이 파악될 뿐이라고, 마치 그림자를 판 페터 슈레밀(Peter Schlemihl)처럼, 카프카의 프로타고니스트들은 잃어버린 몸짓을 갈구하고 있다는 것이다.

카프카의 주인공들이 겪어야 하는 어려움은 시간의 망각으로부터 불어오는 폭풍에 맞선 오디세이일 것이다. 후에 벤야민 최후의 텍스트가 되어 버린 역사철학 테제의 앙겔루스 노부스(Angelus Novus)의 날개를 옴짝달싹 못 하게 부여잡고 앞으로 밀어붙이는 시간의 폭풍이 파라다이스로부터 유래한 것이라면, 카프카의 프로타고니스트들은 그 폭풍을 거슬러야 한다. 초창기 영화의 미학을 추구하였던 루카치의 표현을 군이 빌리지 않더라도, 시네마토그라프(Cine matograph/Kinematograph)라는 명칭으로 일반화되었던 무성영화의 직접성·현재성은 전통적인 드라마의 운명과 그 시간적 배경의 장막을 과감하게 걷어 버렸다.37) 운명이 아니라 사건과 플롯 중심의 영화 미학은 새로운 매체적 상황에 직면한 인지능력의 변화과정으로 이해될 수 있음을 입증한 벤야민의 논지는 이제 고전이 되었다(『기술복제시대의 예술작품』). 영화와 카프카 문

1991. S. 409~438. hier S. 436.

37) Vgl. Lukács, Georg: Gedanken zu einer Ästhetik des Kino. in: Schweinitz, Jörg(Hrsg.): Prolog vor dem Film. Nachdenken über ein neues Medium 1909~1914. Leipzig 1992. S. 300~305.

학의 친화력에 대한 벤야민의 논지는 "카프카의 세계를 해석하는 진정한 열쇠는 채플린이 손에 쥐고 있다"[38]라는 명제에 잘 나타나 있다.

　표면성과 내면성, 난해함과 투명성이 상호 교차하는 카프카 본연의 서사 법칙성에 기반을 둔 카프카의 수많은 문학텍스트에는 영화라는 새로운 매체의 영향이 직·간접적으로 각인되어 있다. 다른 한편으로 카프카의 문학적 특질은 표현주의적이라고 이야기된다.[39] 그럼에도 아도르노의 표현에 따르자면 표현주의적인 서사문학은 역설적이다. 헤아릴 수 없고 이야기할 수 없는 것을 이야기하고자 하는 것과 같은 것이리라. 부자유스럽고 존재하는 것이라 할 수 없는 주체들에 대해서 이야기하는 것이며, 이러한 주체는 자신을 사로잡는 강압적 계기들로 분해되며, 자아의 동일성을 상실하게 되어 일상의 법칙성과는 무관하다.[40] 뿐만 아니라 객체 없는 내면성이란 그것이 시간과 이질적인 반복의 법칙을 따르는 다른 공간을 이룬다. 이것이 카프카 문학이 지닌 탈역사성의 근원이며, 내적 감성의 통일인 시간에 의해 구

---

38) Benjamin, Walter: Gesammelte Schriften. Band II-3. Frankfurt/M. S. 1198.

39) 벤야민뿐만 아니라 전후 아도르노 역시 카프카 문학의 표현주의적 특성에 대해서 논의하고 있다. Vgl. Adorno, Theodor W.: Aufzeichnungen zu Kafka. in: ders.: Prismen. Kulturkritik und Gesellschaft. Frankfurt/M. 1987. S. 250~283.

40) 아도르노는 카프카의 문학성을 다음과 같이 설파한 바 있다. "그의 텍스트들은 다음을 염두에 두고 있다. 즉 텍스트와 그 텍스트의 희생자인 독자들 사이에는 지속적인 거리 두기가 존재해야 한다는 것이 아니라. 텍스트는 독자의 정서를 자극하여, 마치 삼차원 영화기술에서 기관차가 관객을 향해 돌진하는 장면을 연출하고 있듯이, 이야기된 것들이 독자들에게 다가옴을 두려워하게 하여야 한다." Ebd. S. 256.

성된 형식은 카프카에게 불가능하다.

카프카의 문학에서는 총체성으로 완결된 시간 경험으로 종결될 수 없다. 대신에 카프카의 이야기들에서는 에피소드들의 나열과 함께, 초창기 무성영화에서 자주 등장하던 플롯, 모티브, 장면들의 병렬적인 배치가 일반화되어 있다. 더구나 영화적 드라마투르기, 인물 배치와 행동의 미학들이 서사적으로 재배치되어 나타난다. 이러한 점에서 보자면 카프카의 서사적 재현의 내적 논리 구조를 초창기 영화의 서사·재현의 법칙성과의 논구를 통해서 규명해 볼 수 있지 않을까 하는 문제의식을 느낄 수 있을 것이다. 주지하다시피 카프카 문학에서 우리가 접하는 그로테스크한 역동성과 초현실주의적 플롯, 더 나아가서 비심리학적인 플롯의 전개는 카프카 문학에 각인된 초창기 영화의 영향력 증거로 읽힐 수 있으며, 카프카 문학의 주요 특징이기도 하다. 주지하다시피 카프카는 열렬한 영화광이라고 알려졌으며, 이러한 카프카의 시네마토그라프에 대한 열정은 막스 브로트를 위시한 지인들의 회고[41]에서뿐만 아니라, 일기와 서간문 등 여러 자전적 글쓰기에서 충분히 입증되었다.[42]

카프카의 새로운 매체에 대한 열정이 그의 서사적 글쓰기에 어떤 족적을 남겼을까 하는 질문을 던지는 것은 카프카의 프로

---

41) Vgl. Brod, Max: Franz Kafka. S. 107.

42) Vgl. Zischler, Hanns: Kafka geht ins Kino. Reinbek b. Hamburg 1996.

타고니스트들의 지난한 오디세이를 규명하는 데뿐만 아니라, 작금의 새로운 매체 상황에서 전통적인 문학의 미래상을 고민하는 우리 시대의 문제적 자아들에도 유의미한 일이다.

2. 공간의 시간화와 시네마토그라프의 미학

19세기 말~20세기 초반 새로이 출현한 무성영화와 그 수용과정에서 보인 변화된 대중의 인지관습에 대한 논의는 논란의 여지가 없다. 대상의 시각화와 이에 따른 시각적 인지의(비주얼화) 변화는 영화뿐만 아니라 다양한 매체에서 동시에 이뤄진다. 인간 인지능력의 변화는 단말마적인 것이 아니라 지속적인 끊임없는 변화 과정으로 묘사된다. 무엇보다도 무성영화의 등장은 문화사적 의미를 지닌다.

영화는 그 출발점이 정확하게 알려져 있는 유일한 예술장르일 것이다. 즉 1895년 12월 28일 뤼미에르 형제는 파리에서 세계 최초의 유료 시사회를 개최한 것이다.[43] 이 유례없는 이벤트는 여러 편의 흑백 단편 무성영화들을 연달아 상연하는 형식으

---

43) Vgl. Beyle, Claud(Hrsg.): Une histoire du cinéma français. Paris 2000, S. 10.

로 이뤄졌는데, 아기가 밥을 먹는 장면, 벽을 무너뜨리는 장면, 해수욕하는 장면 등과 같이 일상의 기록에 지나지 않았다. 외관상의 평범함과 일상성의 재현은 뤼미에르 형제에게 별로 문제가 되지 않아 보인다. 뤼미에르 형제는 실제 사실이라고 믿는 것과 실재의 차이를 구별하는 관객의 타고난 능력에 도전함으로써 영화를 관객의 시각적 한계를 이용하는 기술을 만들어 있는 그 대로의 삶을 스크린 위에 재현하고자 하였다.[44] 1896년 1월 6일 초연된 <시오타역의 기차도착(L'Arriviee d'un train à la Ciotat)>이라는 단편영화의 상영에서 극대화되었던 이러한 현실의 재현에 대한 '야망'은 당시의 관객들에게는 전례 없는 새로운 체험의 순간을 제공하였다. 스크린 위로 돌진하는 기차가 실제로 자신들을 덮칠 것이라고 믿어서 소리를 지르고 소란을 피웠다는 기록들이 전해진다.

현실에 재현이 어떤 환상성을 보여 줄 수 있다는 점뿐만 아니라 초창기 영화 제작자들은 멜리아스(Georges Méliès)의 경우와 같이 '특수효과'의 기법을 통해서 관객에게 더 이상 현실 그 자체만을 보여 주지 않게 된다. 물론 관객은 여전히 그것을 현실로 받아들일 수 있겠지만 말이다.[45]

오늘날 우리는 컴퓨터로 대변되는 디지털 미디어의 출현을

---

44) Elsaesser, Thomas: Filmgeschichte und frühes Kino. Archäologie eines Medienwandels. München 2002. S. 47.

45) 1909～1913의 일기와 편지들에는 카프카의 뉴미디어에 대한 열광이 드러나 있다. 1914년 이전의 개념으로 보자면 시네마토그라프에 대한 카프카의 열광이 문학이야기를 빼자면 카프카의 자전적 글들에서 가장 많이 볼 수 있다.

경험했다. 이는 새로운 메타 미디어의 탄생을 의미하는 것이 아닐까? 영화가 처음 등장했던 1세기 전의 경우와 달리 이 새로운 '뉴미디어'가 가져올 혁명적인 변화는 충분히 가시화되었으며 글로벌한 지구촌의 인터넷 공간의 확대로 상징되듯이 모두에게 충분히 인식되고 있어 보인다. 그럼에도 이미지가 대상을 지배하고, 시간이 공간을 지배하는 새로운 매체적 상황에 대한 논구는 1세기 이전이나 지금이나 매우 제한되어 이야기된다. 새로운 미디어에 대한 열광은 시네마토그라프 이전에 사진의 경우에도 유사하게 존재했었다.[46]

1839년 8월 19일 루이 다게르(Louis Daguerre)의 소위 다게레오타입(daguerreotype)이 일반에 소개될 때 이를 보러 온 파리 시민들로 파리 학술원은 발 디딜 틈이 없었다. 며칠 후 광학기구 상점은 다게레오타입을 구입하려는 사람들로 장사진을 이루었으며, 어디에서나 이 다게레오타입 카메라로 여기저기 찍어 대는 사람들을 쉽게 볼 수 있었다. 이렇게 새로운 미디어에 대한 열광은 시작되었으며, 반년도 지나지 않아서 바르셀로나, 에딘버러, 나폴리, 베를린, 필라델피아, 상트페테르부르크, 스톡홀름에 이르는 구미 각국의 도시에서 다게레오타입에 관한 서적 출판이 봇물 터지듯 하였다. 2년이 지나지 않아서 도처에 사진관이 생기고 초상화를 찍기 위해 사람들은 사진관을 향하게 되었다.

반면에 1833년 영국의 찰스 배비지(Charles Babbage)는 분석 엔

---

46) Newhall, Beaument: The History of Photography from 1839 to the Present Day. New York 1964. S. 17~22.

진(Analytical Engine)이라는 장치를 설계한다. 이 기계는 천공카드 시스템을 사용하여 현대 컴퓨터의 핵심요소라 할 수 있는 데이터의 처리와 저장을 가능하게 하고 그 결과를 프린터로 인쇄할 수 있는 기능을 지닌 계산기였으나, 다게레오타입과 달리 단 1대도 제작되지 못했다. 현실을 재생하는 미디어 도구로서의 다게레오타입의 발명이 즉각적인 사회적 반향을 가졌던 반면에 배비지의 '컴퓨터'는 대중의 관심에서 거의 잊혔다. 후대의 역사가들은 배비지의 계산기 모델이 1800년경에 자커드(J. M. Jacqurd)에 의해 발명되었던 천공카드에 의해 조절되는 직조기에서 천공카드 시스템의 아이디어를 가져왔다는 사실에 주목하였다. 자커드의 직조기가 꽃과 잎사귀를 짰다면, 분석엔진은 대수학적 패턴을 짰다는 것이다.[47] 이미지를 만들어 내는 직조기와 '컴퓨터'의 발생사적 연관성은 현대의 디지털 미디어에 대한 이해에 있어서 무척 의미 있는 연관성을 제시하는 것이리라.

뉴미디어의 발전과 컴퓨터의 발전이라는 양대 축이 거의 같은 시기에 시작되었다는 사실의 이면에는 대중사회가 기능하기 위해서 미디어 기계와 계산 기계가 둘 다 절대적으로 필요한 것이라는 역사적 사실이 존재한다.[48] 대중 미디어와 데이터 처리

---

47) Eames, Charles: A Computer Perspective: Background to the Computer Age. Cambridge 1990. S. 18.

48) 동일한 텍스트, 이미지 그리고 사운드를 수백만의 시민들에게 배포해서 똑같은 이념적 믿음을 확신시킬 수 있는 능력은 시민의 출생기록, 취업기록, 의료기록 그리고 경찰기록을 추적할 수 있는 능력만큼이나 필수적이었다. 사진, 영화, 오프셋 인

기술의 발전은 이후 서로 분리되어 상호 독자적인 발전의 길을 줄곧 걷다가 20세기 후반에 컴퓨터의 발전을 통해서 상호 통섭적인 뉴미디어로 발전하게 된다는 것은 주지의 사실이다. 1890년대에 시네마토그라프라는 이름의 기술적 발전이 대중적인 활동 이미지의 저장·배포의 수단으로 발전하였던 반면에 홀러리쓰(Herman Hollerith)의 전기 계수기가 1890년 미국의 인구 조사에 사용됨으로써 산업계에 계산기계가 최초로 광범하게 사용되는 계기로 작용하였다. 이 홀러리스 전기 계수 기계 회사가 훗날 IBM의 모태가 되었다는 것은 주지의 사실이다. 이후 1936년에 발표된 튜링(Alan Turing)의 현대 컴퓨터의 이론적 배경(「Computable Numbers」)과 '튜링 기계(the Universal Turing Maschine)'의 설계도를 통해서 데이터의 읽기와 기록을 통한 현대 전산 시스템의 원형을 보여 준다.

그런데 튜링기계의 설계도에서 이상할 정도로 필름 영사기와 유사한 모습을 보게 되는 것은 결코 우연이 아닐 것이다. 튜링의 논문이 발표된 같은 해에 독일의 추제(Konrad Zuse)가 최초로 작동하는 디지털 컴퓨터를 만들었다. 그 작동원리는 구멍 뚫린 테이프들을 사용하여 컴퓨터 프로그램을 조종하는 것이었는데, 그가 사용한 테이프는 버려진 35밀리 영화 필름이었다. 이 필름 조각에는 실내에서 촬영한 원래 프레임 위에 이진부호

쇄, 라디오 그리고 텔레비전은 앞서 나열한 것들을 가능하게 하였고, 반면에 컴퓨터는 뒤에 나열한 것들을 가능하게 하였다. 대중미디어와 데이터 처리 기술은 서로 보완적인 기술이다. 이 둘은 함께 나타나서 나란히 발전했고, 그에 따라 현대적 의미의 대중사회가 가능하게 되었다.

(binary code)가 구멍으로 뚫려 있다. 원래 영화의 내용이 무엇이었던지 간에 이는 데이터 전달이라는 새로운 기능을 위해서 지워졌다. 감각할 수 있는 현실을 모방해 내는 현대적 미디어라는 사실도 이와 유사하게 지워졌다.[49)]

초창기 무성영화를 의미하던 시네마토그라프(Cinematog raph/Kinematograph)라는 단어가 '움직임의 기록'이라는 뜻이라면, 영화의 핵심은 시각적 질료와 대상을 물질적인 형태로 기록하고 재연을 위하여 저장하는 것이다. 카메라가 필름에 저장하고 영사기는 그것을 다시 읽어 낸다. 이러한 영화적 도구는 데이터를 쓰고 읽는 컴퓨터의 기능과 유사한 것이며 이것이 튜링기계와 영사기와의 유사성을 낳은 것이리라. 튜링과 추제의 컴퓨터 실험뿐만 아니라 스펙타클한 베를린 올림픽의 개최와 그에 대한 레니 리펜슈탈(Leni Riefenstahl)의 기념비적인 다큐멘터리 필름으로 점철된 1936년 벤야민은 이러한 새로운 미디어의 발명과 기술 발전이 인간의 본성과 인지능력에 어떤 영향을 끼치고 있지 않을까 하는 점에 대한 논구를 시도한다.[50)]

주지하다시피 벤야민의 논지는 영화와 같은 새로운 미디어의 발흥에 의해 야기된 인간 지각의 변화를 추적하고자 하는 것이

---

49) 영화가 컴퓨터의 노예가 된 것일까? 아이콘적 부호 위에 이진부호가 덧쓰인 이런 추제의 필름은 50년 후에 이뤄진 디지털 미디어에서 수렴된 이미지적 미디어와 계산적 미디어, 즉 영상과 컴퓨터의 만남을 선취하고 있는 것이다. 모든 기존의 미디어는 컴퓨터에서 사용 가능한 숫자로 치환되었으며, 미디어는 뉴미디어가 되었다.

50) Benjamin, Walter: Das Kunstwerk im Zeitalter seiner technischen Reproduzierbarkeit. in: ders.: Gesammelte Schriften. Band I-2. Frankfurt/M. 1991. S. 471~508.

며, 인간 본성에 대한 기술의 간섭에 초점을 맞추고 있다. '아우라', 즉 예술작품이 지닌 독특한 현전감이라는 저 유명한 개념에서 출발한 벤야민의 논의는 사진과 영화가 야기한 거리감의 상실에 주목하고 있으며, 거리가 주체와 객체를 구분하고 관람자와 광경 사이에 틈을 만들고, 거리가 있기 때문에 주체가 타자들을 대상으로 취급(대상화)할 수 있었다는 데 주목하게 만든다. 결론적으로 영화와 같은 대중문화에 대한 부당한 비난과 의혹, 그리고 더 나아가서 문화 영역에서의 기술 혐오적 성향을 벗어나게 한 것은 벤야민의 공로로 치부할 수 있다. 데카르트적 주체 개념을 극복하여 매체를 바라보는 가능성을 열었다는 점에서 벤야민의 실정성이 찾아질 수 있다. 사진과 영화와 같은 미디어를 접하는 기술 복제시대 대중의 인식은 더 이상 집중을 요구하지 않고, 집단적이고 분산적인 수용에서만 규정된다. 전통적인, '거리를 둔', 관조적인 침잠에 반하는 분산적인 오락성이 대중의 예술에 대한 관여방식의 특질을 이루게 되었다.

벤야민은 새로운 매체의 발생과 이에 따른 전통적인 경험 및 인식모델의 변화는 관객을 산만한 시험관(試驗管)이 되게 하였다고 주장한다. 관객이 시험관이고 주인공들은 피시험자들인 무대에서, 대상을 그것을 감싸고 있는 표피로부터 벗겨 내는 일, 즉 아우라의 파괴는 이제 새로운 지각 작용의 징표로 작용할 따름이다. 이것은 '시선 없는 시각(Vision sans regard)'(Virilio)의 혁신을 의미하는 것이다.

3. 시선의 기하학과 그라쿠스의 탈망각의 배회

제1차 세계대전이 발발하기 이전에는 당시의 무성영화, 즉 시
네마토그라프는 하층민을 위한 서브컬쳐의 영역에 속했으며, 카
프카와 같이 교육수준이 높은 전문직 종사자들에게, 더구나 문
필가들에게는 썩 어울리지 않는 문화적 향유의 수단이었다. 그
러나 최근에는 카프카의 자전적 글쓰기에 대한 경험론적 연구
(Zischler)를 통해서 카프카의 시네마토그라프에 대한 남다른 애
정이 속속들이 밝혀진 바 있다.

카프카의 일기와 편지들의 곳곳에서 언급된 영화의 흔적을
프라하와 카프카의 여행지에서 상연 프로그램과 비교하여 제
시함으로써 작가 카프카의 영상미디어에 대한 열정뿐 아니라
벤야민의 테제에 따른 기술발전과 인식변화 사이의 상호 작용
성에 대한 실례를 제시할 수 있었다. 우리는 그럼에도 카프카
의 글쓰기에 나타난 매체 기술적 인식변화를 논구해 볼 수 있
을 것이라는 문제의식을 제기할 수 있다. 이러한 문제의식에
답변을 제공하기 위하여 『사냥꾼 그라쿠스』[51]의 첫 부분을 인
용해 보기로 하겠다. "사내아이 둘이서 부두의 뚝 위에 앉아
서, 주사위 놀이를 하고 있었다. 칼을 뽑아 들고 있는 용사상
이 그림자를 드리우고 있는 기념비 계단에서는 한 남자가 신

---

51) Kafka, Franz: Beschreibung eines Kampfes. Frankfurt/M. 1983. S.
75~79.

문을 읽고 있었다. 우물가에서는 소녀가 물동이에 물을 담고 있었다. 과일 장수가 물건 옆에 누워서 호수를 바라보고 있다. 활짝 열어젖힌 술집의 문과 창문으로 안을 들여다보니, 포도주를 마시고 있는 두 사나이의 모습이 보였다. 술집 주인이 앞쪽 테이블 앞에 앉아 졸고 있었다. 작은 항구에는 한 척의 보트가 마치 물에 올라타 있는 것처럼, 조용히 떠서 흔들리고 있었다. 푸른 작업복을 입은 사나이가 육지로 올라와 닻줄을 닻고리에 잡아맸다. 검은 저고리에 은 단추를 단 다른 사나이 두 명이, 뱃사람 뒤를 따라 들것을 운반해 갔다. 그 위에는 가장자리에 술로 장식한 커다란 꽃무늬의 비단 천을 뒤집어쓰고서, 사람이 누워 있음이 분명했다." 1916년 말에서 1917년 4월 사이에 집필된 『사냥꾼 그라쿠스』의 첫 단락에는 순간 포착으로 잡은 어느 부둣가의 정경이 묘사되어 있다. 노는 아이들, 신문 읽는 남자, 물 긷는 소녀, 과일 장수, 술집 손님, 술집 주인, 상륙하는 나룻배, 배의 선장과 들것의 모습들이 하나하나 선명하게 독자적으로 묘사되어 있으며, 이 그림들 사이의 어떤 서사적 연관성은 부연되지 않는다.

다만, 이 글을 읽는 독자들의 머릿속에서는 각기 다른 형상들이 뚜렷하게 배치되어 있는 한 편의 파노라마를 보고 있는 느낌을 받는 것은 아닐까 싶다. 이는 카프카가 '현실의 평온함(Ruhe der Wirklichkeit)'을 추구한다고 믿었던 수동적인 광학의 눈(optische Augen)으로 바라보는 세계이다. 제1차 세계대전을 전후

한 시기의 카프카 일기와 편지들에는 무성영화인 시네마토그라프에 대한 열광뿐만 아니라 19세기 중반 이래 유럽의 주요 도시에 광범위하게 자리 잡고 있던 스테레오스코프(Stereoscope)의 오락성에 대한 언급이 자주 눈에 띈다. 1849년 데이비드 브루스터(David Bruster)에 의해서 발명된 스테레오스코프(立體鏡)는 1860년에 입체사진으로 발전하여 당시에 서구세계에서 널리 유행하였다.52)『사냥꾼 그라쿠스』의 지리적 무대가 되는 가르다 호수에서의 휴가를 회고하면서 카프카는 시네마토그라프와 스테레오스코프의 광학적 시선의 차이를 설명한 적이 있는데, 시네마토그라프의 세계가 태생에서부터 기차와 자동차와 같은 현대기술의 발명품들을 보여 주는 운동과 속도의 미학에 익숙해 있다면, 아름다운 풍광과 이국적인 풍경이나 명승지의 정적인 모습을 보여 주는 스테레오스코프의 미학은 정적인 특성을 가진다.53)

시네마토그라프의 동영상이 역동적인 이미지를 보여 줌에도 스테레오스코프의 정지된 입체상들이 바라보는 주체의 지각활동을 능동화시켜서 보다 살아 있는 그림을 제공한다는 주장을 한다. 스테레오스코프 또는 카이저파노라마의 입체경을 통해서 바라보는 관람 상자 안의 이미지를 바라보는 것은 입체경이라는 조준되고 제한된 시야 속으로 시각을 기술적으로 정렬시키

---

52) 스테레오스코프는 일반인들이 보기 힘든 명승지나 주요 건축물들에서부터 음란물, 동식물 사진에 이르는 다양한 볼거리를 양안 시차의 원리를 이용하여 입체적으로 보여 주던 장치로서, 가령 세기말의 유년시절을 묘사한 벤야민에게 있어서도 「카이저파노라마」의 기억은 매우 강렬한 유년기의 추억으로 남아 있다.

53) Vgl. Kafka, Franz: Reisetagebücher. Frankfurt/M. 2002. S. 15.

는 행위라고 볼 수 있다. 이러한 조준선 개념은 형태인지 컴퓨터로 계산되는 디지털 광학의 예시로서 지각의 자동화를 예견하는 것이기도 하다. 그러나 이러한 시선의 정렬과 조준선의 기하학화는 소위 '믿음의 선(ligne de foi)'에 준거하여 이뤄진다. 이 시선의 관념적인 선은 완전히 객관적인 것이 되어 시선의 작용에서 언제나 작동하고 있는 해석적 주관성의 부분을 사실상 망각으로 이끌어 의미론적 상실을 초래할 정도가 된다. '사냥꾼 그라쿠스'는 죽은 후에도 1,500년 동안 이승의 물 위를 떠다니고 있지만, 부두의 여전히 살아 있는 사람들은 그라쿠스의 존재에 대해서 무관심하다. 이미 객관화되어 버린 관념적인 믿음의 선은 시선이 보여 주는 것 이외에는 더 이상 관심이 없고 잊힌 것이리라.

> "부두의 뚝 위에서, 상륙한 일행에게 관심을 갖는 사람은 아무도 없었다. 아직 닻줄을 만지고 있는 뱃사공을 기다리기 위해서, 두 사람이 들것을 내려놓아도 아무도 다가오는 사람은 없었다. 말을 거는 사람도, 자세히 살펴보려고 하는 사람도 없다"(S. 75)

부두에 상륙한 뱃사공은 망설인다. 아무도 알아차리지도 않고 관심도 없으며, 자신들은 이미 잊힌 존재이고 다시금 정처 없이 길을 떠나야 할 것인가, 아니면 그럼에도 불구하고 자신들의 존재를 알려야 할 것인가 고민에 빠진다. 그때 리바의 시장이 일행을 마중하지만, 여전히 그들은 어디로 가야 할지 모른다. 성령의 상징인 비둘기가 항시 앞서서 도착지에 그라쿠스의 도착을 알리고 다니지만 누구도 이들의 최종 목적지를 알지 못한다. 리바에 체재해도 좋은가에 대한 그라쿠스의 물음에 리바의 시장은 그라쿠스가 죽은 것인가 하고 다음과 같이 되묻는다.

"그런데 당신은 죽은 것입니까?" "그렇습니다." 사냥꾼은 말했다. "보시는 대로입니다. 여러 해 전에, 분명 짐작하지 못할 정도로 아주 옛날에 나는 슈바르츠발트에서 한 마리의 산양을 쫓고 있을 때에 낭떠러지에서 추락했습니다. 나는 그때 이래로 죽어 있습니다." "그러나 당신은 아직 살아 있지 않습니까." 시장은 말했다. "어느 정도는" 하고 사냥꾼은 말했다. "어느 정도는 살아 있습니다. 내 시체를 운반하는 작은 배가 진로를 잘못 들었습니다. 키를 잘못 조종했는지 뱃사공이 잠깐 방심을 했는지 아니면 내 고향의 절경에 정신을 빼앗겼는지, 그것이 무엇인지 나는 알지 못합니다. 단지 내가 알고 있는 것은, 내 몸은 이 지상에 남게 되었다는 것과 내 작은 배는 그때 이후로 이 지상의 물 위를 떠다니고 있다는 것뿐입니다. 이런 이유에서 산간 지방에서만 살기를 원했던 내가, 죽은 후로는 지상의 여러 나라들을 편력하고 있습니다."

"그렇다면 저세상과는 관계가 없습니까?" 시장은 이마에 주름살을 모으면서 물었다.

"나는" 사냥꾼은 대답했다. "언제나 위쪽으로 나 있는 커다란 계단 위에 있습니다. 끝없이 큰 노천 계단 위에서 방황하고 있습니다. 때로는 올라갔다 때로는 내려갔다 바른 쪽으로 갔다 왼쪽으로 갔다 하면서 쉬지 않고 움직이고 있습니다. 사냥꾼은 한 마리의 나비가 된 것입니다. 웃지 마십시오."(S. 77)

사냥꾼 그라쿠스의 형상 뒤에는 작가 카프카의 모습이 숨어 있다(엠리히). 카프카의 이름이 지닌 어원상의 유사성뿐만 아니라 일기의 여러 대목에서 카프카는 경계지대의 삶에 대해서 언급하고 있어서, 그라쿠스의 형상에서 카프카의 모습을 읽어 내는 것은 그리 어렵지 않다. 죽어 있으면서도 살아 있는 그라쿠스는 주변세계의 관습적 삶과 사상과 철저하게 단절한 카프카의 '고독(엠리히)'을 표현한 것일 수 있다. 아니면 더 이상 죽음의 평온함(Ruhe)을 얻고자 하는 그라쿠스의 마지막 소원도 이뤄지지 못하는 위장된 서구 시민사회의 모순(아도르노)을 형상화하고 있는 것일 수도 있다.

개별성의 사멸과 자연스러운 죽음의 종말을 거부하는 이 모든 방황은 이질적인 반복의 법칙에 따른 탈시간의 탈마법화의 과정을 이야기하며, 이는 '실제로 그렇지(So ist es)'의 체험인 것이다. 키가 없어 길을 잘못 들었으나 '나비'처럼 온갖 영역을 날아다닐 수 있는 그라쿠스·카프카의 오디세이는 뉴미디어가 만들어 낸 새로운 공간성에 대한 발견으로 읽혀야 할 것이다. 보들레르의 『근대적 삶의 화가』(1836)에서 '배회자(flâneur)'라는 명칭으로 근대적 도시남성의 주체를 익명의 관찰자로서 자리매김하고 있다. 배회자는 지나가는 이들의 얼굴과 형체를 정신적으로 기록하고 즉각적으로 지워 가면서 파리 군중의 공간을 탐험한다. 가끔 그의 시선은 지나가는 여성의 시선과 마주치고 그녀를 순간적인 가상의 정사에도 연루시키지만, 끊임없는 배회의 순간에서 그가 편안함을 느끼는 장소는 바로 그 군중 속을 헤집고 다니는 그곳일 뿐이다. '세계를 바라보고 세계의 가운데 있으면서도 세계로부터 감추어진', 이 '가상의' 공간성에 대한 염두에서 벤야민은 하나의 풍경이 되기도 하고 군중에 의해서

 가려지고 만들어지는 주관적인 공간으로서 현대의 도시를 이야기하고 있다.

마크 트웨인의 『허클베리 핀』의 모습에 정형화되어 있는 미국 소설의 주인공들은 대도시 파리의 배회자들이 인간군상들 사이에서 배회하는 대신에 도시에서 멀리 떨어진 황야에서 편안함을 느낀다. 배회자의 주관성이 상호 주관적이며 다른 인간과의 주고받는 시선으로 이루어진 주체성에 근거하고 있다면, 이제 탐험가의 주관성은 주체와 자연의 갈등과정을 따라서 구성된다. 배회자와 탐험가는 뉴미디어 사용자들의 서로 다른 주체의 유형을 미리 보여 주는 것이다.[54]

* * *

1895년 12월 28일 뤼미에르 형제의 영화 상영이 이루어졌던 카프치네 거리의 카페 그랑의 어두운 지하방에서 한 무리의 호기심 많은 파리 시민들은 갑자기 어디에선가 마치 살아 움직이는 듯 기관차 한 대가 그들을 향해 무지막지하게 달려오는 장면을 대하면서 마치 진짜 그 기차에 깔릴 것 같은 두려움에 비명

---

54) 주지하다시피 〈카메라를 든 사나이〉의 지가 베르토프는 이미 1920년대에 이러한 배회와 탐험의 시각적 실험을 주도하였다.

을 질러 대기 시작했다고 한다. 처음 경험한 시네마스코프의 움직이는 이미지에 대한 찬사와 경탄의 신화를 이야기할 때마다 인용되는 이러한 스토리텔링은 몹시 과장된 것이지 않을까 싶다. 아마도 그것은 1895년에 처음 상연된 영상이미지가 이후 급격한 발전을 보인 영화들의 감각적인 이미지 서사에 기인한 추론적 상상에 근거한 것이지 않나 싶다.

유럽에서 처음 인쇄기의 발명과 인쇄술 보급의 과정을 통해서 종이인쇄라는 기술적 매체뿐만 아니라 출판문화, 독서문화를 아우르는 활자매체의 문화가 확립되어 나아가듯이 처음 영사기의 발명을 뒤이은 다양한 매체 실험과 영상 기법들을 통한 영화의 서사적 가능성의 확장과정을 통해서 비로소 현대적 의미의 영화가 대중 매체로서 확고한 지위를 차지하게 된다. 처음 활동사진 카메라가 등장한 지 채 120년이 지나지 않은 지금 우리는 새로운 매체 혁명을 경험하고 있지 않나 싶다. 컴퓨터와 인터넷에 기반을 둔 새로운 멀티미디어 시대의 징후들은 매우 발 빠르게 우리네 삶의 모든 영역에서 목도되고 있다.

우리가 초창기 영화의 발생과 그 대중적인 열광의 이면에 카프카를 위시한 표현주의 작가들의 예술적 행위 사이의 상관관계를 제시할 수 있다면 작금의 소위 '문학의 위기'를 조금 다른 관점에서 결연하게 바라볼 수 있을 것이다. 사이버 세계는 확장된 의미에서 백과사전과 같은 책의 모습으로 우리에게 다가오고 있으며, 동영상 및 비디오클립은 마치 인쇄물의 페이지 속의 스크랩북이라고 이해될 수 있다. 스테레오스코프, 카이저파노라마, 만화경이라는 메타포는 이러한 새로운 서사적 환경을 이야기하는 데 방법적 실례를 제공한다.

사냥꾼 그라쿠스의 이야기에는 삶과 죽음, 땅과 물, 몸과 영혼의 상호 대립적인 요소들이 상이한 배경 이미지들 사이에 부유하고 있다. 엠리히의 표현에 따르자면 서로 이해할 수 없는 두 개의 세계는 카프카 문학의 전형성을 나타낸다. 반면에 마샬 맥루한은 인쇄매체의 선형적 구조와는 다른 모자이크한 성향을 뉴미어적 '쿨한 매체'의 전형으로 설파한 바 있다. 비연속적이고 병행적인 이야기 배치와 영화적 몽타주의 상호 연관성이라는 관점에서 보자면 사냥꾼 그라쿠스의 탈망각적 배회의 본질은 뉴미디어 환경하에서 변화된 시선의 기하학에서 찾아질 수 있다.

전통적인 미디어가 지배적인 19세기에는 도시 또는 자연이라는 공간적 환경이 가장 주요한 배경이 되었지만, 영상 미디어의 발흥을 경험한 20세기에 이르러서는 시간이 가장 중요한 척도가 된다. 전신과 전화, 더 나아가서 방송과 인터넷과 같은 원격통신 기술이 공간 범주를 해소하고 치환하였다. 표현주의자들과 미래파에게서 나타나는 '속도의 미학' 역시 이러한 역사철학적 발전의 전초를 상징화하고 있는 셈이다. 따라서 죽었으나 죽지 못한 그라쿠스의 운명과 그 끝없는 배회는 공간이 시간으로 대체되는 매체사적 변혁기의 상징적인 모습과 다름이 아니다.[55]

---

55) 『그라쿠스』의 이야기는 다음과 같은 결말로 다시금 정처 없는 배회를 향해 떠난다. "정말 대단합니다. – 그래서 이 리바시에 머무실 생각입니까."

그라쿠스의 덧없는 방황은 시간의 망각으로부터 불어오는 폭풍에 맞선 오디세이일 뿐이다.

"그럴 생각 없습니다." 사냥꾼은 미소 지으면서 말하고, 비웃음을 고치고자 시장의 무릎에다 손은 댔다. "나는 지금 이곳에 있습니다. 그 이상의 일은 나도 모릅니다. 이 이상 어떻게 할 수도 없습니다. 내 배에는 키가 없습니다. 내 배는 황천의 가장 밑바닥에서 불어오는 바람에 따라 떠돌 수밖에 없습니다."(S.79)

'뮤즈가 글쓰기를 처음 배울 적에'
― 미디어 생태학의 구술성·문자성 논의와
시적 자아의 공간화 ―

1. 새로운 커뮤니케이션 상황과 문화적 기억력의 재구성

문자는 정보의 생산, 저장, 분배의 측면에서 보자면 가장 본질적인 미디어(매체)이다. 문자성은 우리 문화의 가장 본질적인 기본 요소이며, 더구나 우리들의 사고, 인식, 문화의 매체 종속성은 그리 새롭지 않다. 오늘날 우리는 뉴미디어 혁명의 한가운데에 서 있다. 14세기 인쇄활자나 19세기 사진 기술이 당대의 사회와 문화에 혁명적인 충격을 주었던 반면에 현대의 모든 문화는 컴퓨터를 매체로 하는 생산, 배포, 의사소통의 형태로 바뀌었다.56) 새로운 커뮤니케이션 상황의 도래는 전통적인 미디어 문

---

56) 이러한 국제적인 뉴미디어 연구의 결과를 분석하면 인류는 이제까지 문화적 기억력의 재구성과 관련하여 3번의 결정적인 전환점을 맞이하였다. 즉, ① 육체 기억력(brain memory)에서 문자 기억력(script memory)으로의 전환, ② 육필수기

화와의 긴장관계를 도출시킨다.[57] 뉴미디어 혁명에 기반을 둔 문화현상들은 그 생산, 수용, 가공, 소비의 영역에서 새로운 기술적 매체의 활용으로 인해 상호 매체성의 복합적인 수용과 영향을 제외하고는 그 존립 기반을 생각할 수 없다. 새로운 커뮤니케이션 상황의 도래는 전통적인 미디어 문화와의 긴장관계를 도출시킨다. 이미 플라톤이 새로운 커뮤니케이션 상황인 문자문화의 폐해를 이야기(『파이드로스』)한 것이나, 루터가 활자 인쇄술에 대해서 언급한 것은 주지의 사실이다. '구텐베르크 은하계'의 종말과 뉴미디어의 출현을 거시적인 관점에서 해명하기 위한 다양한 이론적·실천적 명제들은 이미 도출된 바 있다. 각기 매체인류학, 매체미학, 매체사, 매체기술사 또는 매체문화사의 이름으로 행해진 여러 연구 중에서 특히 맥루한(McLuhan), 해블록(Havelock), 구디(Goody) 등의 북미권 학자들이나, 데리다, 보들리야르, 비릴리오(Virilio), 쭘터(Zumter) 등 프랑스어권 학자, 볼츠(Bolz)와 풀루서(Flusser) 등 독일어권 학자들의 저작들은 뉴미디어 이론의 교과서가 되었다.[58] 이러한 '미디어 미학'적 방법론

문화에서 인쇄 문화(print memory)로의 전환, ③ 책에서 모니터(electronic memory)로의 전환이 그것이다.

57) 컴퓨터와 인터넷 기술의 급속한 발전과 보급은 새로운 커뮤니케이션 상황에 적합한 새로운 미디어 문화를 탄생시켰다. 따라서 인문학연구에서도 지금까지와는 전혀 다른 새로운 시각의 관찰이 요구되고 있다. 더욱이 영상 세대의, 또는 N(etwork)세대라고 불리는, 또한 인터넷에 익숙한 디지털 세대의 '매체수용자들'인 학생들의 인문학교육을 실현하는 현행 대학의 교양 강의에서는 무엇보다도 '미디어학적인 시각'이 절실하다는 것은 너무나도 자명한 사실이며, 더 나아가서 인쇄문화의 총아였던 문학의 미래에 대한 우려스러운 논의가 계속되고 있는 연유도 거기에서 찾아볼 수 있을 것이다.

58) 이 새로운 매체혁명은 아마도 그 이전의 그 어떤 매체 혁명들보다 더 심오하다고

의 적용이 가장 활발한 서구의 문학연구 분야를 예로 들어 보자면, 문학텍스트의 매체적 수용과 구체화란, 예컨대 소설이나 시 텍스트의 연극화나 드라마의 소설화(문학작품의 각색 영화 또는 영상화된 문학작품 등), 문학텍스트의 영화화, 텔레비전 영화화, 만화화 그리고 오페라화, 무용화 등과 같이 타 매체를 통한 매체적, 즉 매체 전이적 또는 매체 상호적 수용으로 구체화된 작품생산의 경우들을 가리킨다. 문학텍스트의 매체적 수용과 그 '생산적 수용'에 해당하는 구체화는 이미 수백 년 전부터 행해진바, 그것은 문학연구 및 강의에서도 오래전부터 활용되었다. 영상 매체를 비롯한 뉴미디어의 기제가 등장하기 이전의 활자문화시대에서는, 예컨대 시작품들의 시화전(詩畵展), 한 편의 시의 연극화 등 주로 문학 장르 상호 간의 또한 예술장르 상호 간의 경계를 넘나드는 전이의 형태('변용')로의 구체화 양상이 그 주류를 이루었다. 따라서 문학텍스트의 관찰에서는(인용, 몽타주 테크닉 등에 근거한) '상호 텍스트성'의 주제가 그 핵심이 되

할 수 있을 것이다. 뉴미디어의 발전과 전래의 활자미디어 사이의 긴장과 갈등은 자칫 인문학의 위기로 오인될 수 있다. 오늘날 인문학은 정보통신기술, 생명공학 등 미래지향적 기술을 담보하는 자연과학의 위세에 눌려 여론의 관심을 받지 못하고 학문연구의 중심에서 주변부로 밀려 있는 형국이기 때문이다. 매일매일 새로운 기술적 발전과 과학적 발명, 그리고 이러한 자연과학적 업적들의 발 빠른 산업적 응용 덕분에 우리 인류가 직면한 여러 위기상황에도 불구하고 미래를 개척할 수 있다고들 한다. 그러나 이러한 맹목적인 진보이데올로기가 드리운 기다란 그림자의 그늘 속에 소위 '인문학의 위기'에 대한 우려의 목소리마저 사로잡혀 있다. 오늘날 인문학이 겪고 있는 위기의 본질은 급변하는 학문풍토의 변화에도 불구하고 존재의 유의미성을 획득하고자 하는 '정당성의 위기'이며, 학계 일각에서 시도되는 새로운 모색들은 위기의식에서 출발하여 인문학연구의 학제적 영역을 확장하고 궁극적으로는 인문학의 본연의 소임을 하고자 하는 바람의 표출인 셈이다.

었다. 텍스트 상호성의 주제는 특히 지난 세기 1980/90년대, 대중문화를 주도해 나간 포스트모던 문학과 더불어 문학 연구 및 강의에서 적극적으로 다루어졌으며, 영상 매체가 지배적인 이 시기에는 상호 매체성의 테마가 부각되었다.[59] 무엇보다 뉴미디어(electronic memory)로의 전환은 5만 년에 이르는 언어의 역사, 5,000년에 이르는 문자의 역사, 500년이 지난 인쇄문화의 역사, 100년이 지난 영화의 역사 끝에서 겪고 있는 그 어느 시기보다 인류의 새로운 커뮤니케이션의 상황이다. 맥루한이 주장한 상호 네트워크에 기반을 둔 글로벌한 지구촌 개념은 1990년대 인터넷의 급속한 보급에 힘입어 이미 달성되어 보인다. 그러나 뉴미디어 문화의 발전에 대한 논의에서는 다음의 논쟁점들이 도출된다. 즉, a) 뉴미디어의 반휴머니즘적 요소, b) 신빙성의 문제, c) 언어의 몰락, d) 자기정체성의 혼란, e) 피상성, f) 이미지와 영상의 홍수, g) 가치상실성의 문제 등이 그것이다.[60] 다양한 문화적

---

59) 1990년대 후반기부터 서구의 여러 정부들은 이러한 새로운 커뮤니케이션 상황하의 인문학의 새로운 가능성과 지향점에 대한 연구 프로젝트들을 지원하였다. 독일의 경우, 베를린 대학을 중심으로 한 특별연구팀(DFG – Sonderforschungsbereich: *Kulturen des Performativen*)은 뉴미디어시대의 문화현상들이 지닌 수행성(*Performativität*)에 대한 논의를 전개시킨다. 더 나아가서 독일의 미학자 메르쉬(Dieter Mersch)는 언어와 텍스트에 기반을 둔 전통적인 작품미학(*Werkästhetik*)이 뉴미디어적 상황하에서는 멀티미디어적·상호 매체적이고 현현(顯現)적인 수행성의 미학(*Ästhetik des Performativen*)에 의해 대체된다고 주장한다. 이는 묘사와 이미지 가공의 과정 속에서가 아니라 '아우라적'인 미적 현상들에서 뉴미디어 시대의 미학적 특질을 찾고 있기 때문이다.

60) 새로운 커뮤니케이션 상황의 디지털 미학(Digitale Ästhetik)의 특성은 미적 생산이 형식적으로는 어떠한 예술형식에 고착되어 머물지 않고, 디지털 미디어의 특성상 한시적이며 무형적인 퍼포먼스성에서 찾아질 수 있다. 인터넷 문예잡지 "digital-dichtung.org"을 실제 운영하는 지마노프스키(R. Simanowski)는 디지털 미학 성립의 전제 조건을 ① 모더니즘 미학의 한계를 극복한 혁신성, ② 예술의 가능성과

이미지가 시·공간적 한계를 넘어서는 강력한 재혼합의 산물인 뉴미디어와 그 사회적 부산물들은 궁극적으로 그 재혼합의 기제를 다루는 창조적 개인의 손에 달렸다. 디지털문화가 지닌 공감각적인 종합예술적 특성과 디지털문화의 혼재적 성격은 뉴미디어 시대의 새로운 인문학의 정립에 많은 시사점을 지닌다. 일례로 새로운 커뮤니케이션적 상황에 유래한 새로운 모습의 문화산업과 인문학의 유기적인 상호보완 작업을 들 수 있다(디지털문화에 기반을 둔 뉴미디어가 기존의 활자 문화적, 커뮤니케이션적 상황을 혁명적으로 바꿔 가고 있음에도, 국내의 인문학적 연구와 문화연구는 기존의 커리큘럼에서 벗어나지 못하고 있다). 한국사회는 1990년대 초고속 인터넷망의 보급과 영화를 비롯한 영상 예술의 급속한 발전을 경험하였다. 이는 뉴미디어의 문화인터페이스가 지니는 상호 매체성과 코드 변환적 특성을 여실히 보여 주고, 예술의 경계와 문화의 경계가 허물어지는 새로운 문화적 소통의 새로운 형식의 가능성을 보여 준다. 그러나 한국사회에 팽배한 문화산업논리의 홍수는 디지털 문화 인터페이스가 지닌 개방성을 억압하는 기제로 작용할 수도 있어 우려감을 낳고 있다. 이러한 우려감을 불식시키고 21세기 새로운 지식 정보화 사회에 올바른 정향성을 제시할 수 있는 인문학적 연구의 필요성은 새삼 강조할 필요가 없을 것이다.

의미에 대한 새로운 퍼스펙티브, ③ 일회적 예술현상의 축적 및 전시가능성을 들고, 디지털미학을 ① 기술미학(Technikästhetik), ② 모니터미학(Bildschirmästhetik), ③ 공감각적 종합예술(Synästhesie)의 관점에서 설명하고 있다.

언어와 이미지의 기술화에 따른 인류의 인지력 변화는 나아
가서 주체 개념의 변화에까지 이른다.[61]

2. '성전(Traditio, 聖傳)'과 '말씀(Dei Verbum)'의 문화 인류학

뉴미디어시대의 예술은 새로운 기술적 발전에 힘입어 새로운
예술형식을 생산해 내고 있다. 그러나 디지털 예술의 생산자는
결코 그러한 뉴미디어적 기술의 발명자와 결코 동일시될 수 없다.
디지털 예술가는 뉴미디어적 기술 발전에 재편입하는 과정을 통
해서 소비자와의 쌍방향성이 담보된다. 그러나 기술적 생산도구
(하드웨어, 소프트웨어)의 선택이 예술가의 미적 판단에서만 결정
되는 것이 아니라는 점에서, 디지털 미학의 기술 미학적 특성은
다분히 정치적일 수 있다고 지마노프스키는 주장한다. 디지털 미

---

61) 전통적 이미지가 인식론에 토대를 두고 객체세계를 확인 투시하는 데 그치는 반
   면, 뉴미디어 시대의 디지털 이미지는 세계와 관련된 타자와의 합의를 찾는 작업
   을 선행한다. 여기에는 엔첸스베르거의 주장처럼 사회화된 생산과정에 대중참여를
   확대시키는 새로운 매체의 순기능적 가능성에 대한 주장뿐 아니라 레프 마노비치
   의 뉴미디어는 다양한 문화형식의 인터페이스와 새로운 소프트웨어 기술의 재혼
   합(remix: 문화와 컴퓨터의 재혼합)이라는 주장이 설득력을 더해 간다. 뉴미디어
   의 논리가 새로운 이유는 현재 진행되고 있는 재혼합 과정의 광범위함, 속도성,
   연관된 요소들 자체의 새로움 때문이며, 다양한 문화적 이미지가 시·공간적 한
   계를 넘어서는 강력한 재혼합의 산물인 뉴미디어는 궁극적으로는 그 재혼합의 기
   제를 다루는 창조적 개인의 손에 달려 있다.

학의 수용은 모니터(또는 스피커)를 통해서 수용된다. 모니터의 크기와 화질, 그 구동 프로그램이 디지털 코드의 이미지 변환의 질적 차이를 결정짓지만, 수용자 친화적 프로그래밍과 개인적 선호에 따른 모니터 설정 역시 문제가 된다. 디지털 예술의 인터페이스로서의 모니터는 디지털 예술의 단순한 수용장소로서의 기능을 넘어서, 디지털 예술의 수용양상을 본질적으로 변화시킬 수 있을 것인가 하는 점이 관건이 되고 있다.

가령 텍스트문화의 인터페이스로서의 책을 이북(e-book)이 완전히 대체할 수 있을 것인가, '인터넷을 통한 독서가 전화로 음악을 듣는 것(Christian Benne)'과 같은 것일까 하는 문제의식과 통한다. 한편, 새로운 커뮤니케이션 상황을 낳은 기계와 프로그래밍의 발전에 대한 관심은 과연 뉴미디어의 미학은 수학적 능력에만 의해 좌우되는 것인가 하는 의구심을 낳을 만하다. 뉴미디어의 창조적인 작가는 언어적, 활자적, 음성적, 영상적 이미지들을 멀티미디어적으로 구현한다. 디지털 예술이 지닌 공감각성은 단지 의미론적 특성만이 아니라 이미지 상징성의 존재론적 층위를 나타내기도 한다. 유사성 원칙에 근거한 연속성의 아날로그적 예술에 비하여, 디지털 예술은 비동질적인 불연속성을 특징으로 한다. 디지털 예술은 내용적, 형식적으로 이제껏 분리 발전해 온 예술형식을 동시적으로 나타내게 된다. 21세기에 들어서면서부터는 극도로 분화되어 있던 매체가 가상공간을 통하여 통합의 물결을 타고 있으며, 그에 따라 이를 연구하는 학문 분야도 통합되지 않을 수 없는 추세이다. 미디어 문화 사회에서 학문 연구는, 모든 학문 상호 간의 경계를 넘어서는 역동적인 변화의 자세를 취하지 않을 수 없다. 활자매체의 문학텍스트에 대해 '미디어 미학적 시각'으로 접근하는 문학연구가 보여 주듯이, '문예미학과 미디어 미학의 상호작용'으로 형성되는 새로운 미디어 미학도 '통합학문적인 시각의 학제성'을 구현할 수 있는 새로운 문예학의 구상을 위한 단초들을 담고 있다. 그것이 어떤 관찰 시각 및 방법론과 구체적으로 어떤 형태를 갖출 것인가는 앞으로의 미디어 문화 사회의 변화와 이에 대한 학문적 현실인식, 그리고 이에 따른 문학 연구 및 강의 현장에서 이루어지는 현실인식의 질에 따라 구체화될 것이지만, 어떻든 통합 학문적인 시각의 학제성에 대한 학문적 인식을 내포하게 될 것이다.

이러한 미디어 문화 사회 속에서 문학텍스트는 '상호 매체성 (Intermedialität)'의 맥락 밖에 존재하는 것이 아니라, 커뮤니케이션 및 미디어 제공물로서 타 매체들과의 경쟁 속에 들어 있다. 이러한 상황변화의 핵심적인 내용은 문화와 커뮤니케이션, 미디어의 연관성과 그 상호영향 작용이다. 문예학자들의 연구관찰대상인 문학작품도 다중 매체화된 미디어 문화 사회에서, 문화와 커뮤니케이션, 미디어 등이 밀접하게 연결된 하나의 '문화적 현상으로서의 미디어 제공물'로 관찰되지 않을 수 없다. 따라서 오늘날의 문학연구가 '미디어 문화학'적인 시각에 입각한 문예학을 바탕으로 해야 한다는 데는 반론의 여지가 없을 것이다. 이러한 문제의식은 그 무엇보다도 미디어 생태학(media ecology)의 범주 내에서 가장 빛을 발하고 있다.

미디어 생태학(media ecology)은 1968년 닐 포스트먼(Neil Postman, 1931~2003)이 처음 주장한 개념으로서 커뮤니케이션 미디어를 일종의 생태적 환경으로 주목했던 일련의 학자들의 지적 전통 혹은 시각을 가리킨다. 자연환경 요소 간의 상호 작용을 살펴보는 '생태학'을 은유적으로 차용하여 생태계의 구조와 특징 및 환경과 인간의 유기적 관계를 연구하는 생태학적 시각을 미디어 연구에 투사시키고 있다. 즉 미디어, 인간, 문화 간의 복합적 상호작용을 주시한다.

서구문화사적 전통에서 보자면 이러한 문자의 미디어적 속성에 대한 논의의 출발점에는 무엇보다도 '성전(Traditio, 聖傳)'을 둘러싼 논의가 놓여 있다.

'성전(聖傳, 라틴어: Traditio)' 또는 거룩한 전승은 전통적으로 일부 기독교 종파에서 전문적으로 사용하는 신학 용어로, 주로 로마 가톨릭교회와 동방 정교회, 오리엔탈 정교회에서 교회 권위의 주요 근거로 언급하고 있다. 예수 그리스도의 모든 계시를 나타내는 말로 '신앙의 유산(Depositum fidei)'이 있는데, 여기에는 거룩한 경전(성서)과 거룩한 전승(사도전승) 등 두 가지 다른 형태가 포함되어 있으며, 대대로 계승 및 전달한다고 한다. 이들 교회의 신학에서 성전은 광의의 성전 안에 포함된 것으로서 교리, 신앙생활상의 관행, 행동규범, 경신(敬神)의식, 종교적 체험 등 교회 초창기부터 전해 내려온 것들을 글로 써서 기록한 것이라고 설명한다. 그러므로 성경의 내용은 오직 성전의 문맥 안에서 그리고 교회 공동체 내부에서 사도들의 후계자인 주교들에 의해 올바로 해석해야만 한다. 또한 성경은 성서처럼 '성령의 영감을 받은 것으로' 하느님이 인류의 구원 계획을 위해 만든 것으로 이해되는 진정한 신앙과 도덕을 전달하는 것을 일컫는 또 하나의 전문적인 신학 용어를 가리킨다. 이에 반해 개신교의 대다수 교파는 성경 하나만으로도 모든 그리스도인을 가르치기에 충분하고 완벽하며(오직 성경), 누구나 성경의 내용을 개인적으로 자유롭게 해석할 수 있다고 믿는다.[62)]

---

62) 가톨릭교회에서는 모든 교리는 성전과 성경에 바탕을 둔다. 가톨릭교회에서는 교도권이라고 불리는 권한으로 오직 성전과 성경만으로 신도들을 가르친다. 제2차 바티칸 공의회의 계시헌장 《하느님의 말씀 (Dei Verbum)》 제2장에서는 성전, 성경 그리고 교도권에 관해 다음과 같이 가르치고 있다: 성전과 성경은 교회에 위탁된 하느님의 말씀의 거룩한 단일위탁물이다. 이 위탁물에 집착한 거룩한 온 백성은 그들의 목자들과 일치하여 사도들의 가르침과 공동 생활, 빵을 나눔과 기도함에 있어 항구히 계속하고 있다(사도 2,42). 이것은 전해진 신앙을 간직하고 실천하며 선언하는 데에 주교와 신자들의 각별한 일치를 도모하기 위한 것이다. 기록된 하느님의 말씀이나 전해지는 하느님의 말씀에 대한 유권적 해석 임무는 예수 그리스도의 이름으로 권리를 행사하는 교회의 살아 있는 교도권에만 맡겨져 있다. 그러나 이 교도권은 하느님의 말씀보다 높은 것이 아니라, 하느님의 말씀에 봉사하고 전해진 것만을 가르치며, 하느님의 명령과 성령의 도우심으로 그것을 경건히 듣고 거룩히 보존하며 성실히 진수라고, 또한 하느님의 계시로 믿어야 한다고 제시된 모든 것을 신앙의 이 단일 위탁물에서 알아내는 것이다. 그러므로 성전과 성경과 교회의 교도권은 하느님의 가장 현명하신 계획에 의하여, 어느 하나가 없으면 다른 것이 성립될 수 없고, 이 세 가지가 동시에 또한 각각 고유한 방법으로 한 성령의 작용 아래 영혼들의 구원을 위하여 효과적으로 기여하도록 상호간에 연관되어 있고 결합되어 있음은 명백하다. 따라서 가톨릭교회의 모든 교리는 성전 또는 성경 또는 성전과 성경을 해석하는 교도권에서 기인한 것이다. 가톨릭교회에서는 성전과 성경을 하느님의 언행이 모두 포함된 하느님 계시의 유일한 사료(史料)로 취급한다. 이 계시의 계획은 업적과 말씀이 서로 긴밀히 연결되어 실현된다. 즉 구원의 역사 속에서 하느님께서 이루신 업적들은 말씀으로 가르침과 그리고 말씀들로 표현된 사실들을 드러내고 확인하며, 말씀들은 업적들을 선포하며 그 안에 포함된 신비들을 밝혀 준다. 이 계시를 통하여 하느님과 인간 구원에 관한 심오한 진리가 중재자이시며 동시에 모든 계시의 충만함이신 그리스도 안에서 우리에게 밝혀진다. '성전'이란 단어는 '넘겨 주다', '전하다'라는 뜻의 라틴어 'trado, tradere'에서 기인한다. 하느님 말씀의 가르침은 성경에 쓰여 있다. 그리고 그 가르침은 글로 전해져 내려올 뿐만 아니라, 그 말씀대로 살아가는 사람들의

성전은 서사의 전통을 의미하며 이는 모든 정보가 구전되는 구술 문화시대의 유산일 것이다. 문자의 도입은 성전의 전승 속에 살아 있던 말들을 성서라는 이름의 틀과 형식의 공간에 잡아 놓는 데 성공한다. 이야기의 전통은 구비문학에서 기록문학으로 자기 변신을 꾀한 것이다. 더 나아가서 15세기 중엽 활자공간을 배치하고 사본을 대량 생산하는 인쇄기술의 탄생은 루터의 종교개혁과 성서보급에서 보이는 바와 같은 스탠다드화된 대량 정보의 전달을 가능하게 하는 미디어 혁명을 낳았다. 그뿐만 아니라 구비문학적 상황이 활자매체의 보급으로 이뤄진 질적 변화에 비견할 만한 미디어 혁명이 20세기 내내 전 지구를 휘감았다. 새로운 서사적 환경의 특징은 가설적으로 필연성 위주의 '시간의 서사'에서 우연성 위주의 '공간의 서사'로의 이동과정으로 설명할 수 있을 것이다.63)

생활을 통해서도 전해져 내려오고 있다. 전통의 가르침은 명문화되어 있지는 않지만, 그리스도와 사도들을 본받아 그 가르침에 따라 사는 사람들의 생활 속에 이어져 오고 있다(1코린 11,2; 2테살 2,15). 이 전통의 가르침의 끊임없는 계승을 가리켜 살아있는 전승이라고 부르는데, 한 세대에서 다음 세대로 전통의 가르침을 전하는 것을 뜻한다. 교도권은 어떤 전통이 진짜인지를 결정하는 권위 있는 소임을 해왔다. 그러나 전통의 가르침을 계승하는 것의 주된 방법은 그리스도와 사도들의 시대부터 전해져 온 생활방식을 그대로 따르며 사는 모든 사람들의 생활, 그 자체이다.

63) 마노비치는 문화인터페이스 언어의 미학, 즉 디지털미학을 '정보미학(Info - aesthetics)'이라 규정 짓고 근대적 산업주의와는 상이한 논리를 가지게 될 것이라고 주장한다. 근대적 산업주의가 과거의 것들에 대한 부정에 대한 강한 욕구에서 출발한 것이라면 새로운 디지털 미학의 철학은 다양한 조합을 통해, 과거의 것과 새로운 것을 창조적으로 병치하려는 욕구라고 주장한다. 그는 디지털 문화의 새로운 핵심 범주로서 정보 접근성을 주장한다. 따라서 새로운 디지털 미학의 형식은 정리되고 조직화되어 재서술되어야 할 이미지의 데이터베이스(정보접근)와 공간화된 재현을 위한 네비게이션 공간(심리적 참여)이 그것이다. 정보접근

3. '구텐베르크 은하계'와 '구술성 · 문자성 문제'

　맥루한(Marshall McLuhan, 1911~1980)의 기념비적 저서 『구텐베르크 은하계』(1962)는 '활자적 인간의 형성(the making of typographic man)'이라는 부제를 지니고 있다. 구텐베르크의 인쇄술이 낳은 새로운 기술적 '환경'을 지칭하는 '은하계'라는 문학적 표현보다도 활자 인쇄가 낳은 인류사 초유의 새로운 환경을 지칭하는 데 더 적합하고 포괄적인 표현은 아마도 없을 듯싶다. 무한한 은하계의 광대함만큼이나 인쇄된 단어가 낳는 새로운 매체사적 환경과 그 매체사적 환경에 적응하는 인간의 변화된 감성체계에 대한 지칭인 것이다. 면대면(Face – to – face) 대화의 절실성을 훼손하는 인쇄술의 발전임에도 사유의 자유로운 전파를 가능하게 하여 해방적이고, 개인과 집단의 의식을 재구성하는 가히 혁명적인 순기능을 지닌 구텐베르크의 활판 인쇄술이 낳은 새로운 우주적 질서(갤럭시)에서는 청각과 촉각을 넘어서는 시각을 향한 도약이 지배적이 되었다. 주지하다시피 필사문화에서는 인간 감성의 청각 및 촉각적 양식을 지니고 있으며, 이 청각 및 촉각적 양식은 추상적 시각 혹은 모든 감각이 통합되거나 연속적으로 드러나는 회화공간으로 치환될 수 있는 것도 아니었기 때문이다 (224쪽).

　　과 심리적 참여의 두 가지 목표는 하나의 뉴미디어 객체 안에서 상호 경쟁하기도 한다(행위와 재현 사이의 대비).

'구텐베르크 은하계'의 3차원적 공간에 대한 시각적 특성화를 상징하는 맥루한의 모자이크식 글쓰기는 『미디어의 이해』(1964)에서도 그 진가를 발휘한다. 맥루한은 『미디어의 이해』에서 커뮤니케이션 기술의 발전에 따른 인류 문명의 변천사에 대한 규명을 매체사적 관점에서 규명하고자 한다. 전통적인 학술적 글쓰기를 거부하고 상이한 미디어체계의 분석에 제각각 부합하는 관찰과 성찰, 우화와 인용, 그리고 때로는 논리 비약적이기도 한 사변적인 장광설들을 통해서 맥루한은 전기(電氣)라는 글로벌한 미디어가 인간의 정신적·사회적 성질뿐 아니라 인지력까지 변화시키고 있다는 점을 보여 준다.

'미디어는 메시지이다'라는 중심 테제는 '생활세계(Lebenswelt)' 영역으로까지 확장된 형식 개념에 대한 모더니즘적 강조와 다름없다. 안쪽과 바깥쪽, 위와 아래, 뒤와 앞을 2차원으로 나타내어 전통적인 원근법적 환각을 버리고 전체를 즉시적(卽時的)으로 지각시키는 큐비니즘적 예술실험이 실은 전기의 발전과 함께 일어난 인류사적 최대변화의 결과이다. 전기와 전자기술은 선형(線型)의 연속성에 종지부를 찍고 사물을 순간적으로 만들어 내게 되었다. 구술(口述)의 시대인 중세의 복잡성을 압도하고, 획일성, 연속성, 선형이라는 인쇄의 원리가 인간의 감각을 지배하던 서구의 문명은 이제 전자시대를 맞아 다시금 전체성을 파악할 수 있게 된 것이다.

맥루한에게 미디어란 인간감각의 확장이며 동시에 우리 사회

의 정신생활 전체를 제약하기도 한다. 캐나다 출신의 정치경제
학자 이니스(Harold Adams Innis, 1894~1952)의 영향을 많이 받
은 맥루한은 인류사를 지배적인 미디어의 유형에 따라 구두(口
頭)커뮤니케이션, 문자의 시대, 인쇄의 시대, 전기매체의 시대 4
단계로 구분하고, 현대의 전기매체의 시대, 즉 '지구촌'의 시대
에 살아가는 인류는 문자와 활자매체가 억압하였던 다감각적
권능을 다시금 되찾게 되리라고 믿는다.[64]

활자문화의 특성에 대한 맥루한의 문제의식은 해블럭(Eric A.
Havelock: The muse learns to write, 1986), 구디・와트(J. Goody・I.
Watt: The Consequences of literacy, 1968), 옹 W. J. Ong: Orality and
Literacy, 1982) 등의 연구를 통해서 구술성・문자성(Orality・Literacy)
논의로 발전하게 된다.

1930년대 소위 호머의 문제(the homeric question)를 해명하고
자 하였던 패리(Milman Parry, 1902~1935)의 연구(The making
of Homeric verse)는 B.C. 800년경 호머의 서사시에 사용된 '육각

---

64) 맥루한은 선형적인 인과관계에 얽매인 책과 영화와 같은 핫(hot) 미디어에 대비되
는 쿨(cool)한 미디어의 전형으로 당시 이제 막 전성기를 맞이한 텔레비전을 꼽고
있다. 캠브리지 등에서 수학한 영문학도 맥루한은 셰익스피어의 문구에서 텔레비
전의 특성을 끄집어내기도 한다.
'조용히! 저 창문에서 스며 나오는 불빛은 무엇인가?
무엇인가 말하고 있으나 아무 말이 없다.'
한편 맥루한이 바라보는 현대 사회의 미디어적 특성은 마치 물 위에 비친 자기의
모습에 '마비'되어 버린 나르시스의 신화와 같은 것이다. 자기를 비추는 물(거울)
이라는 미디어에 의해 성립된 자기 자신의 확장이 자신을 마비시켜 버린다. 감각
이 마비된 나르시스는 자기 확장에 자기를 적응시키고 그것에 밀착하여 하나가
될 뿐이다.

운(Hexameter)'의 유기적 체계성을 도출했다. 호머의 시에 내재하고 있는 모든 특유한 특징들은 그 자체의 구술적 제작방식에 의해 강요된 유기적 체계에 기인한다는 것이다. 호머의 서사시는 천재의 창작물이 아니라 '콘베어 벨트 노동자 호머'의 진부한 상투어들(Formulas)의 조립품이라는 것이다. 하지만 해블릭의 견해에 따르면 패리의 발견이 시를 만들고 기억하는 데 존재하는 구어 공식의 중요성을 강조하고 있지만, 그것이 전통적인 믿음과 태도를 저장하는 단위로는 너무 즉흥적인 것이 아닌가 하는 의문을 던지고 있다. 뿐만 아니라 모음을 가진 최초의 언어인 "알파벳은 그 자체가 사물로서 소리를 표현하며, 변해 가는 소리의 세계를 정지된 반영구적인 공간의 세계로 변형시킨다."(옹, 142쪽) 구술성·문자성 논의는 이제 역사철학적 전제조건을 가지게 된 셈이다. 궁극적으로 미디어 생태학의 연구토양을 제공한 것이다. 따라서 구술성·문자성 논의와 사회적 논리체계와의 연관관계라는 측면과 구술성·문자성 논의와 인간의 인식체계 사이의 연관성으로 나누어 논의할 수 있을 것이다.

한 사회집단의 지배적인 미디어와 사회적 시스템 및 그 지향성의 변화를 초래하는 경우를 열거할 수 있다. 가령 『제국과 커뮤니케이션』에서 이니스는 운반하기 어려운 미디어에 기반을 둔 고립적이고 독립적인 사회집단의 매체사적 특성을 시간 편향적 사회(고대바빌론과 같이 법률을 돌에 새겨 놓은 구어 문화)

와 쉽게 옮기기 쉽고 휴대가 가능한 미디어(종이와 파피루스 등)를 지닌 방대한 제국의 매체사적 특성을 공간 편향적 사회로 나누어 비교한다. 공간 편향적 사회는 시간 편향적 사회보다 진보적인 특성을 지닌다 할 수 있으며, 이니스의 제자인 맥루한에게서도 이런 식의 기술 결정론적 함의가 논저의 여러 곳에서 추론될 수 있다. 맥루한의 경우 전기의 이용이 삶의 내·외적 영역에 미치는 혁명적인 변화에 주목하였던 반면에, 레오 맑스(Leo Marx, The Machine in the garden, 1964)와 캐리(J. W. Carey, Communication as culture) 등의 경우에는 전기가 사회적 조건과 자아의식을 변화시키는 원인이라고 보지 않는다. 지배적인 미디어, 사회 변화, 개인의 자아의식의 변동이 동시에 일어나고 서로에게 복합적인 방식으로 영향을 미쳤다고 보는 기술 실용주의적 입장을 견지한다.

  '관습법'과 '민간풍습'의 형태로 전해 내려오는 구어 문화의 특성에 대해서 천착하는 해블릭의 연구는 추상화된 회화적 이미지(the pictorialized image)에 집약된 추론패턴들을 보여 준다. 구어 문화에서 이러한 문화적 전래의 가장 중요한 기제는 바로 기억이며,[65] 이러한 문화적 기제는 개개인의 공명 원칙(the echo-principle)을 통해서 재생산된다. 미디어 생태학자의 입장에서 바라보자면 문자 사회는 구어 문화의 사회와 질적인 차이를 지녀야 한다고 볼 것이다. 이러한 견해로는 맥루한, 닐 포스트먼, 디버트(Ronald Deibert) 등의 연구를 이야기할 수 있을 것이다. 이

---

65) Yates: The art of memory 참조.

들의 연구를 따르면 새로운 미디어는 단순한 기술이나 도구적 차원을 넘어서, 새로운 환경으로서, 사람들의 내·외적 변화가 이루어지는 현장이 되었다(533쪽 참조). 그러나 다른 한편으로 우리는 옹(Ong)의 제1구술성과 제2구술성 논의가 파생하는 다양한 문제의식도 염두에 두어야 한다.

구술성에 대비적인 문자성의 출현에 대한 연구는 다음과 같이 주로 3가지 커다란 담론 체계에서 논의되고 있다 할 것이다. 다른 한편에서 옹은 글쓰기는 의식을 재구조화한다고 주장한다. 글쓰기는 소리가 아닌 시각에 의존하면서 신체로부터 메시지를 독립시키며 인간의 커뮤니케이션 경험을 외면화시킨다. 외면화로 인해 생각이 기억에서 문서화된, 저장된 기억이 되고, 이로써 문자성이 출현하고, 쓰기는 지식의 객체로부터 지식의 주체를 분리해 낸다.

또한 해블럭의 주장에 따르면 이미 기원전 5세기에 그리스에서는 문자성과 구술성 간의 충돌을 경험하였으며, 이러한 문화적 충돌은 작금의 문자와 전자미디어 간의 충돌에 비견할 만하다고 할 수도 있다(포스트먼, 1985). 더구나 어린아이들이 문자문화의 일환으로 훈육되는 과정에서 언급되는 인지적 과정으로서의 문자성 논의 역시 말해질 수 있다.

구술성·문자성 논의는 커뮤니케이션의 형태가 구어 문화의 면대면(Face-to-face) 형태에서, 보통거리의 사유 외면화를 특징으로 하는 활자문화 세계의 심리상태를 지나, 다시 하이퍼텍스트, 이메일, 영상이미지 속에 주체 담론이 디지털화되는 상태에 이른다. 미디어 환경은 우리를 둘러싸고 있을 뿐만 아니라 이미 우리 안에 내재되어 사는 것은 아닐지 모르겠다. 커뮤니케이션 기술은 문화와 의식 또는 인간 삶의 내면과 외양의 상호 융합을 시도하게 될지 모른다. 구술성·문자성 논의는 이러한 융합에 대한 전래의 기억이자 새로운 이정표임을 동시에 보여 준다.

4. 남는 문제들

인문학은 궁극적으로 현대사회가 그 자신의 정체성에 대한 지식을 학문의 형태로 유지할 수 있는 장소일 것이다. 작금의 문화연구 중심에는 구텐베르크 시대로부터 빌 게이츠(Bill Gates)에 이르기까지의 매체 변천 속에서의 '텍스트 이해', 또한 현재의 미디어사회에 이르기까지의 수많은 변화로 인한 '문학텍스트의 위상' 변화에 대한 인식 및 텍스트-이미지-뉴미디어의 상호 연관성 속에서의 '텍스트 기능'에 대한 이해가 저변에 놓여 있다.[66] 컴퓨터기술과 새로운 커뮤니케이션기술이 결합하여

---

66) 뉴미디어시대의 디지털 이미지와 그 문화인터페이스에 대한 연구는 서구에서도 1990년대 후반부터 관심을 가지기 시작한 분야이며 다음과 같은 목적의식하에서 논의되고 있다.
　① 상이한 인터페이스 간의 코드전환 과정과 새로운 문화인터페이스 규명을 통한 디지털 미학의 기본 개념 논구: 뉴미디어 시대의 문화(예술) 현상들의 퍼포먼스적 요소와 코드 변환적 요소들에 대한 제시를 통해서 이제껏 미개척 분야인 디지털 미학의 기본 개념들을 제시할 수 있다. 이는 디지털 문화현상의 해석적 측면뿐 아니라 생산미학적 관점에서도 유용하리라 기대된다.
　② 휴먼-컴퓨터-문화인터페이스의 문화콘텐츠 재생산과정 속에서의 인문학

만들어진 뉴미디어의 발전 및 그 적용과 더불어 오늘날의 '미디어' 개념은 더욱 광범위하고 복합적으로 확장되었다. 문자의 발달과 더불어 그 후 시기에 이루어진 커뮤니케이션 도구들은 모든 미디어 이미지의 생산과 수용에 지속적으로 영향을 미치는 미디어테크놀로지에 밀접하게 연결되었다. 이러한 대중 매체화된 사회의 상황조건과 구성요소들인 미디어 제공물들의 생산, 전달, 수용 및 제도적 기구들과 조직들을 통해 '미디어 사회화'가 이루어졌으며, 이와 연계하여 현재의 '미디어 문화'도 생겨났다. 이제 문학텍스트는 과거 활자문화시대와는 전혀 다른 매체 현실과 미디어 문화 속에 존재한다. 멀티미디어 시대의 미디어 문화 사회에서 기존의 인문학은 가령 문학연구에서 두드러지는 '문예학과 미디어학' 주제에서 보이듯이 패러다임의 변화가 이미 이루어지고 있으며, 또 양자 간의 새로운 관계 맺기에 대한 시도가 태동·진척되고 있다. 이는 우리에게도 생산적인 논의와 방향설정을 위한 풍부한 매개 점들을 제공해 줄 수 있을 것이다.67) '구텐베르크 갤럭시'의 역사 속에서 텍스트의 보조역할을

영역 확장: 디지털 문화 현상들의 연구 모델과 그 이론적 토대를 제시함으로써 기존의 인문학이 지닌 소위 '사회적 비효용성'의 극복 가능성을 제시할 수 있을 것이다. 이는 인문학의 지평을 확대하는 길이며 동시에 학문적 정통성의 확보에 매우 유용한 단초를 제공할 것이다.

③ 디지털시대 문화인터페이스의 새로운 인문학 제시: 인문학이 더 이상 개별적인 학자들의 문헌학적 연구의 대상만이 아니며, 학제 간 공동연구와 상호 보완적인 지식 공유체계의 정향성 제시에 인문학이 기여하는 계기로 작용할 수 있을 것이다. 이는 연구자 간의 학제 간 연구를 뛰어넘어서 대학 커리큘럼상의 변화를 유도하게도 될 것이다. 더욱이 서구의 문화학 연구 동향과 학제변화에 대한 정책적 제안 제시는 국내 인문학 연구의 패러다임에 혁신적인 변화의 가능성을 제시하게 될 것이다.

수행한 이미지는 뉴미디어 시대에서 그 역할이 바뀌고 있다. 인문학은 이제 조금씩 이미지와 미디어 문화의 의미를 다시 깨닫고 있으며, 문자중심의 텍스트는 점점 축소되고 있다. 이미지 시대의 인문학은 점점 문자중심의 인문학을 대체하고 있다. 모더니즘과 함께 문자중심 텍스트인문학이 세계를 텍스트나 책으로 표상하고 있다면, 이미지 시대의 인문학은 세계를 이미지로 이해한다. 텍스트인문학에서 이미지를 미메시스이론으로 텍스트의 부가적인 요소로 다루고 있는 데 반해, 이미지 시대의 인문학은 이른바 '도상적 차이'와 미디어 문화의 토대 위에서 '미디어의 차이'에서 나타나는 이미지 미디어의 다양한 시각적 형식을 다룬다.[68]

---

67) 이러한 현실인식에서 출발하여 문화, 커뮤니케이션, 미디어의 연관성과 그 상호영향 작용 속에서 '인문학'을 관찰하는 '미디어 문화학적 시각'의 영상문화연구의 과제들은 다음과 같이 정리해 볼 수 있다.
   ① '인문학'의 변화된, 따라서 새로운 기능과 역할에 대한 인식
   ② 문화와 커뮤니케이션, 미디어의 연관성과 그 상호영향작용을 내용으로 하는 '미디어'의 개념이해와 더불어 활자 텍스트 '인문학'의 이해
   ③ 미디어 문화 사회적인 '매체현실' 속에서 활자텍스트 '인문학 이해'의 변화
   ④ 문화적 커뮤니케이션 및 미디어 이미지 제공자로서의 인문학 이해
   ⑤ 상호 텍스트성, 상호 매체성, 하이퍼매체성, 복합매체성 관찰 중심의 인문학적 상상력에 기반을 둔 영상문화 이미지 연구
68) 이러한 다양한 시각적 형식의 차이는 문자텍스트에서 이미지를 읽어 내듯이, 이미지가 텍스트를 읽는 방법을 제시한다. 인문학의 새로운 패러다임에 대한 요구에는 이미지 시대의 인문학에서 전통적인 해석학으로 이해할 수 없는 영역이 점점 증가하고 있다는 인식에 크게 작용한다. 이미지는 폐쇄된 영역을 재현하는 것이 아니라, 시간성과 공간성 속에서 '현전(presentation)'하면서 살아 움직이고 내러티브를 구성하며 다양한 미디어 문화콘텐츠를 생산하기 때문이다. 이미지의 미디어형식과 이야기방식, 이미지의 현실과 미디어 문화와의 관계, 새로운 학문으로서의 이미지학과 미디어 문화에의 적용 및 응용 등은 모두 이러한 이미지존재론을 바탕으로 하면서 새로운 해석방법을 요구하고 있다. 또한 이미지문화는 미디어의 내러티브, 공연예술의 텍스트와 표현언어, 이미지로서의 수행성문화, 디지털문화예술 분야 등 미디어 문화로 확장되면서 이미지 인문학 및 디지털 인문학을 형성하고 있다.

2부_ 일방통행길 13호

"아직 산벚나무 꽃은 피지 않았지만
개울물 흘러내리는 소리 들으며
가지마다 살갗에 화색이 도는 게 보인다.
나무는 희망에 대하여 과장하지 않았지만
절망을 만나서도 작아지지 않았다."

윙어와 벤야민의 매체이론

1. 들어가는 말

현대의 글로벌한 뉴미디어적 문화 현상의 본질은 그 예술적
실천에 하이퍼텍스트, 사진, 영화, 비디오, 카툰, 일상 언어와 광
고카피가 혼재된 몽타주와 잡종적 형식에 놓여 있다. 다양한 '예
술실험'을 주도하는 현대의 전위적 예술가들은 기존의 주류적
인 문화 담론에 대해 정당성을 확보하기 위해 이미 '전통'이 되어
버린 발터 벤야민(Walter Benjamin)의 테제들을 인용하곤 한다.[69]
뿐만 아니라 현대의 커뮤니케이션 기술은 새로운 형태의 군사
작전들과 테러 사건들에 대한 스펙터클한 실황중계를 가능하게

---

69) Vgl. Benjamin, Walter: *Das Kunstwerk im Zeitalter seiner technischen
Reproduzierbarkeit. Dritte Fassung* In: ders., *Gesammelte Schriften*(이하
GS로 표기함), Bd. I - 2, Frankfurt/M. 1991, S. 471~508.

하고, 이를 통해 집단적 경험과 구성원의 개별적 체험 사이의 매개 점은 유명무실해지는 새로운 '경험의 빈곤화'[70]가 진행되고 있다.

주지하는 바와 같이 바이마르공화국 시기에는 영화와 방송이라는 두 가지 새로운 매체가 등장하여 전통적인 문학의 역할에 대한 다양한 논의와 성찰을 낳았다. 19세기에 있었던 사진의 발명이 회화사에 혁명적인 이노베이션을 야기하였던 것처럼 바이마르공화국 시대의 작가들은 새로운 매체 경쟁하에서 전통적인 문학의 역할과 성격에 반하는 새로운 이론적 논의들을 도출해 낸다. 새로운 매체의 발전으로 인해 전통적인 예술의 성격이 변하고 있다는 사실에 주목하고, 이러한 새로운 상황을 이론적으로 파악하려고 시도한 이론가로서 브레히트(Bertolt Brecht)와 벤야민이 주요한 역할을 수행한 것은 주지의 사실이다.[71] 한편, 바이마르공화국의 잉태를 제1차 세계대전의 전개와 그 결과에서 찾고, 인류사에 획기적인 대량 살상전쟁의 시초로 여겨지는 제1차 세계대전의 특성에 주목한다면 이 시기 새로운 양상의 전쟁 형태와 그에 대응하는 인간의 인지 능력의 변화에 대해서 주목하였던 에른스트 윙어(Ernst Jünger, 1895~1998)의 기술미학에 대한 논의는 이데올로기적 담론의 거대한 음영에 잠겨 그 진면목을 드러내지 못한 바 있다. 이 시기의 대부분 보수적 논객들

---

70) Vgl. *Benjamin: Erfahrung und Armut* In: GS Ⅱ - 1. S. 213~219.

71) Vgl. *Beutin, Wolfgang, u.a.: Deutsche Literaturgeschichte.* Stuttgart 1984. S. 326.

이 새로운 매체의 가능성과 미래의 가공할 만한 영향력에 대해서 아직 파악하고 있지 못하였던 반면에 바이마르공화국 시기의 보수혁명(Konservative Revolution) 담론[72]의 대변자들 중의 한 사람이었던 윙어의 경우는 예외적이었다.[73]

사진과 영화와 같은 기술복제적인 기술에 기반을 둔 매스미디어적 사회와 그 구성원으로서의 인간, 그 인간의 인지능력 변화에 대한 고찰들은 이 시기 윙어의 저작들에서 자주 다뤄지고 있다.[74] 본고에서는 이러한 윙어의 이론적 단초들을 벤야민의 테제와의 연관성 속에서 다뤄 보고자 한다.

---

72) '보수 혁명(Konservative Revolution)'은 독일 바이마르공화국 시기(1918~1933)와 나치 정권 초기에 이르기까지 독일 보수주의 지식인들이 이끌었던 담론이었다. 이 논란의 여지가 많은 개념은 신보수주의 이론가 아르민 몰러(Armin Mohler)가 1950년 출간했던 저작 『독일의 보수 혁명 1918~1932』를 통해 일반화되었는데 그것은 1926년에 호프만스탈(Hugo von Hofmannsthal)이 뮌헨 대학에서 행한 연설 「민족을 위한 정신적 공간으로서의 문학」에서 등장했으며 그보다 더 이르게 1921년 토마스 만이 언급했었다. 더 거슬러 올라간다면 아르투어 뮐러 판 덴 브루크(Arthur Moeller van den Bruck)가 1906년 도스또예프스끼 전집의 독일어 판 서문에서 이 러시아 대문호를 특징짓는 데 사용하였다. 뮐러 판 덴 브루크는 이후 나치에 의해서 그 제목이 오용된 유명한 책 『제3제국』의 저자였다. 그는 여기서 전통과 민족정신에 위배되지 않는 '보수적 대항운동'으로서 의미를 갖는 새로운 혁명에 대하여 논급하였다. 보수 혁명은 혁명적 진보와 구체제의 복귀 양자를 모두 배척하는 특징적인 담론이었다.

73) Vgl. *Herz, Rudolf u.a.: Revolution und Fotografie. München 1918~19.* Berlin 1988, insb. S. 251~274.

74) Vgl. *Jünger, Ernst: Der Arbeiter. Herrschaft und Gestalt.* Stuttgart 1982.

2. '영웅적 리얼리즘'과 '경험의 빈곤화'

작가로서의 에른스트 윙어에 대한 평가는 매우 극단적이다.[75] 한편에서는 그의 '에세이적' 글쓰기가 추구하는 완벽성과 한 세기를 살아온 탁월한 식견과 경험을 추앙하여 위대한 모더니스트로 불리고 특히 국경을 넘어 미테랑을 위시한 프랑스 지식인들에게서 많은 독자층을 확보하고 있었다.[76] 반면에 윙어에 대한 독일 내에서의 일반적인 평가에 따르면 윙어의 글들에서는 보수적 문필가의 면모가 여실히 드러나고 있다는 것이며, 많은 독일 내 진보적 지식인들은 일찍이 1920년대 보수혁명의 담론자였던 윙어의 정치적 성향을 문제 삼아 심지어 파시스트로 매도하기도 한다. 윙어에 가해진 비판의 핵심은 『강철뇌우 속에서(In Stahlgewittern)』(1920)를 위시한 그의 제1차 세계대전에 관한 저작들에서 드러나는 주전론자(主戰論者)라는 이미지 때문이다.[77]

1895년 하이델베르크에서 출생한 윙어는 이미 1913년 고등학생의 신분으로 가출하여 프랑스 외인부대에 입대한다. 1년 후 제1차 세계대전이 발발하자 독일군에 자원입대한 윙어는 수많

---

75) Vgl. *Dietka, Norbert: Ernst Jünger nach 1945. Das Jünger-Bild der bundesdeutschen Kritik*, Frankfurt/M. 1987(hier S. 330~341), *Kaempfer, Wolfgang: Ernst Jünger*, Stuttgart 1981.

76) Vgl. *Neaman, Elliot Yale: A Doubious Past. Ernst Jünger and the politics of literature after Nazism*, Berkeley/Los Angeles/London 1999, v.a. S. 14, S. 240.

77) *Kiesel, Helmuth(Hrsg.): Ernst Jünger 1895~1995*, Heidelberg 1995, S. 13.

은 '1914세대'의 문필가들과는 달리 수차례의 부상에도 무공훈장을 가슴에 달고 살아 돌아올 수 있었다.

제1차 세계대전은 인류사에 한 획을 긋는 커다란 사건임에 틀림없다. 이미 동시대인들에게 한 시대를 마감하는 사건으로 받아들여졌던 이 '대전(la Grande Guerre)'은 이제껏 시민사회와 그 문화를 종결짓고, 대규모의 병력동원과 대량살상무기 기술의 출현으로 특징지어지는 기술문명이 지배하고 탈인간화된 대중사회의 출현을 예고하는 역사적 사건이다. 이는 제1차 세계대전의 정치적 문명사적 결과물들이 20세기 인류사에 커다란 영향을 끼친다는 점에서, 즉 1917년 11월 7일의 러시아혁명, 독일 빌헬름 2세의 하야와 바이마르공화국의 수립, 유럽 전역에서 파시즘의 창궐, 종전 후 미국으로의 세계패권이동 등의 역사적 사실들에서 잘 드러난다. 이러한 전쟁이 발발하기 이전 유럽의 문화적 상황은 데카당스가 팽배한 소위 세기말적 위기상황에 직면하여 있었으며 기존의 문제적인 현실세계를 개혁하는 한 방편으로서 '파괴에 대한 기대감(Angst und Lust)'이 고조되어 있었다.

전쟁영웅이자 전후 전쟁문학의 대표작가가 된 윙어는 전쟁의 비인도적 성격과 그 전쟁이 가져온 공포감과 참담함에 대해서 자신의 전쟁체험을 통해 많은 이야기를 하고 있다.[78] 윙어를 하루아침에 베스트셀러 작가로 만든 자신의 전쟁 체험담『강철뇌우 속에서』에서는 그가 부대 배치를 받은 바로 다음 날 목격한,

---

78) Vgl. *Jünger, Ernst: In Stahlgewittern.* Stuttgart 1994.

포격으로 사지가 절단되어 죽어 가는 어느 병사의 모습을 통해서 참혹한 전쟁의 본질을 묘사하고 있다.

> 믿을 수 없는 미묘한 공포감을 지닌 채, 나는 온통 피범벅이 된 인간의 형체를 응시하고 있었다. 모체에 너덜너덜 매달린 기이하게 부러진 다리를 한 그는 계속적으로 쉰 목소리로 '도와주세요'라고 외치고 있었는데, 마치 급작스런 죽음이 목덜미에 걸터앉아 있는 듯 보였다. 그는 입구에 적십자 깃발이 걸려 나부끼는 건물로 옮겨졌다.
> 대체 이게 무어란 말인가? 전쟁이 이제 그 날카로운 발톱을 내보이고, 온화했던 가면을 벗어던졌다. 수수께끼 같고, 비인간적이다. 이러한 적은 전혀 예상치 못한 것이다. 어딘가 웅크리고 숨어 있던 이 비밀스럽고, 악랄한 전쟁의 본질, 이제껏 경험의 이면에 놓인 이 사건은 매우 강렬한 인상을 남기고, 그 연관관계를 파악하는 데 노력이 필요했다. 이것은 마치 백주 대낮에 귀신에 홀린 듯한 일이었다.

윙어는 제1차 세계대전 참전을 통해 경험한 냉혹한 현대전의 가공할 위력과 공포를 자신만의 새로운 글쓰기 방법을 통해 묘사하고, 다른 한편으로는 이 전쟁의 결과가 낳은 새로운 사회에 대한 분석을 시도하고자 한다. 제1차 세계대전은 19세기 기술맹신주의의 꿈에서 깨어나게 되는 계기였으며, 인간이 그것의 도움으로 자연을 지배하고자 하였던 과학기술은 전장에서 무참하게 인간을 지배하기에 이르고, 탈마법화된 세계는 인간에게서 신화와 꿈을 빼앗아 갔다.

1923년부터 시작한 윙어의 대학 생활(동물학과 철학)은 그리

오래가지 못하였고, 1926년부터는 베를린 등지에서 자유로운 문필활동을 하였는데 이 시기에는 주로 국수적인 색채의 잡지들에 글을 발표한다. 그러나 국가사회주의당에의 가입권유는 거부하였지만, 제2차 세계대전이 발발하자 대위로 참전하여 주로 파리 등지에서 점령군의 일원으로 근무하게 되는데, 반히틀러 운동에 가담한 결과 1944년 불명예제대를 하게 되지만, 전후에는 1949년까지 그의 대외적인 문필 활동은 금지된다. 그러나 윙어의 저작들은 1950년대와 60년대의 서독사회에서 다시금 베스트셀러의 반열에 오르면서 반향을 얻게 된다. 서독사회의 보수적 공론이 그의 글쓰기에 대한 심정적 지지와 찬사를 보냈던 반면에 진보적인 지식인들에게 작가 윙어의 존재는 다시금 '정치의 미학화'라는 벤야민적 테제를 떠올리게 하였다.[79] 윙어의 전쟁체험담과 연이은 바이마르공화국 시기의 여러 저서에는 정치적 보수주의의 색채가 여실히 드러남에도 불구하고 다른 한편으로 윙어는 새로운 과학기술과 매체의 발전에 대해서 지속적인 관심을 표명하였던 점이 윙어의 국가사회주의에 대한 부역 혐의 문제와 함께 지속적인 논란거리를 자아내었던 것이다.[80]

　작가 윙어에 대한 평가는 1970년대 말에 이르러서 대전환을

---

79) 전후 윙어에 대해서 보수적인 혁명을 위해서 악마와의 계약도 서슴지 않은 가장 독일적인 정신의 소유자라는 비판도 이 시기에 나타나는데, 무엇보다 1920~30년대 윙어의 여러 저술들에 나타난 쇼비니즘적인 요소와 반민주주의적인 맥락의 언급들이 문제가 되었다. 이에 대한 자세한 논의는 Neaman(1999) 23쪽 이하 참조.

80) Vgl. Lethen, Helmut: Verhaltenslehren der Kälte. Lebensversuche zwischen den Kriegen. Frankfurt/M. 1994, S. 206.

맞이하게 되는데 프랑스 지식인들 사이에 윙어는 가장 중심적인 독일 작가가 되었을 뿐 아니라,[81] 서독의 진보적 지식인들 사이에서도 윙어 문학의 '긍정적인' 측면에 대한 새로운 해석이 시도된다.[82] 한편, 헬무트 콜이 집권에 성공하여 서독사회의 보수화가 가시화되기 시작한 1982년에는 괴테상을 수상하기에 이른다. 윙어는 베르됭(Verdun)에서 이뤄진 콜과 미테랑의 역사적인 화해의 만남에서 독·불 상호공존과 유럽통합의 예견자로 추앙받게 된다. 제1차 세계대전 중에는 용감무쌍한 특공대 장교로, 1920년대에는 국수적 이론가로, 제2차 세계대전 초기에는 파리 점령 독일군의 교양 있는 장교로서 작가 윙어의 이미지는 이제 독일과 프랑스가 주도하는 통합된 유럽의 화해와 공존의 상징적 인물로 변모하기에 이른다.[83]

---

81) 윙어에 대한 프랑스인들의 관심은 우선 윙어의 프랑스외인부대에서의 생활에서부터 시작하여 랭보와 보들레르, 드 사드, 죠르쥬 바테이으(George Bataille)에 이르는 윙어의 친프랑스적 독서에서 많은 부분 빚지고 있다. 더구나 제2차 세계대전 당시 프랑스 점령군의 일원으로 파리에 주둔하였던 윙어는 프랑스 지성인들과의 교류뿐 아니라 프랑스의 문화유산들을 수호하는 데 노력하였다고 하여 소위 '착한 독일인(bon Alleman)'이라는 이미지가 광범위하게 퍼져 있었다고 한다. Vgl. Neaman(1999) S. 240ff.

82) 윙어의 초기 저작들이 지닌 이데올로기적 문제성에 대한 비판이 아닌 그의 글쓰기가 지닌 초현실주의적 요소와 형식미의 관점에 대한 접근이 이뤄지기 시작한다 (v.a., *Bohrer, Karl Heinz: Die Ästhetik des Schreckens. Die Pessimistische Romantik und Ernst Jüngers Frühwerk,* München 1978). 더 나아가서 볼츠(Norbert Bolz)와 레텐(Helmut Lethen)의 연구에서는 양차 대전 사이의 '좌파'와 '우파' 작가들이 동일한 퍼스펙티브를 가지고 동시대의 문제의식에 대한 해답을 구하고 있었다는 논지를 펼치게 된다. Vgl. *Bolz, Norbert: Auszung aus der entzauberten Welt,* München 1989, *Lethen*(1994).

83) 1990년대 중반 이후 소위 독일군의 제2차 세계대전 종군사진전(We hrmachtausstellung)을 주도한 렘츠마(Jan Philipp Reemtsma)는 윙어의 제2차 세계대전 종군일기들의 분석을 통하여 윙어의 이중적인, '차별적인' 글쓰기와 가치관을 공

윙어는 1932년 지배와 형태(Herrschaft und Gestalt)라는 부제를 단 『노동자(Der Arbeiter)』를 출간하는데, 여기에서는 새로운 기술적 발전에 따른 전통적인 시민계층의 해체와 새로운 노동자의 등장에 대한 80편의 에세이들을 담고 있다. 여기에서 윙어에게 노동자(Der Arbeiter)라는 의미는 노동계급을 의미하는 바가 아니고, 자본주의 이론이나 사회·심리학적 담론의 의미가 아니다. 윙어의 노동자 개념은 모든 기존의 규정들을 용해시키는 문화인류학적 비전의 형상화 과정으로 보았다. 노동자가 '고치틀기(Verpuppung)'에서 벗어나 환골탈태하여 나올 때에 비로소 역사는 새로이 쓰일 수 있다는 주장이다. 제1차 세계대전 중 참혹한 진지전을 벌였던 윙어가 엄습하는 공포감 속에서 보고 느낄 수 있었던 공간은 온통 기계와 새로운 기술로 점철된 참호뿐이었을 것이다. 기술적 기제들은 의식의 확장에 도움이 되는 매개체의 역할에 충실할 뿐 언어적 의미연관 구조를 재생산해 내는 것과는 거리가 먼 것이었다. 대규모 물량전쟁의 경험은 인간의 인식체계 자체를 변화시켜 버린 것이다. 이러한 맥락에서 벤야민의 경우와 같은 '경험의 빈곤'이 이야기될 수 있을 것이다.[84] 그럼에도 이러한 현실인식은 윙어에게 '영웅적 리얼리즘

박한 바 있다. 일반 독일군의 소위 '깨끗한 전쟁' 이데올로기를 독일군이 동부전선에서 저지른 만행들의 사진자료 전시를 통해서 나치하의 독일들에 팽배한 인종차별적 요소들에 새로운 역사 바로 세우기 작업을 시도한 렘츠마는 윙어의 동부전선 참전기에는 독일군이 자행한 민간인 학살과 만행들에 대해 인지하고 있으면서도 침묵으로 일관하고 있다고 비판한다.

84) Vgl. *Benjamin: Erfahrung und Armut,* S. 214.

(Heroischer Realismus)'[85])의 글쓰기 방식을 낳고 있다. 현대적인 과학 기술이 총동원된 전쟁 체험에 근거하여 윙어는 유물론적이지도 않고 그렇다고 더 이상 관념론적이지도 않는 새로운 삶의 방식을 윙어는 영웅적 리얼리즘이라고 부르고 있는데, 새로이 도래한 현대사회의 담지자인 윙어적 의미에서의 노동자는 기존 사회질서를 붕괴시키는 무정부주의적인 전장의 변화에 대한 의지와 열망으로 참여하리라는 기대감을 표명하고 있다.[86] 그런데 무엇보다 윙어의 이러한 전쟁예찬은 제1차 세계대전의 가공할 만한 물량전쟁에서 경험한 새로운 기술 매체의 위력에 대한 새로운 적용 가능성으로 발전되었다. 윙어는 기술을 윙어적 개념의, 형태로서의 노동자계층이 세계에 총동원령을 내리는 방식[87]이라고 정의하는데, 이러한 총동원(Totale Mobilmachung)에 거역하는 모든 것은 파괴된다고 윙어는 이야기한다. 그런데 윙어는 더불어 이러한 의미에서의 기술이란 '노동공간에 유효한 언어의 구사(die Beherrschung der Sprache, die im Arbeitsraume gültig ist)'와 같은 것이라고 주장한다. 따라서윙어의 '파괴와 공포의 미학'은 참혹한 현대전에 투여된 막강한 기술의 힘에 무릎

---

85) *Jünger(1982)* S. 33.

86) 윙어의 초기 저작에 나타난 이러한 요소가 윙어의 주전론적인 성격과 그 선동성을 극명하게 보여 주고 있다. 윙어는 인간의 본질을 개별적 자아들의 합이 아니라 수량적 집합을 넘어서는 형태(Gestalt)로 이해하고자 한다. 윙어의 논지에 따르면 개별적 인간은 전체와의 관계 속에서 의미를 지니는데, 이는 가령 조국을 위해서 희생하는 것이 형태적인 인간의 본질이라는 주장을 낳는다. Vgl. *Jünger*(1982) S. 31~35.

87) *Jünger*(1982) S. 152.

을 끓은 인간 군상들이 너무나 급속하게 변한 현실을 더 이상 언어적으로 재현할 수 없다는 현실인식에서 출발한 것이라 할 수 있으며, 이는 가공할 만한 세계대전의 참혹성에 더 이상 경험을 교환할 수 있는 능력이 부재하다는 벤야민의 테제와도 연관성을 지니게 된다.

한편, 제1차 세계대전 이후 급속히 확산된 새로운 매체적 기술발전에 힘입어 예술 생산에서 전통적인 가치가 붕괴하고 있음을 적시한 벤야민은 파시즘이 행하는 '정치의 미학화'를 위한 노력의 정점은 결국 전쟁에 귀결될 것임을 예언하고 있다. 그에 따르면 "전쟁만이 전통적인 소유관계를 그대로 유지하면서 대규모의 대중운동에 하나의 목표를 설정할 수 있"으며, 파시즘에 의한 전쟁의 신격화가 결국은 현재의 모든 기술수단을 '동원'하는 방편이라는 것이다. 마리네티의 미래파 선언문을 인용하면서 벤야민은 소위 변증법론자의 입장에서 전쟁미학을 다음과 같이 정의한다.

> (……) 생산력의 자연스러운 사용이 소유 질서에 의해 저지당하면 기술적 수단과 속도 및 에너지 자원의 증대는 불가피하게 생산력의 부자연스러운 이용으로 치닫는 수밖에 없을 것이다. 이러한 필연성의 마지막 출구가 바로 전쟁이다. (……) *제국주의 전쟁은 일종 기술의 반란이다.* (……)

파시즘의 전쟁예찬론에서 벤야민은 인간이 소외된 '예술지상주의의 마지막 완성'을 보고 있는 것이며, 인류의 자기소외화 과

정은 인류 스스로 파괴를 최고의 미적 쾌락으로 체험하도록 하
는 단계에까지 이르렀다는 현실인식을 피력한 것이다.

　벤야민이 현대의 전쟁에서 인간이 소외된 현대기술의 반란을
읽어 내었다면, 윙어는 전쟁에 대한 분석을 통해서 인간을 옥죄
는 기술을 다시금 재신화화하려는 시도를 감행한 것이다.

3. '매트릭스로서의 대중'과 '기계의 눈'

　세계대전은 경험의 빈곤화를 가속화시킨 사건이기도 하지만,
다른 한편으로는 새로운 기술의 사회적 확산과 19세기 시민계
급을 대체하는 대중의 등장을 예고하였다. 더 이상 경험을 서로
주고받을 수 있는 능력이 부재하다는 현실 인식은 윙어에 따르
면 차가운 카메라의 눈으로 현실을 바라보게 하였고, 자연적인
광학의 세계는 기계적 광학의 세계로 대체된다.[88] 윙어에게 새
로이 발전된 기술의 존재는 새로운 인식의 도구이자 매체가 되
었다. 그러나 윙어는 기술을 결코 진보의 도구로 이해하지 않았
을뿐더러[89] 현대의 물량전쟁에서 경험한 기술의 위협에서 기존
사회질서를 파괴하고 새로운 세계를 꾸려 내는 가능성을 읽어

---

88) Vgl. *Hüppauf, Bern: Experiences of Modern Warfare and the Crisis of Representation.* In: *New German Critique* Nr. 59 S. 41~76.

89) *Jünger*(1982), S. 183.

내고 있다. 윙어의 기술관은 종군 사진들에 대한 분석에서 극명하게 드러나는데, 윙어는 사진에서 '자기 자신을 객체로 바라보는' 능력을 제공하는 '냉철한 제2의 의식'[90] 발전 가능성을 보았다. 사진은 모든 질료들의 저항을 극복할 뿐 아니라, 촬영은 감각의 영역을 넘어선다. 카메라 렌즈는 인간이 눈으로 도저히 볼 수 없는 대상의 고유성을 포착해 낸다는 것이다.

제1차 세계대전에서는 처음 투입된 비행기와 사진술이 결합되는데 이는 20세기를 통틀어서 가장 막강한 전쟁기술의 혁신을 의미한다. 이것은 인간의 지각과 감각의 역사에 가장 심오한 변화를 야기한 사건이다. 이제 갓 개념화된 공중전의 소용돌이 속에서 전투기 조종사와 운명을 같이하는 사진사가 급박한 전투의 와중에 한 컷 한 컷 담아내는 사진이 지닌 리얼리티뿐 아니라, 이제껏 인류가 체험하지 못한 새로운 시야를 비행기는 제공한다는 점에 윙어는 착안한다. 즉 고공에서 찍어 대는 풍경사진은 전통적인 풍경화가 지니지 못한 미적 경험을 재생산해 낸다. 전통적인 풍경화와 달리 전장의 파괴 흔적들과 모든 인공적인 배경들의 포착을 통해서 전장의 풍경은 전통적인 방향성이 상실된 불모의 기능주의적 공간일 뿐이다. 공중 조감도의 탄생은 인간의 시야를 카메라 렌즈화시켰으며, 이렇게 '차갑고 냉철한 기계의 눈'으로 바라보는 전장 사진에서는 관찰자의 어떤 감정적인 동요도 있을 수 없다. 전쟁이 야기한 인공적 리얼리티의

---

90) *Jünger, Ernst: Über den Schmerzen, Hamburg,* 1934, S. 201.

재현은 감정이입이 절제된 기계적인 작업이 되었다. 전쟁이 전통적인 풍경화를 대치하여 인공성의 메타성만을 강조하는 결과를 낳은 것이다.[91]

이러한 윙어의 기술예찬과 더 나아가서 전쟁예찬론이 지니는 문제점에 대한 벤야민의 지적은 이미 윙어가 편집한 『전쟁과 전사(Krieg und Krieger)』(1930)에 대한 서평준비 작업에서 보인다.[92] 벤야민에 따르면 윙어는 자연과 기술을 동일시하고 있으며, 윙어에게 비록 기술이 전통에 대한 대립항으로 이해되고, 기술을 통해 기존의 시민사회적 지배구조를 파괴하고, 영웅주의적 '총동원'의 과정을 촉진시킬 수 있다고 믿지만, 윙어가 주장하는 '노동자' 개념은 역사철학적 개념이 아니라 인지론적 개념에 불과한 것이라고 비판한다.

기술복제시대의 예술작품에서 아우라의 소멸을 이야기하는 벤야민은 예술의 생산과 수용 과정에서의 대중 역할에 대해서 다음과 같이 설명하고 있는데 이는 윙어의 '영웅적 리얼리즘'의 담지자로서 윙어적인 의미의 노동자 개념에 대한 비판의 단초를 제공한다.

---

91) 이런 식의 윙어 논지는 후에 폴 비릴리오(Paul Virilio)에게서 '전쟁은 시네마이고 시네마는 전쟁'이라는 도식으로까지 발전하게 만든다.

92) Vgl. *Benjamin, Walter: Theorie des deutschen Faschismus. Zu der Sammelschrift, Krieg und Krieger, herausgegeben von Ernst Jünger.* In: *GS Ⅲ.* S. 238~250.

대중은 매트릭스이다. 거기에서 예술작품에 대한 일체의 관습적인 태도가 아주 새로이 탄생되는 모태인 셈이다. 양은 질로 단번에 전환되었다. *즉 예술에 관여하는 매우 수많은 대중의 존재는 대중의 변화된 관여 방식을 초래했다.*

이는 자본주의 사회의 대중은 결코 인간의 얼굴을 가진 존재가 아니며, 현대 사회를 규정짓는 모든 이미지들은 대중 속에 내재되어 있다는 것이다.[93] 매트릭스로서의 대중이 뜻하는 바는 개성 대신에 즉물성, 개인 대신에 기능이 중시됨을 의미하며, 야스퍼스에 따르면 실존은 즉물적 실존이 되었다는 것이다.[94] 이는 인간세계를 파괴하는 기제에 봉사하는 존재로 전락한 것을 의미한다. 기술복제시대의 대중 인식은 더 이상 집중을 요구하지 않고, 집단적이고 분산된 수용에 의해서만 규정지어진다. 따라서 전통적인 관조적 침잠에 반하는 분산적인 오락성에 대한 선호가 대중의 예술에 대한 관여방식의 특질을 이루게 되었다. 벤야민은 새로운 매체의 발생과 전통적인 경험과 인식 모델의 변화는 관객을 '산만한' 시험관(試驗官)이 되게 하였다고 주장한다. 또한 파시즘은 대중의 진정한 바람인 소유관계에 대한 언급은 없이, 즉 대중의 권리에 대한 언급은 없이 단지 대중의 공허한 의사표명을 가능하게 함으로써, 즉 정치의 예술화를 통해서 대중을 기만하고 있다는 것이다.

1920년대에 윙어는 제1차 세계대전의 종군사진들에 대한 지

---

93) *Bolz(1989)*, S. 122.
94) *Jaspers, Karl: Die geistige Situation der Zeit*, Stuttgart 1977, S. 43.

대한 관심을 가지고 있었으며, 종군 사진집의 간행에 직접 참여한다.[95] 윙어는 주장하기를 카메라 렌즈의 차갑고 거리를 두는 시선이야말로 현대전장의 구조를 올바르게 반영하는 데 적합한 것이며, 이러한 카메라 렌즈의 시선을 받아들여 인간의 감각 역시 변화하고 있다고 한다.[96] 현대의 총력전에서 전장에 투하되는 새로운 과학기술의 총아들 덕분에 인간지각의 인류학적 조건이 변화하고 있다는 것이다. 사진이 지니는 객관성은 인간의 인지력 한계 및 장애와 그 대상으로서의 세계 사이의 새로운 인과관계의 모델로 작용한다. 윙어는 종군 사진들의 분석을 통해서 '참전용사들의 영웅적 행위의 기록' 등과 같은 지각의 도덕적 함의가 아닌, 부르조아적 주관성의 '동시적 해체'와 인공적인 눈인 카메라 렌즈가 지닌 '차갑고 냉철한 시각'[97]에 대해 이야기한다. 사진 매체의 급속한 보급은 기존의 개인적·사회적 이미지들이 몰락함을 의미할 뿐 아니라, 새로운 기계들과 새로운 유형의 인간들 사이의 깊은 유대감을 기반으로 한 새로운 '노동자'의 시대가 도래한 것을 알리는 것이라고 주장한다.[98] 윙어는 그의 매체미학적 분석의 틀을 산업사회와 함께 등장한 노동자의 형상 속에서 찾고자 하고, 바이마르공화국 시기의 국수주의 이론('der Neue Nationalismus')을 대변하는 윙어의 '영웅적 리얼

95) Vgl. *Jünger, Ernst: Krieg und Lichtbild.* In: ders.(Hrsg.) *Das Antlitz des Weltkrieges. Fronterlebnisse deutscher Soldaten.* Berlin 1930. S. 9~11.
96) Vgl. *Jünger*(1934).
97) *Jünger*(1982). S. 128.
98) *Jünger*(1982). S. 130.

리즘'은 총체적인 매체 공간 내에 모든 미학적인 것들을 '총동원'하는 데 목표를 두고 있었던 것이다. 아이러니컬하게도 평생 제1차 세계대전에서의 전쟁체험이 가져온 정신적 충격에 자유롭지 못했던 윙어는 현대전의 익명적인 병사와 참혹한 전장의 풍경이 현대인의 이미지 세계를 규정짓는다고 보았다. 윙어는 자신의 노동자 세계를 이집트의 미라미드 세계나 티베트 승려들의 기도 공간과 비교하기도 한다. 이러한 장소는 제물로 바쳐지는 자기희생과 연관된 장소이며, 현대사회의 노동자 형상을 종교인, 병사, 예술가, 뱃사람, 사냥꾼, 범죄자와 연관 짓는데 이는 모든 자신의 안전이 언제나 위태로울 수 있는 사람들이며, 이것이 현대사회가 직면한 안전지상주의 위기감의 표출이라고 보았다. 윙어는 인간에게 최고의 행운은 제물로 희생되는 것이며, 지고의 명령술은 희생할 만한 가치가 있는 목표를 지시해 주는 것이라고까지 이야기한다.[99] 전술한 바와 같이 윙어가 '세계를 총동원하는 방식'으로 기술을 이해하였다면 이러한 기술의 집합체인 사진술에서는 카메라의 '기계 눈'을 통해서 인간의 의식을 넘어서는 '제2의 냉철한 의식(das zweite und kältere Bewußtsein)'[100]의 가능성을 도출해 내고 있다. 전술한 바와 같이 윙어가 주장하는 전체에 순응하는 형태(Gestalt)로서의 '노동자'에게 기술이란 세계를 총동원하는 방식이며, 여기에서 기술이란 적법한 언어의 구사라고 이야기된다면, 카메라 렌즈와 같은 기

---

99) Vgl. *Jünger*(1982), S. 82.
100) *Jünger*(1982), S. 200.

계적인 눈으로 바라보고자 한 것은 '영웅적 리얼리즘'의 세계관일 것이다.[101]

윙어가 이렇듯이 초기 저작에서 사진의 기계적 광학 세계의 문제를 전쟁과의 연관성 속에서 이해하고 카메라의 눈이 도출해 내는 '제2의 의식'의 문제성에 관심을 기울였던 반면에 1930년대 이후에는 사진과 그 대상과의 직접적인 의미 연관성에 관심을 기울인다. 1945년 1월 윙어는 사랑하는 아들 에른스텔 (Ernstel)이 18세의 꽃다운 나이로 전사하였다는 비보를 접한다. 죽은 아들의 사진을 바라보면서 윙어는 사진이란 그림과 달리 태생적으로 어둠과 그림자의 산물이며, 사진에는 한 인간의 인격적 광채가 감광지처럼 찍혀 나온다고 자신의 일기에 적고 있다.[102] 마치 잉크와 펜이 종이 위에 글자를 남기는 것처럼 빛의 양과 렌즈의 각도 조절, 사진기와 필름의 화학적 작용을 통해서 현실을 재현해 내는 사진에서도 나름의 법칙에 따라 대상의 개성이 묻어 나온다는 주장이다.[103] 윙어에 따르면 사진의 이미지는 시공간의 제약을 초월하여, 이미 영원히 사라져 버린 현실 세계의 순간적 그림자를 포착하여 자신만의 법칙성에 따라 새

---

101) 윙어는 "우리는 '노동자'의 형상 속에서 이미 사진이 노동자의 무기임을 제시한 바 있다. 본다는 것은 우리의 공간에서는 일종의 공격행위이다"라고 주장한다. *Jünger*(1982), S. 201.

102) *Jünger, Ernst: Sämtliche Werke*, Bd. 3 Stuttgart 1979, S. 363.

103) 그러나 사진작가의 존재성은 자신의 산물에 어떠한 물리적 참여를 배제하는 의미에서 여타 전통적 예술가의 그것과는 상이한 것이다.

로이 구성되는 세계를 창조한다.[104] 카메라의 렌즈가 포착하는 기계적 광학의 세계에는 어떠한 도덕적, 이데올로기적 입장을 강요하는 아이콘적인 의미내용이 존재하지 않는다는 것이다.[105]

4. 매체의 권력 메커니즘

주지하다시피 벤야민의 경우 새로운 매체에 대한 관심은 예술의 새로운 역할에 대한 문제의식으로 발전한다. 반면에 윙어는 전통적인 매체와 기술적 매체 사이의 매개자로서 예술의 역할에 대해서 부정적이다.[106] 새로운 기술매체에서 '아우라의 상실'을 읽어 내었던 벤야민과는 달리 윙어는 연극 공연과 다른 영화 상영의 특성에 대해서 다음과 같은 해명을 시도한다.

---

104) 이는 바쟁(*André Bazin*)이 그림의 독창성과 사진의 독창성 차이를 사진에 고유한 객관성에서 찾고 있는 것과 맥을 같이하는 것이다. *Vgl. ders.: The ontology of the Photographic Image In: Gray, Hugh(ed.) What is Cinema? vol.1 Berkley 1967 pp.9 ~ 16.* 사진은 전통적인 의미에서의 리얼리즘, 진리에 대한 추구, 도덕적 판단기준으로부터 자유로운 사진작가의 관점에 대한 강조로 읽힌다. 한 발 더 나아 가서 아른하임(*Rudolf Arnheim*)은 사진과 영화에서 재현되는 미적 현상은 그 자체로서만, 즉 촬영, 현상, 인화의 메커니즘 속에서만 이해되어야 한다는 대상성의 독립에 대한 강조를 한 바 있다. *Vgl. ders.: Systematik der frühen kinematographischen Erfindungen. In: Diedrichs, Helmut(Hrsg.) Kritiken und Aufsätzen zum Film München 1977.*

105) Vgl. *Hüppauf, Bernd: Der entleerte Blick hinter der Kamera* In: *Heer, Hannes u.a.(Hrsg.) Vernichtungskrieg* Hamburg 1995, S. 504 ~ 527, hier S. 512.

106) Vgl. *Jünger*(1982), S.128(국문번역 필자).

영화는 결코 공연이 지닌 일회성을 알지 못한다. 말하자면 말뜻 그대로의 프레미어란 영화에 존재하지 않는다. 영화는 동시에 한 도시의 여러 극장에서 상연되고 한없이 반복 상영된다. (……) 관객은 결코 특별한 관객도 아니며, 미학적으로 특정 집단도 아니다. 극장의 관객은 일상의 다른 어떤 영역에서라도 매번 부딪칠 수 있는 그런 일반적인 대중일 뿐이다.

윙어는 주장하기를, 연극 공연의 일회성이란 영화상영과는 달리 공감각적으로 일회적인 경험이며 이는 시민사회의 개인주의적인 경험이며, 총체적인 노동자의 세계에서는 그 의미를 잃어 가는 성격을 지닌다는 것이다. 윙어에게 있어서 이러한 총체적 노동자사회는 산업사회의 전개에 따른, 익명성을 특징으로 하는 대중사회의 다른 이름이었던 것 같다. 따라서 윙어는 총체적 노동자의 사회 특징으로서, 개인의 특성으로서 얼굴이 사라졌다는 점에 주목하고 이를 설명하고 있다.

오늘날 모든 화보들에서 보이는 새로운 얼굴은 (……) 영혼이 없는 얼굴들뿐이다. 마치 철(鐵)로 만들어진 것처럼. (……) 그리고 두말할 필요 없이 모두 사진과 실제적인 연관성을 지닌다. 이것은 노동자의 전형적인 타입(……)을 표현하는 얼굴들의 하나일 뿐이다.

문제는 '철로 조각된 듯한' 이러한 새로운 얼굴이 어떠한 여론 조작이나 대중동원의 목적으로 이뤄진 것이 아니라, 이를 표현하는 매체의 적합한 사용에 의해서 담보된다는 윙어의 주장이다. 빛은 그 명도와 유입 양의 조작을 통해서 인물사진에서 '다양성을 단일성으로' 표현해 낸다는 것이다.[107] 또한 사진에서 보이는 대상성은 결코 인과관계의 결과물로서 이해되어서는 안 되며, 대상의 현상성에 대한 '동시성'으로 해명되어야 한다는 것이다. 이에 따라 새로운 매체와 그 향유의 논리에는 비록 권력의 메커니즘이 작용하지만 이는 맑시즘적 결론을 도출하지 않고, 윙어가 바라보는 '노동자의 시대'는 '사실관계와 권력제도 및 그 운동성 간의 카오스적 혼재'의 시대이며 '인간보다 도구들이 더 중요하게 보이는 시대'이다.[108] 윙어의 이러한 아나키즘적 세계인식에 따르면 새로운 미학적 매체의 향유자들은 질적인 판단이 유보된 채 단지 수량화될 수 있을 뿐이며, 극장관객, 전시장 방문객, 도서관 이용자, 심지어 시위자들의 모습으로 대중은 숫자로 헤아려지고 따라서 컨트롤된다. 이러한 새로운 카오스적 매체성의 특질에서 윙어는 다음과 같이 매체정치의 특성을 끌어내기도 한다.

항시 어떤 사건이 발생하는 우리네의 모든 공간은 카메라의 렌즈와 마이크로폰으로 빙 둘러싸여, 카메라 후레쉬의 터지는 불빛으로 밝혀진다. 많은 경우에는 실제 사건이 '실황중계'의 뒷전에 놓여 있기도 하다. 사건이 그저 관찰 대상이 되어 버리는 것이다. 이런 식으로 이미 우리는 정치적 사건진행, 의회의 개원, 스포츠 경기를 알고 있으며, 이런 것들의 본질은 지구적인 실황중계의 대상이고자 하는

---

107) Vgl. *Jünger*(1982), S. 124.
108) Vgl. *Jünger*(1982), S. 68.

데 있다. 이 사건은 그만의 특정 공간이나 특정 시간에 얽매여 있지
않고, 어디서나 촬영되고, 언제고 재방영될 수 있다.[109]

윙어의 경우에는 이러한 '실황중계'의 일례에 전쟁도 예외가
아니었음이 자명하다. 윙어는 더 나아가서 이런 식의 글로벌한
재앙의 실황중계가 차후 미래의 권력분쟁 및 정치적 도구로 사
용될 수 있음을 이미 예견하고 있는데, 이것은 작금의 매스미디
어의 막강한 정치적 사회적 영향력을 본다면 윙어의 예언은 실
현된 듯하다. 그러나 동시대인인 벤야민의 테제와는 달리 윙어
는 이러한 매체의 정치화에서 대중의 조작과 억압의 논리만을
보지 않았다. 윙어는 대중의 특성상 결코 지배논리의 설파와 억
압기제의 재생산성을 요구하는 매체의 작용성이 결코 대중에게
일차원적인 일방통행적 소통로만을 만들지 않는다고 주장한
다.[110] 윙어 역시 정치적 의도에 의해 유포되는 매체의 존재에
대해서 부정하지 않았고 그 자신 역시 이러한 시도를 포기하지
않았지만, 윙어의 카오스적 세계관은 억압과 해방의 논리를 넘
어서는 것이었다. 윙어의 초기 저작에 나타난 대상과 매체의 관
계는 다음과 같은 주장에서 여실히 드러나고 있으며, 이것이 이
후 20세기 내내 윙어를 둘러싼 수많은 억측과 비판의 시발점이
되기도 한다. '결코 기계인간이란 존재하지 않는다. 단지 인간과
기계가 존재할 뿐이다. 단지 새로운 수단들과 새로운 인간상의

---

109) *Jünger*(1934), S. 202(국문번역 필자).
110) Vgl. *Jünger*(1982), S. 265.

동시성 사이에 어떤 밀접한 연관관계가 존재할 뿐이다.'[111] 윙어의 기술미학이 비록 기술을 전통에 대한 대립항으로 상정하여 기존의 사회체제를 지닌 모순점에 대한 비판적 관찰의 여지를 남겨 두고 있지만, 윙어의 매체미학이 과거 자연이 있었던 자리에 단지 기술을 치환시키고 있다는 비난을 모면하기는 힘들어 보인다.

---

111) *"So gibt es keinen Maschinenmenschen; es gibt Maschichten und Menschen – wohl aber besteht ein tiefer Zusammenhang zwischen der Gleichzeitigkeit neuer Mittel und eines neuen Menschentums."* *Jünger*(1982), S. 124.

삶에 부딪쳐 파열된 형식

'북구의 소크라테스' 키에르케고르(Søren Aabye Kierkegaard, 1813~1855)의 철학사적 의미는 무엇보다 어떤 형태든 간에 체계론적 사고에 대한 그의 가차 없는 비판에 있다. 그는 자유와 죄 그리고 책임의 문제를 새로운 시각에서 접근한, 실존철학의 창시자로 여겨진다. 인간은 단지 지나간 과거만을 이해할 수 있음에도 미래를 바라보고 살아가야 하는 까닭에, 인간은 실존의 문제를 지성적으로만 이해할 수 없고, 직접적으로 맞닥뜨린 것만을 주관적으로 이해할 수밖에 없다. 이러한 키에르케고르의 그 당시 전통적인 철학에 대한 비판은 20세기에 들어와서야 이해가 되는데, 무엇보다 칼 야스퍼스와 죄르지 루카치는 키에르케고르 철학의 의미를 이해한 최초의 학자들이다. 독일과 프랑스의 실존철학자들은 키에르케고르의 저작들에서 불안, 죄, 걱정, 회의와 같은 개념들을 받아들이고 있고, 가령 에른스트 블로

흐의『희망의 원칙』이나 한스 요나스의『책임의 원칙』과 같은 저
작들은 키에르케고르 철학의 20세기적 변용의 모습을 보여 준다.

* * *

키에르케고르는 평생을 거의 코펜하겐을 떠나지 않았다. 우
울증에 시달린 아버지, 헤겔 철학과의 결별, 뮌스터 대주교와의
지난한 교리싸움, 레기네 올젠과의 이루지 못한 사랑은 키에르
케고르의 철학을 이야기할 적마다 매번 반복되는 단골 메뉴이다.
그는 무엇보다 인생을 시화(詩化)한 인물로 여겨진다. 오지리 태
생의 문화철학자 카스너(Rudolf Kassner, 1873~1959)는 키에르케
고르가 인생을 시화한 것은 진실을 은폐시키기 위한 것이 아니
라 과연 진실이 무엇인가를 말할 수 있기 위해서 그러한 것이라
고 적고 있다.『소설의 이론』서문에서 언급하고 있듯이 '청년
마르크스를 키에르케고르화'시키고 있었던 젊은 루카치는 키에
르케고르의 시화과정의 전말을 다음과 같이 이야기하고 있다.

"1840년 9월 문학석사 죄렌 키에르케고르는 추밀원 고문관인,
올젠의 18세 된 딸 레기네 올젠(Regine Olsen)과 약혼하게 되었
다. 그 후 1년이 채 지나지 않아서 그는 이 약혼을 파기했다. 그
리고 그는 베를린으로 여행했다가 코펜하겐으로 되돌아왔는데,
이때부터 그는 이상한 기인(奇人)으로 살았다. 그의 독특한 생활
태도로 인하여 그는 대중잡지에 계속 오르내리는 인물이 되었다.
가명으로 나온 그의 저서들은 풍부한 재치로 인해 몇몇의 경탄자

를 갖게 되었지만 그 부도덕하고 부조 경박한 내용 때문에 대다수의 사람들로부터 증오와 지탄의 대상이 되었다. 그는 그의 후기 저서들로 인해 당시 영향력이 막강하던 신교교회로부터 보다 공개적으로 미움을 받은 바가 되었고, 또 이 교회와 대항해서 싸우는 힘든 투쟁 속에서 그는 죽었다. 그는 오늘날의 모든 교회가 기독교적이 아니며 이로 인해 어떤 사람도 기독교인이 되기 힘들다는 주장을 펴면서 싸웠던 것이다. 그런데 레기네 올젠은 그가 죽기 여러 해 전에 이미 전부터 그녀를 사모해 오던 남자들 중의 한 사람을 남편으로 삼았던 것이다."(이민용 역 부분 인용)

키에르케고르의 올젠과의 약혼 파기에는 어떤 해명도 존재하지 않았고, 단지 그것은 해명 이상의 의미를 지니는 몸짓(제스처, Geste)이라고 루카치는 이야기한다. 몸짓은 삶의 위대한 역설이며, 어떤 몸짓이 갖는 삶의 가치, 달리 말하면 삶에 있어서 형식이 지니는 가치 – 그것은 곧 삶을 창조하고 삶을 고양시키는 형식들의 가치라는 것이다. 돌연한 약혼 파기를 통해서 키에르케고르가 필요로 한 것은 유혹자와 버림받은 소녀였으나 그 소녀는 자신의 마음을 달래고는 일상으로 되돌아간다. 유혹자의 가면 뒤에 고행자의 얼굴이 탄생한 셈이다. 이 고행자는 자발적인 고행을 통해서, 이러한 몸짓을 통해서 자신을 경직시키고 있을 따름이다. 유혹자의 어색하게 미소 짓는 가면 뒤에는 고행자의 굳어 있는 본래의 표정이 도사리고 있다. 그의 몸짓은 완벽하다.

무엇이 키에르케고르에게 레기네 올젠과의 관계를 시화(詩化)하게 만들었을까? 키에르케고르는 1943년 5월 17일자 일기에 다음과 같이 적고 있다. "내가 만일 레기네에게 나 자신을 설명하려 했다면, 나는 그녀를 무서운 것들 속으로, 이를테면, 나와 아버지의 관계, 아버지의 우울, 내 안에 둥지를 틀고 있는 저 영원한 밤, 나의 방황, 나의 욕정과 방탕 속으로 끌어들이지 않을 수 없었을 것이다. 그러나 그런 것들은 아마 하느님의 눈에 잘 띄지 않으리라. 결국 나를 탈선하도록 만든 것은 불안이기 때문이다."

종교적으로 매우 신실하면서도 심한 결벽증과 극도의 우울증에 시달린 아버지의 영향을 많이 받은 키에르케고르는 신학을 전공하지만 졸업 후 목회활동을 포기하고 아버지의 유산에 힘입어 평생 문필활동을 할 수 있었다. 당시 체제 영합적인 기독교와 시민사회에 대한 비판을 서슴지 않았던 그리 길지 않은 삶을 영위한 키에르케고르는 자신을 세상에서 가장 불쌍한 사람이라고 부르길 주저하지 않았다.

> 그는 늙을 수가 없다. 왜냐하면 그에게는 결코 젊은 시절이 없기 때문이다. 어떤 점에서 그는 죽을 수가 없다. 왜냐하면 그는 결코 살아 있던 때가 없기 때문이다. 어떤 점에서는 그는 결코 살아갈 수가 없다. 왜냐하면 그는 이미 죽은 자이기 때문이다(『이것이냐 저것이냐(Enten-Eller)』, 「세상에서 가장 불행한 인간」 中)

키에르케고르는 1844년 6월 17일 자신이 창조해 낸 가공의 인물 비길리우스하우프니엔시스(Vigilius Haufniensis, 코펜하겐의 관찰자라는 뜻, 그의 수많은 저작들은 여러 가명으로 집필되었는데 당대의 사람들은 그 책들의 실제 저자가 키에르케고르라는 사실을 이미 잘 알고 있었다고 한다)의 이름으로 그의 주저인 『불안의 개념』을 펴낸다.

그를 사로잡은 불안은 무(無)에서 비롯되는 존재론적 불안이다. 유(有), 즉 내재성에서 출발하는 모든 체계(System)를 그는 무를 내세워 흔들어 대고자 시도한다. 아리스토텔레스, 데카르트, 헤겔에 이르는 서구 철학의 역사는 내재성에 대한 회의 자체가 존재하지 않고, 절대정신에 대한 강조는 주관이 소외된 객관성의 노예 됨의 한 일례일 뿐이며, 기존 기독교의 역사도 궁극적으로는 무(無)를 그 어떤 것으로 대치하려는 잘못된 시도일 수 있다고 주장한다. 레기네 올젠과의 관계를 망가트리고 자신을 방황에 빠지게 하였던 불안의 본질에 대한 논구를 통해서 키에르케고르는 인간 내면의 근원적인 불안을 실존의 문제로 지양시킨다. 키에르케고르의 형이상학은 인간을 육체적인 측면과 영혼적인 측면의 종합으로 이해한다. 인간 삶의 존재와 당위, 실재성과 이념성 사이의 대립을 지양하는 매개체로서의 실존을 이야기한다. 이러한 육체와 영혼의 대립은 바로 정신(Geist)에서 일치되는데, 이 정신이 자기화되는 과정이 실존이며, 이 정신이 자기화의 제 조건에 상응하며 자아를 찾아가는 과정이 바로 불안의 개념이다. 키에르케고르는 아담의 원죄 개념을 실례로 들고 있는데, 하느님이 창조한 아담과 이브가 뱀의 유혹을 뿌리치지 못해서 얻게 되는 원죄는, 그러나 궁극적으로는 인간의 본성인성(性)에 대한 눈뜸이며 인류의 종족번성을 가능하게 하는 계기이며, 따라서 아담의 죄는 죄가 아닐 수 있고, 설사 그렇다손 치더라도 개인의 죄가 아닌 인류의 죄일 것이다. 주어진 금령을 거스르면서 비록 낙원에서 추방될지언정 경계를 뛰어넘은 자유인 아담의 모습을 역설적으로 바라보고 있는 셈이다.

*   *   *

레기네 올젠과의 사랑을 시화한 키에르케고르의 몸짓은 일상적인 시민적 삶에 대한 편입 거부로 이해될 것이다. 키에르케고르는 일상과의 화해 대신에 자유인으로 남고 싶었으며, 자신의 존재와 가능성 사이의 대립을 극복하기 위하여, 레기네 올젠과의 결혼이 표상하는 시민적 삶과 철학에의 길 사이의 대립 속에서 약혼 파기라는 몸짓을 통해서 어떤 절대성을 찾고자 했던 것이다. 그러나 이러한 절대성으로 형식화된, 키에르케고르의 몸짓도 결국 그의 죽음으로 다시금 원점으로 되돌아가 버린 것이다. 키에르케고르는 동시대의 가치관들과 싸웠으며, 이러한 투쟁 이외에 어떠한 것도 삶 속에서 발견할 수 없었던 그는 역설적으로 부모유산의 고리대금 이자 수입으로 살았으며 그가 죽을 때 돈은 바닥나 있었다. 그가 거리에 쓰러졌을 때 사람들은 양로원에 데려다 주었다. 그리고 그는 죽었다. 그러나 그의 죽음과 더불어 모든 문제는 해결되지 않은 채 그대로 남아 있었다.

키에르케고르의 인생에 나타난 순수하기 이를 데 없는 명명백
백한 몸짓은 부질없는 노력이었고 또 아무런 몸짓도 아니었던
것은 아닐까?

망설임은 모던하다

망설임은 가장 모던하다. 익숙한 미사여구와 단호함으로 노래하던 세상이 어느 날 갑자기 낯설게 보일 때 시인은 망설인다. '시대를 헤아리지 못했으면서/세상을 일구는 데 용감했던 것이 실패한 까닭'(「퇴계의 편지」)임을 이젠 알고 있고, '그동안 살면서 너무 많은 말을 하였으므로/말없이 입을 닫고 있어도 불편해하지 않고'(「빈방」), '진보에 대한 희망의 길도 잃었고/세상으로부터 철저히 소외되었지만/그 대신 거대한 광기와 파괴와 황폐함에서'(「저녁숲」) 벗어나고자 한다. 삼십 년을 넘게 연필로 시를 쓰던 시인이 이젠 연필을 깎으며 망설인다. '연필을 깎는다 끝이 닳아 뭉툭해진 신념의 심을 천천히 아주 천천히 깎는다 지키지 못할 말들을 많이 했다 중언부언한 슬픔 실제보다도 더 포장된 외로움 엄살이 많았다/연필을 깎는다 정직하지 못하였다는 걸 안다 내가 내 삶을 신뢰하지 못하면서 내 마음을 믿어 달라고 하였다'(「연필깎기」). 시인은 자신의 목소리를 내는 것에 주저하고 망설인다. 그래서 택한 길은 '가끔 구름이 떠오고 새가 날아왔지만/잠시 머물다 곧 지나가' 버리는 '말없이 산 옆에 있는'(「산경」) 오랜 망설임에 다시 찾은 그리 낯설지만은 않은 '해인'으로 되돌아가는 길이다. 망설임은 명약관화한 사실의 위력에 대한 저항의 믿음을 저버리지 않는 한 가장 모던하다. 시인은 사실의 위력에 저항하여 보다 큰 진리에 이르는 길, '해인'에 이르는 길을 택한 것이다. 그것만이 '내 안의 시인'을 되찾는 길, '지팡이로 세상을 짚어 가는 눈먼 이의/언 손 위에 가만히 제 장갑을 벗어 놓고 와도/손이 따뜻하던 착한 시인'(「내 안의 시인」)을 되찾는 길일 터이다. 따라서 내가 가 보지 않은 길에 대한 망설임도 '누구도 앞서 가지 않은 길은 없다/오랫동안 가지 않은 길이 있을 뿐이다/두려워 마라 두려워하였지만/많은 이들이 결국 이 길을 갔다'(「처음 가는 길」)는 시인의 길 떠남에 대한 의지를 꺾진 못해 보인다.

내 안의 시인을 되찾기 위해 떠나는 해인 가는 길가에 시인을 반기는 산벚나무만이 아직 꽃은 피지 않았지만 봄이 오는 소리를 고대하고 있다.

산벗나무

아직 산벗나무 꽃은 피지 않았지만
개울물 흘러내리는 소리 들으며
가지마다 살갗에 화색이 도는 게 보인다
나무는 희망에 대하여 과장하지 않았지만
절망을 만나서도 작아지지 않았다
묵묵히 그것들의 한복판을 지나왔을 뿐이다
겨울에 대하여
또는 봄이 오는 소리에 대하여
호들갑 떨지 않았다
길이 보이지 않는다고 경박해지지 않고
길이 보이기 시작한다고 요란하지 않았다
묵묵히 묵묵히 걸어갈 줄 알았다
절망을 하찮게 여기지 않았듯
희망도 무서워할 줄 알면서

(도종환, 「산벗나무」)

한국 문학 작품의 해외 번역 출간의 시작에는 항시 1892년 홍
종우(洪鍾宇 1854?~1913)가 번안한 불역『향기로운 봄(춘향전)』
이 언급된다. 홍종우에 대한 평가는 그의 출생과 인생 역정에
대한 서로 상반된 주장들만큼이나 무척 상이하다. 혹자는 홍종
우가 1850년(철종 원년) 11월 경기도 안산에서 南陽 洪氏 南陽
君派 32세손으로, 洪在源(1827~1898)의 외아들로 태어났다고
주장하고 혹자는 1854년 서울 태생이라고 주장한다. 남양홍씨

가는 조선시대 명가문 중의 하나이며 정치적으로는 노론 계열이었다. 그러나 그의 가계는 18세기 후반~19세기 초반 그의 바로 이전 대에 와서는 족보상 숙부 在玹의 생몰을 확인할 수 없을 정도로 급속히 열락하게 되었다고 한다. 홍종우는 어린 시절 경제적으로 매우 빈곤한 생활을 유지할 수밖에 없었고, 결국 여러 곳을 전전하며 생활하다가 전라도 도서인 古今島에 이주하여 살았다고 한다. 어찌어찌하여 프랑스 유학을 다녀온 홍종우는 갑신정변의 주동자 김옥균을 암살하여 고종의 총애를 받고 광무개혁의 주체가 되었지만, 곧 권력의 핵심에서 밀려나게 된다. 그는 마지막 공직인 제주 목사직을 1905년 4월 사직하고 1909년 12월 상해를 거쳐 프랑스로 망명하였다. 일제의 대한제국 강제 병합 이후 귀국한 그는 별다른 활동 없이 전라도 무안군에서 거주하다가 1913년 1월 2일 사망하였다. 한국 문학 최초의 한국인 해외 번역자이자 김옥균 암살자라는 일견 낯설어 보이는 경력의 인물 홍종우에 대한 평가는 매우 엇갈린다. 평가에 앞서 우선 홍종우를 둘러싼 아주 상반된 2가지 의견을 소개하고자 한다.

1. 첫 번째 가설: '정치적 암살자' 홍종우

  1888년 5월 일본으로 건너가 아사히신문사에서 식자공으로 2년 반 동안 일하여 모은 돈을 가지고 1890년 12월 24일 법률을 공부하기 위해 프랑스에 도착한 홍종우는 원했던 법률 공부는 못 한 채 파리의 한 박물관의 촉탁 직원으로 근무하며 춘향전과 심청전 등 한국의 고전 문학과 중국, 일본 관계 서적의 번역작업을 도우며 2년 7개월간 체류하다가 귀국하게 된다. 1893년 7월 22일 파리를 출발하여 귀국하던 홍종우는 일본에 들러 고종의 밀령을 받은 이일직과 함께 김옥균 암살을 공모하며 고베에 머물다 김옥균에게 접근하는 데 성공, 1894년 3월 27일 상하이에 함께 도착한다. 김옥균과 홍종우는 이날 상하이 미국조계의 동화양행 1호실에 함께 투숙한 후, 다음 날 홍종우는 김옥균에게 권총 3발을 발사하여 절명케 했다. 곧 중국 경찰에 구금되었으나 본국의 교섭으로 귀국하였다. 이해 식년문과에 병과로 급제하여 교리(校理)가 되었으며, 1898년 독립협회가 만민공동회(萬民共同會)를 개최하여 개혁을 주장하자 이기동(李基東), 길영수(吉泳洙)와 함께 황국협회를 조직, 보부상을 동원하여 독립협회의 활동을 방해했다. 한국 문학의 해외 번역 소개의 효시로 기록되는 그 당시의 문화 인텔리가 한말 개화당의 거두이자 정치 풍운아로 자주적 근대화와 개혁을 추진하였던 44세의 망명 정객을 살해하는 어이없는 상황이 어쩌면 100년이 지난 이제껏

한국 문학 해외 소개의 한계와 문제점을 미리 규정지은 원죄가
아니었을지.

(박은식의 [한국통사]에서의 주장과 [通報]의 주장에 기반을
둔 가설)

2. 두 번째 가설: 주체적 개혁론자 홍종우

1886년 3월 어머니 전주이씨 사망 이후 홍종우는 프랑스행을
결심하게 된다. 그는 서구 근대법을 공부하기 위한 목적을 표방
하고 외무대신 金允植이 발행한 여권으로 1888년 도일, 이후
1890년에 프랑스 파리로 유학을 떠난 것이라고 한다. 홍종우가
특히 프랑스로 유학을 가고자 한 것은 프랑스의 자유민권 사상이
일본 메이지유신의 정치사상에 많은 영향을 주었던 것을 보고 흥
미를 느꼈기 때문이라고 한다. 그는 일본 체류 시절 잠시 일한
아사히신문을 통하여 세계정세와 조선이 처해 있는 국제적 상황
을 인식할 수 있게 되었다. 이 기간 홍종우는 저명한 자유민권론
자이며 자유당 당수인 이다가키 다이스케(板垣退助)와도 깊은 교
류가 있었다. 이다가키가 홍의 도불시 클레망소 대통령에게 그를
천거하는 편지를 써 주기도 하였다. 그는 프랑스 유학 후 거의 2
년 동안 파리 기메박물관에서 연구보조자로 활동하였다. 당시 프
랑스의 동양학자들 사이에는 극동어학의 연구가 성행하였는데,
그러한 연구에 재정적 원조를 주던 에밀 기메는 레가메라는 인물
을 통해 홍종우와 상면하였고 박물관의 연구보조자로 그를 채용
하였다. 이곳에서 그는 『春香傳(향기로운 봄)』, 『心淸傳(다시 꽃
이 핀 마른 나무)』, 『直星行年便覽』 등 한국의 古典과 점성술책,
일본, 중국의 고전을 프랑스어로 번역하는 일에 종사하였으며, 외

무대신 코고르당뿐만 아니라 프랑스의 저명한 정치가, 예술가, 학자 등과도 많은 교류가 있었다고 주장된다. 홍종우는 1891년 5월 고급 사교 클럽인 '여행가의 회'에서 조선어 연설을 통하여 조선의 건국 연대가 기원전 2000년 이전으로 올라간다고 강조하면서, 이후 기자, 고구려, 백제, 신라, 고려, 조선왕조를 차례로 설명, 우리의 유구한 역사를 소개하고 자부심을 표하였다. 그렇지만 지리적 환경에 의해 조선은 현재 열강의 각축장이 되었다고 하면서, 조선에서도 유럽 문물을 수입하는 것이 무엇보다도 급한 문제라고 말하기도 하였다. 그는 1893년 1월 15일 자신이 프랑스어로 번역한 『심청전』의 서문에서도 당시 조선이 처해 있는 상황을 서양의 이탈리아에 비교하여 조선을 둘러싼 중·일·러 열강의 침략 정책을 경계하였다. 『르 피가로(LE FIGARO)』지도 "그는 조선의 開化徒에 속하고 고제도와 싸우고 있는 사람"이라고 소개하였다. 한편 프랑스 유학 전 기간에 걸쳐 홍종우는 한복을 입고 다녔으며 고종과 대원군의 眞影을 몸에 지녔다고 한다.

그에게 있어서 우리의 전통과 왕실의 권위는 중요한 것이었다. 지금의 관점에서 보면 그것은 일견 복고주의적·수구적 성격으로 파악될 소지가 있다. 홍종우는 서구 문물 수입에 결코 주저하지 않았지만, 그것을 추진하는 방법에 있어서 개화당의 방식과는 근본적인 차이가 있었다. 그는 서구화를 일차적 과제로 삼아 조선의 전통 문화와 단순히 대치할 수는 없는 것으로 보았다. 오히려 문제 해결의 모티브를 조선 구래의 가치에서 찾아야 한다고 생각하였다. 홍종우의 목표는 개명된 지식인의 입장에서 조선의 전통과 서양 문화를 조화절충, 새로운 방향에서 대중을 계몽하는 데 있었다. (……) 1893년 가을 그는 유학을 마치고 본국으로 돌아오기 위해 프랑스를 출발하여 일본에 도착하였고, 이듬해 초 李逸稙, 權東壽 등과 공모 김옥균을 상해로 유인하여 살해하게 된다. 그는 김옥균 살해 후 청국 측의 신문에서 ① 김옥균 등이 갑신정변 시 많은 죄 없는 사람을 살해한 일, ② 국왕을 선동하여 나라를 혼란케 하고 국왕을 고통에 빠지게 한 일, ③ 외국 군대를 이끌고 궁중에 들어온 일, ④ 조선, 청국, 일본, 즉 아시아의 국제 관계에 큰 해를 끼친 일 등을 살해 이유라고 명백히 밝히고 있다. 즉 홍종우는 갑신정변이 잘못되었다는 것이다. 이 시기 대부분의 사람들과 마찬가지로 홍종우는 급격한 쿠데타를 통한 국가 질서 변동을 거부하였고, 왕실 권위의 쇠락화에 대해 우려하였다. 또한 김옥균 등 갑신정변 주도 세력의 외세 의존적 자세를 비판하는 한편 조선과 일본, 일본과 청국의 국제관계가 급격히 냉각되는 것에 대한 우려를 하였던 것이다. 따라서 김옥균 암살의 동기가 근대화에 대한 반대와 '수구파 정권'의 옹호에 있지 않았음은 자명한 것이다.

(조재곤, [홍종우(洪鍾宇)와 황제권력]에서 전문 인용)

20대에 한성 판윤을 지내고, 일본 세력을 등에 업고 급진적인 한국의 근대화를 시도(갑신정변)하였다가 3일천하로 끝나는 실패로 일본 망명길에 오르고, 다시 상해로 이홍장을 만나러 떠났다가 홍종우에 의해 암살당하는 김옥균의 삶 자체가 한국근대사의 비극적 모습이 아닐 수 없다. 무엇이 홍종우에게 김옥균을 암살하게 하였을까 하는 질문은 많은 이들에게 관심거리로 남아 있다(김윤식 교수에 따르면 홍종우에 대한 기록은 [일본 외교 문제] 제27권 제7장 '조선국망명자 동정에 관한 건'에 상세히 기록되어 있지만, 암살행적에 대해서는 기록이 없다고 한다). 박은식의 한국통사에 따르면 홍종우는 길영수 등과 보부상을 동원하여 황국협회를 조직하여 독립협회를 폭력적으로 저지하는데 주력하였다고 한다. 그러나 다른 주장에 따르면 홍종우는 고종의 총애를 한 몸에 받으며 여러 가지 경제개혁을 추진하며 국부의 해외 유출을 저지하고 상공업의 촉진을 위한 여러 개혁 조치를 추진하기도 하였다. 구한말의 각 정파 간의 대립 양상과 대한제국을 둘러싼 제국주의 열강의 이해관계에 대해 무지한 필자의 짧은 식견으로는 홍종우의 실체를 완벽하게 재구성해 내기는 무리일 성싶다. 다만 홍종우가 프랑스에 체류하며 관여한 춘향전, 심청전, 직성행년편람 등 한국 고전서의 불어 번역에서 간헐적으로 드러나는 홍종우의 가치관에 대한 분석을 통해서 김옥균의 정치적 암살자이자 왕권 옹호적 개혁주의자 홍종우의 내면세계에 대한 일별을 할 수 있지 않을까 생각한다.

홍종우는 외무대신 김윤식이 발행한 여권을 소지하고 일본을 거쳐 프랑스로 건너간 것으로 되어 있다. 1880년 12월 24일 프랑스에 도착한 홍종우는 처음 정치인 행세를 한다. 기록에 따르면 불어는 한마디도 할 수 없었던 홍종우는 그럼에도 프랑스 외무부장관을 만나서 1886년 6월 4일 한·불 수교 조약 때에 자신이 참여하였음을 상기시키며 선처를 요구하지만 묵살을 당한다. 아마도 홍종우는 어떤 식이었던지 당시 정부의 관리였을 가능성이 높다. 그리고 이후에 김옥균을 암살하고 돌아오자 고종은 홍종우의 등용을 위해 별시를 치르고 있다. 아마도 모종의 임무를 띠고 홍종우는 프랑스로 건너간 것이 아니었을지. 그 임무가 세간에 알려진 것처럼 단순히 프랑스의 법제도를 공부하고자 하는 본인의 의지에 의한 것이든지 아니면 그 당시 왕당파가 체제 유지를 공고히 하기 위해 메이지유신에 끼친 프랑스법률 체계에 대한 연구가 필요해서였든지 간에 홍종우의 도불은 나름의 사명을 띤 것일 것이다. 최소한 홍종우 본인은 그러한 사명감에 불타 있었을 것이다.

　장대한 홍종우의 계획은 당시 프랑스 외무장관 코고르당의 묵살로 인해 일대 전환을 맞이한다(이미 일본에 조선의 기득권을 인정한 프랑스 측에서는 조선에서 온 이 젊은이의 존재를 무시하여야 한다고 홍종우를 대동한 펠라스 레가미에게 이야기하는데 레가미는 이를 홍종우에게는 알리지 않았다고 한다). 처음 계획과는 달리 겨우 지인의 도움으로 기메 박물관의 동아시아 관련 사료정리를 호구지책으로 삼게 된다. 이 시기 동양학 교수인 로니(J. H. Rosny)의 이름으로 춘향전 등을 번역하게 되는데(정확하게는 번안), 이 번역본에서는 춘향이가 퇴기 월매의 딸이 아닌 서민의 딸로 뒤바뀌고, 향단이가 빠져 있는 등 우리가 알고 있는 춘향전의 원형과는 전혀 다른 유럽인의 시각에서 다시 쓰인 한국판 로미오와 줄리엣이 탄생한다. 역자 로니가 그러나 춘향전에서 감탄하는 것은 이 한국판 사랑의 대서사시에서 어느 누구도 죽지 않는다는 점이다. 사랑하는 두 주인공은 물론, 변학도마저 죽지 않고 모두 다 웃을 수 있는 우리 고전의 숭고미에 대한 찬사인 것 같다. 그러나 이 책의 서문에 실려 있는 홍종우의 가치관은 아마도 그 당시 대다수 사대부가 그러하였겠지만 상당히 문제적이다. 자신 가문의 근원과 조선의 근원을 중국과 동일시하려는 사고는 아마도 그 당시 사대부들에게는 너무나 당연한 일이었을지 모르나, 소위 '선진' 서구의 법률 체계를 공부하여 조선의 자주성을 확보하려는 사명감에 머나먼 길을 떠난 청년 홍종우가 여전히 이러한 사대주의적 사고에 젖어 있었다는 것은 어쩐지 어색한 삽화 한 편을 보는 것 같다. 문제의 번안 춘향전에 그려져 있는 무도회장에 춤추러 가는 19세기 말 프랑스 신사숙녀 복장의 춘향이와 이 도령 그림처럼 말이다.

  불어를 자유자제로 구사할 수 없었던 홍종우는 로니와 아마도 일본어로 의사소통을 하였을 것이다. 로니의 번안 작업을 통해서 새로이 재해석된 춘향전, 아니 『향기로운 봄』은 그의 주장에 따르면, 이것이 한국의 고전이라면 마치 셰익스피어와 보들레르의 작품이 그러하듯이 세계 여러 인종의 가슴속에 적대감을 헐어 내고 상호 이해와 교류의 기저를 마련하는 계기가 될 수 있을 것이라는 기대감을 낳았다. 이러한 의미에서 로니의 춘향전 번안 작업은 무척 값어치 있는 일이었다. 물론 이 번안 작업에서 홍종우의 역할이 어느 정도였는지 자세히 알 길이 없지만 여기저기 언급되는 홍종우의 가치관들에서 미루어 짐작건대 홍종우는 자기 나름의 춘향전 스토리를 제공하고, 로니는 다시 19세기 말 유럽인의 시각에서 이 이야기를 재구성한 것이 아닐까 싶다. 가령 홍종우는 조선시대 소설들의 저자가 무명씨가 많은 이유를 대부분의 소설가들이 서출이라서 떳떳하게 이름을 밝힐 수 없었다는 주장을 하였다고 하는 대목(반면에 자신은 떳

떳한 사대부의 자손이며)이나 이 도령과 춘향이가 실존인물이었다고 주장하는 대목은(춘향의 절개를 강조하며, 아마도 자신도 그 절개를 지켜 나가겠다는 다짐에서 그런 주장을 하지 않았을까 한다), 아마도 낯선 이질 문화 속에서 조선의 사대부 출신인 자아를 지켜 내기 위한 자기 암시의 발로가 아니었을까. 이를 받아들이는 로니는 또다시 자신의 나름대로 한국의 고전이 사해동포적인 평화주의의 초석을 놓는 데 도움이 될 것이라는 관점을 견지한다. 타자의 문화 속에서 자아를 찾기 위한 몸짓을 다시금 역으로 타자를 이해하기 위한 문법으로 바라본 셈이다.

2년 반에 걸친 유럽 체류에도 불구하고 홍종우는 서구 문화에 동화되기는커녕 서구 문화의 제국주의적 속성에 실망과 심한 상처를 안고 귀국길에 오른 듯하다. 귀국길에 일본에서 그는 이인직 등과 함께 김옥균의 암살을 도모한다. 귀국 후 자신의 입지를 강화하기 위한 속내에서 모종의 거래를 한 것인지 아니면, 여전히 불타오르는 막연한 사대부적 사명감에서 반역자를 처형하고자 한 것인지는 알 수 없다. 결과적으로는 김옥균의 암살을 계기로 홍종우는 단번에 고종의 총애를 받는 구한말 정치판의 슈팅스타가 되었다. 홍종우가 로니와 같이 번안한『향기로운 봄』에서 로니는 한국의 고전문학의 아주 특이한 숭고미의 본질이 '아무도 죽지 않는다'에서 보고 있다고 했다.

　　"작가는 자기 주인공의 사랑스런 얼굴 위에 피가 흐르는 것을 원치 않았다. 이 도령과 춘향은 마지막까지 그들의 품위 있는 선의와 고결함을 지킨다. 어찌나 고귀한지 우리 자존심 많은 유럽에서, 이보다 더 위대한 것으로 여기에 필적시킬 것이 아무것도 없다."

격렬한 사랑이 '아무도 죽지 않는' 해피엔딩으로 끝날 수 있는 미적 숭고미를 문화적 잠재력으로 지닌 동방의 아름다운 나라 조선! 이 얼마나 장엄하고 중대한 우리 문화의 저력인가. 그러나 홍종우가 그려 넣은 마지막 삽화는 이 전체 이야기에 걸맞지 않은 듯하다. 홍종우는 '누군가는 꼭 죽어야 하는' 낯선 그림을 우리에게 남겨 놓은 것이다.

이것이 바로 한국 근대사가 잉태한 비극의 본질이 아닐지.

운명의 형식

　인명사전에서는 한 인간의 장구한 인생역정이 한두 페이지에 걸친 추상적인 단어들의 조합을 통해서 명료한 삶의 의미를 재생산해 내곤 한다. 기실 인생이란 주어진 이정표대로 살아지지도 않을뿐더러, 지나온 한 인간의 삶의 여정 역시 어떤 명확한 논리적 연관만으로는 설명되기 어려운 게 인생사일 터이다. 이런 의미에서 보자면 한 인물의 인생사를 재구성해야 하는 전기작가의 임무는 서로 모순적이고 배치적인 주인공의 삶 양태들을 유기적으로 '말이 되게' 만드는 것이다. 자서전을 집필하는 사람은 자신의 지나온 삶을 항시 현재적 관점에서 재구성할 준비가 되어 있는 사람이다. 『도리안 그레이』의 작가인 오스카 와일드(Oscar Wilde, 1854~1900)는 비평의 가장 지고(至高)의 형태가 바로 자서전이라고 말하고 있고, 벤야민(Walter Benjamin,

1892~1940) 최후의 저작인 『역사 철학 테제』에서 이야기되는 연대기 서술자(*Chronist*)에 관한 다음과 같은 단상은 우리의 역사서술이란 결국 우리네 삶에 대한 넓은 의미의 자서전 집필과 다름이 아닐 수 있음을 보여 준다.

사건의 크고 작음을 구별함이 없이 모든 사건을 처음부터 끝까지 이야기하는 연대기 서술자는 다음과 같은 진실, 즉 이 지상에 언젠가 일어난 모든 일은 하나도 빠짐없이 역사에서 주목되어야 한다는 진실에 공정하고 있는 셈이다. 물론 과거가 완벽하게 기록될 수 있는 것은 인류가 구원되고 난 연후이다. 다시 말해 구원된 인류만이 그들 과거의 하나하나를 남김없이 인용할 수 있게 될 것이다. 다시 되살아나는 과거의 한순간 한순간은 그날, 즉 최후의 심판이 이루어지는 날의 일정표 인용문이 될 것이다(제3 테제, 반성완 역, 전문 인용).

다른 한편 전기(자서전) 기술의 대상이 되는 인물들 중에는 자신의 삶을 시화(詩化)시키며 살아가는 사람들도 있을 수 있다. 자신을 어떤 거대 이데올로기에 내던져 자신의 삶을 재구성하는 경우도 있을 것이며, 아니면 자신에게 주어진 삶에 대한 불만과 불안에서 불타오르는 열정으로 자신의 운명을 다시 써 버린 사람들일 것이다. 전자의 경우로는 젊은 시절 루카치(Gtyörgy Lukács, 1885~1971) 삶의 편린들에서 그 실례를 찾을 수 있다 (상세한 이야기는 다음 기회로 미루기로 한다). 후자의 경우에는 정체성의 혼재 속에서 새로운 정체성의 시나리오를 집필하고 새로운 정체성의 연극을 연출하는 경우인데, 그 가까운 실례를 독일의 정치인 빌리 브란트(Willy Brandt)의 경우에서도 찾아볼 수 있을 것 같다.

소위 동방정책(*Ostpolitik*)의 추구를 통해 동·서 화해와 독일 통일의 초석을 마련한 빌리 브란트(Willy Brandt)의 공식적인 이력은 어느 인명사전에 다음과 같이 기술되어 있다.

빌리 브란트(Willy Brandt, 1913~1992): 본명 Herbert Ernst Karl Frahm, 독일의 정치인, 1957~66 서베를린 시장, 1964~87년 독일사회민주당 *SPD* 총재, 1969~74년 독일연방공화국(서독) 총리, 1971년 노벨평화상 수상

1913년 뤼벡 출생, 1930년 *SPD* 입당, 1932년 대학입학 자격시험에 합격. 1년 후 나치가 집권하면서, 사회민주당 청년당원으로서의 활동 때문에 게슈타포의 표적이 되자 체포를 면하기 위해 외국으로 망명. 이때 사용하게 된 이름이 빌리 브란트였다. 그는 노르웨이로 가서 저널리스트로서 생계를 꾸렸다. 독일군이 노르웨이를 점령하자 스웨덴으로 피해 제2차 세계대전이 끝날 때까지 그곳에 머물렀다. 전후 그는 노르웨이의 시민 자격으로 독일에 돌아와 한동안 베를린 소재 노르웨이 공관에서 홍보담당관으로 지냈다. 정계 복귀를 위해 그는 독일 시민권을 재취득했으며, 한동안 사회민주당 집행위원회의 베를린 대표로 지내다가 1949년 연방의회 의원으로 선출되었다. 8년 후 서베를린 시장(1957~66)이 되어 세계적인 명성을 얻었다. 그는 소련이 서베를린의 지위를 비무장 자유시로 하자고 요구했을 때(1958)와 특히, 1961년 베를린 장벽이 구축될 때 위대한 도덕적 용기를 발휘했다. 1964년에는 에리히 올렌하우어의 뒤를 이어 SPD의 의장이 되었으며, 이후 3차례에 걸쳐 총리직에 도전했다.

1966년 기독민주당 *CDU*과 SPD의 대연정이 수립되었을 때 브란트는 외무장관 겸 부총리가 되었다. 그의 당은 1969년의 연방선거에서 의석을 늘이는 데 성공하여 군소정당인 자유민주당

FDP과 연립정부를 수립하고 CDU를 처음으로 야당의 위치로 밀어냈다. 그의 정부가 내린 최초의 중대결정은 독일 마르크화의 재평가였으며, 2번째의 중대결정은 핵확산금지조약에의 서명이었다. 총리로 선출된 이듬해에 브란트는 외교문제에 전념했으며 특히 동방정책을 통해 동독, 동유럽의 기타 공산국가들 그리고 소련과의 관계개선을 추진했다. 그의 노력 결과 1970년 8월 소련과 상호무력 포기 및 유럽의 현행 국경선의 인정을 골자로 하는 조약이 체결되었으며, 같은 해 12월에는 오데르 – 나이세 선을 폴란드의 서부 국경선으로 인정하는 '독일 – 폴란드 불가침조약'이, 그리고 1971년 9월에는 '베를린의 지위에 관한 4대국 협정'이 체결되었다. 그가 폴란드와 체결한 조약은 논란을 야기하여 비판자들은 그것이 제2차 세계대전 후에 점령된 독일 영토의 상실을 뜻하는 것이라고 주장한 반면, 지지자들은 독일을 재통일하고 동유럽과의 관계를 안정시킬 수 있는 길을 텄다고 찬사를 보냈다. 유럽 통합의 확고부동한 지지자인 브란트는 프랑스의 반대를 꺾고 유럽 경제공동체(EEC)를 확대하는 데 영향력을 발휘했다. 그는 영국과 그 밖의 나라들을 EEC에 가입시키는 일에 다른 어떤 나라의 지도자보다도 열성적이었다. 그러나 그의 정부 내의 간첩사건으로 1974년 5월에 총리직을 사임하지 않을 수 없게 되었다. 사임 후 그는 국제개발문제에 관한 독립위원회의 위원장이 되었는데, 브란트 위원회로 알려진 이 위원회는 특히 개발도상국들에 관한 세계경제정책들을 연구하는 권위 있는 독립기관이었다.

브란트는 1990년의 독일 통일에도 막후에서 큰 역할을 한 것으로 알려져 있고, 독일과 유사한 형태로 국가가 분단이 된 한반도 문제에도 깊은 관심을 표명했다. 브란트는 1971년에 동서 화해를 위해 꾸준히 노력한 공을 인정받아 노벨 평화상 수상자로 결정되었다(『브리태니카』에서 부분 인용).

빌리 브란트의 이러한 '명료한' 공식적인 이력에서 주의 깊게 보아야 할 점은 헤어베르트 에른스트 칼 프람(Herbert Ernst Karl

Frahm)이라는 뤼벡의 노동자 가문의 젊은이가 빌리 브란트라는 가명을 가지게 되는 연유와 다시금 이 가명으로 세계적인 사회민주주의 정치가로 성장해 가는 과정일 것이다. 빌리 브란트의 정적들에게, 특히 50년대와 60년대 보수적인 서독의 정치풍토 속에서(68운동이 일어나기 이전 서독의 정치 사회적 분위기를 한 번 생각해 보라) 매번 선거 때마다 빌리 브란트의 발목을 잡고 늘어졌던 문제는 빌리 브란트의 좌파적 인생역정뿐 아니라 그의 출생 비밀이었다. 빌리 브란트 망명 12년 동안의 행적에 대해서 보수 정치인들이 마녀 사냥적인 비난을 하는데, 즉 노르웨이군으로 독일군에 대항하여 싸웠으니 반민족적이며, 스페인 내전에 참여한 빨갱이이고, 이름을 바꿨으니 신뢰할 수 없다는 것이었다. 또한 빌리 브란트는 아버지가 누구인지 모르는 사생아였다. 브란트의 어머니는 생부와의 사이에 브란트를 낳았지만, 브란트는 생전 생부의 존재 자체를 부정하였고, 의붓아버지와의 관계에서도 무척 소원한 유년기를 보낸다. 이 시기 브란트의 정체성 형성에 가장 결정적인 영향을 끼쳤던 인물은 외할아버지 루드비히 프람(Ludwig Frahm)이었으며, 브란트의 본명 역시 외가의 성을 따르고 있다. 미혼모였던 어머니가 일을 나가면, 어린 브란트를 돌보았던 사람도 외할아버지 루드비히였으며, 어린 브란트의 말벗이자 놀이 친구이고, 빌리 브란트가 사민주의 운동에 참여할 수 있었던 것도 모두 외할아버지의 영향이 절대적이었을 것이다. 고등학교를 마치고 대학입학자격(*Abitur*)을 취득하였지만, 사민당 장학금 없이는 어차피 입학을 할 수 없을뿐더러, 히틀러의 집권으로 인해 브란트는 탄압을 피해 북구로 망명을 떠난다. 토마스 만의 고향으로도 유명한 뤼벡에서 바다만 건너면 스칸디나비아 반도이며 전통적으로 북해 문화권의 한자 도시들 사이에는 어떤 문화적 연대감이 있었던 경우여서 그 당시 많은 좌파 지식인들은 스칸디나비아 제국을 망명지로 찾는 경우가 많았다.

청년 브란트는 망명지로 자신을 찾아온 외삼촌에게서 자신의 모든 정체성을 뒤흔드는 이야기를 듣게 된다. 자신의 가장 믿음직스러운 버팀목이었던 외할아버지 루드비히가 친외할아버지가 아니라는 사실이었다. 어머니의 친부가 사망하고 어머니의 친모가 루드비히와 재혼을 하지만, 어머니의 친모도 곧 죽고, 루드비히는 다시 재혼을 했지만 브란트의 어머니를 마치 친딸처럼 키웠다는 이야기였다. 젊은 브란트에게 이러한 사실은 무척 충격적이었다고 한다. 자신을 둘러싸고 있는 가족이 사실 아무런 혈연적 유대감이 없다는 사실, 자신의 정체성 뿌리가 아무것도 아니라는 냉혹한 리얼리티를 경험하고는 청년 브란트는 어떤 굳은 결심을 한다. 이제까지의 자신의 정체성이 허구라는 사실에 충격을 받은 빌리 브란트는 이제껏 간간히 독일 경찰의 추적을 피해 사용하던 가명인 빌리 브란트라는 이름을 자신의 본명으로 받아들인다. 물론 여기에 맞는 자신의 새로운 정체성을 가공해 낸 것은 물론이고 후에 독일 역사상 최초의 (중도)좌파 정권

을 창출하는 데 성공한 브란트는 1973년 한 이태리 기자와의 인
터뷰에서 다음과 같이 자신의 가공된 정체성에 대해서 언급한
바 있다.

> 나는 아주 일찍부터 내 삶을 내 것으로 만들기 시작했습니다.
> 나는 아주 일찍부터 나만의 고유한 이름을 갖기 시작했습니다.
> 바로 나한테만 해당되는 그런 나만의 이름말입니다. 내가 이 이
> 름을 쓰면서, 마치 진짜 이름인 것처럼 생각하는 것은 결코 우연
> 이 아닙니다. 말 그대로 진짜 내 이름이지요.
> (Der Spiegel Nr. 20/2004 S. 56 재인용)

정치학자들에게 빌리 브란트는 무척 '실용주의적'인 정치인
이라고 평가된다. 그는 무척 자유분방한 모습을 지니지만(특히
여자 문제에 있어서), 자신이 인정하고 있듯이 여러 면에서 보수
주의적인 면모도 지니고 있었다. 빌리 브란트는 평생 '리얼리스
트'이고자 했으며, 전후 독일을 둘러싼 역학관계와 현존 세계질
서를 받아들이면서, 유럽대륙에 평화를 정착시키고, 새로운 사
회운동의 가능성을 열어 줄 수 있는 공간을 창출하고자 노력하
였던 정치인이었다. 어쩌면 그는 평생 빌리 브란트라는 자신이
주도적으로 만들어 낸 가공적인 정체성과 헤어베르트 에른스트
칼 프람이라는 출생과 동시에 주어진, 사실은 그 역시 가공된
정체성 사이에서 헤어 나오지 못한 비극의 주인공이었지 않을
까. 주어진 운명을 거역하는 자에게 내려지는 신의 형벌은 생각
보다 빨리 왔다(1974년 측근인 기욤이 동독간첩으로 폭로됨으로

써 그는 수상직을 사퇴한다. 사민당 내 라이벌인 베너가 동독 호네커로부터 기욤의 간첩 정보를 미리 알아내어서 빌리 브란트의 축출에 활용하였다고 한다. 빌리 브란트가 당내 권력 투쟁에서 밀려난 이유는 무엇보다 그의 '급진적인' 노사 정책에 기인한다고 주장된다). 그는 결코 현실 타협적이지는 않았으나, 운명을 거역하는 자에게 신은 현실을 타협적이게 만들었으며, 현실에 타협하지 않은(현실 타협적인) 사회민주주의의 정치인은 타협의 대상이 되지 못했다. 이것이 자신의 운명에 타협하지 못한 인간에게 내린 가장 큰 형벌이었던 것이다.

리스본의 밤

　레마르크의 생애는 20세기 독일 역사의 고난과 오욕의 역사를 대변한다. 레마르크는 독일제국의 시대에 유년기를 보내고 제1차 세계대전에 참전, 부상당하고 전후 바이마르공화국의 건국과 사회적 혼란기를 겪으며 스위스로 이주하기에 이른다. 그는 나치의 집권으로 연이어 미국으로 망명해야만 했다. 제2차 세계대전이 끝나고 나서야 유럽에 되돌아올 수 있었던 레마르크의 인생역정은 이후 그의 문학 세계의 중심 테마가 되고 있다. 말년의 레마르크는 자신의 지나온 삶을 회고하는 어느 인터뷰에서 자신의 문학적 주제는 바로 자신이 살아온 동시대의 인간이었다고 말한 것처럼, 레마르크의 많은 작품은 독일의 현대사를 살아간 독일인들의 이야기를 독일이라는 이름으로 저질러진 인류사의 범죄와 대비시켜 다루고 있다. 레마르크가 보여 주고자 한 독일과 독일인의 이야기에서는 독일의 민족이나 독일의

정치체제가 아니라 궁핍한 시대를 살아간 일반 개인들의 자유
와 존엄성의 문제가 관건이었다.

1. 유년기와 전쟁 체험

레마르크는 1898년 6월 22일 북부독일의 오스나브뤼크에서
페터 프란츠 레마르크(Peter Franz Remark)와 안나 마리아 레마르
크(Anna Maria Remark, 처녀성 Stallknecht) 사이에서 태어났다. 레
마르크의 아버지는 책제본기술자였으며, 원래 레마르크의 본명
은 에리히 파울 레마르크(Erich Paul Remark)였으나 1924년경부
터 필명으로 주로 사용하던 에리히 마리아 레마르크(Erich Maria
Remarque)로 이름을 바꾸었다. 레마르크 집안은 대대로 아헨 근
처의 독일어와 불어 접경지역에 뿌리를 내리고 살았으며 레마
르크라는 이름을 19세기 중반까지는 불어식으로 Remarque 또는
Remarcle라고 표기했다고 한다. 이후 보불전쟁의 결과 독일 땅에
살게 된 레마르크 집안은 이름을 독일어 표기법에 맞게 Remark
라고 쓰기 시작했는데 문필활동을 시작한 레마르크는 다시 자
신의 성을 Remarque로 고쳐 부르기 시작한 것이다.

초등학교(1904~1912)를 마치고 레마르크는 가톨릭계 교사
양성학교에 입학한다. 제1차 세계대전이 발발하자 레마르크는

소집되어 서부전선에 배치되는데 1917년 7월에 포탄 파편을 맞아 부상을 당한다. 따라서 1918년 종전 소식을 레마르크는 뒤스부르크의 야전병원에서 듣게 되는데, 이후 1919년 8월부터 교사로 부임하지만 이내 싫증을 내고 1920년 11월 20일에 교사직을 그만두게 된다. 이 시기에 첫 소설(『Der Traumbude』, 1920)을 출간하지만 아무런 반향을 얻지 못하고, 이후 여러 일자리를 전전하다가 여기저기 군소 신문사[하노버의 <Echo – Continental>誌(1920)와 베를린의 <Sport im Bild>誌(1924) 등]에서 일하게 된다. 이 시기에 레마르크는 여러 일간지와 주간지에 무려 100여 편이 넘는 단편들을 발표하는 왕성한 집필력을 자랑하기도 한다. 작가로서 레마르크의 성가를 만천하에 알리게 된 계기는 자신의 전쟁 체험에 기반을 둔 반전소설 『서부전선 이상 없다(Im Westen nichts Neues)』(1928/29)를 <포스 신문(Die Vossische Zeitung)>에 일부를 연재하기 시작하면서부터이다. 이 소설은 1929년 단행본으로 출간되자 루이스 마일스톤(Lewis Milestone)에 의해서 할리우드에서 영화화되기에 이르게 될 정도로 레마르크는 단숨에 세계적으로 명성을 얻게 된다.

2. 『서부전선 이상 없다』

자신의 참전 체험에 기반을 둔 반전소설 『서부전선 이상 없다』
는 레마르크의 소설 중 가장 성공적인 소설이다. 울슈타인 출판
사에서 이 소설이 출간되자마자 그 당시까지 독일 출판시장에
서 그 어떤 책도 이루지 못한 대성공을 이룬다. 당시로서는 기
록적인 무려 80만 부 이상이 팔려 나간 이 소설은 제1차 세계대
전이 남긴 상처와 쇼크에서 아직 벗어나지 못한 독일인들의 가
슴에 전쟁의 참혹함과 무의미성을 일깨우면서 평화에 대한 염
원을 깊이 각인시켜 주기에 충분했다. 하지만 나치를 위시한 독
일 내 보수진영들의 레마르크에 대한 적대감도 거세어 갔다. 『
서부전선 이상 없다』는 제1차 세계대전 서부전선 어느 참호 속
의 소년병 파울 보이머의 회고로 시작한다. 고착화된 전선의 매
일매일 소모적인 참호전만이 전개되는 지옥과 다름없는 서부전
선에 오기 전에 보이머는 꿈 많은 학생이었다. 제1차 세계대전
이 발발했을 때 유럽은 온통 전쟁에 대한 열광의 분위기에 매도
되어 있었다. 한쪽은 기존의 기득권을 유지할 요량으로 다른 한
편은 자신들의 신성한 문화적 전통에 대한 위협요인들을 제거
할 절호의 기회를 잡았다고 생각했으며, 양쪽 모두의 너무나 단
순하고 충성스러운 국민 대중들은 처음 전쟁이 터졌다는 소식
에 무료한 일상사를 저버리고 모험심과 무엇인지 모르는 기대
감에 부푼 채 전쟁터로 나아갔다. 주인공 보이머도 학교에서 교

사 칸토렉의 이 애국전쟁에 대한 열렬한 지지와 참전에 대한 독려에 매료되어 다른 학우들과 마찬가지로 자원입대하여 마치 소풍 가듯이 교실에서 곧장 입대한다. 그러나 훈련조교 힘멜스토스의 혹독한 훈련을 거치면서 보이머 일행이 가졌던 모든 환상은 하루아침에 깨지고, 기초 군사훈련을 거치는 동안 이제껏 학교에서 배운 모든 가치관이 군대사회에서는 무용지물이 되어 버린다는 것을 경험한다. 보이머 일행은 서부전선에 투입되고 그곳에서 노련한 고참병사 캇친스키를 만난다. 보이머와 캇친스키의 우정은 마치 부자지간의 관계로 비견할 만큼 발전하고, 무엇보다도 보이머는 그에게서 전장에서 살아남는 법을 하나둘씩 깨우치게 된다. 포탄의 날아오는 소리만으로 탄착지점을 알게 되고, 황량한 전장에서 식량을 구하는 법, 적과의 대치에서 목숨을 구하는 법 등을 말이다. 휴가로 잠시 고향에 다녀온 보이머는 전장 체험이 자신을 얼마나 뒤바꾸어 놓았는지를 알게 된다. 참호 속에서 보고 들은 것을 더 이상 가족들에게 어떤 식으로든지 간에 전달할 수 없음을 느끼게 된 것이다. 실망과 좌절감에 가득 찬 채 서부전선의 전우들에게 되돌아온 보이머는 가족보다는 차라리 이들에게서 동질감을 느끼고 있는 자신을 발견하게 된다. 이후 부상과 몇 주간의 야전병원 후송을 경험한 이후 다시 자대에 배치된 보이머의 일행은 연이은 폭격과 가스공격, 백병전으로 하나둘씩 모두 죽어 간다. 그리고 이 하염없는 전쟁이 이제 종전으로 치닫던 어느 날, 전선은 너무나 고요하여 전쟁일지에서조차 서부전선에는 아무 이상 없다는 문구가 눈에 띄던 그 어느 날 소년병 보이머는 전장에서 쓰러지고 만다.

『서부전선 이상 없다』의 예외적인 대성공은 사회적·정치적으로 커다란 반향을 가져왔을 뿐만 아니라 논란을 불러일으켰다. 보수진영과 우익에서는 이 소설에서 애국적인 독일 병사들의 충정을 모독하는 처사라고 주장하였던 반면에 진보적인 진영에서 보자면 이 소설은 전쟁의 원인과 결과에 대한 분석을 하지 않고 단지 모험담과 같은 전쟁 에피소드들을 통해서 궁극적으로는 전쟁에 대한 찬양을 일삼는 것이 아닌가 하는 의구심을 낳았다. 더욱이 이러한 소설을 둘러싼 논쟁이 잠잠해질 무렵인 1930년 12월에는 루이스 마일스톤이 메가폰을 잡은 영화가 독일에서 개봉을 하게 되어 이 논란이 다시금 재연되었는데 이번에는 아주 다른 결과를 낳는다. 호시탐탐 권력을 잡을 기회를 노리고 있던 나치는 괴벨스를 중심으로 하여 이번에는 바이마르공화국의 근간을 흔들 수 있는 절호의 기회로 삼고 영화의 상영을 저지하는 실력행사를 벌인다. 급기야 나치돌격대는 상영관을 기습하고 관람객들을 백주대로에서 피습하는 사건을 통해서 여론의 관심을 불러일으켜, 이미 모든 검열을 통과한 이 영화의 상영문제를 의회에서까지 논의하게 만드는 데 성공한다. 수많은 독일 지성인들의 저지와 반대에도 불구하고 영화는 상영 금지되는데 이 사건으로 바이마르공화국의 민주주의가 나치와 맹목적인 보수우익의 준동에 의해서 위기의 나락으로 떨어지기 시작하는 계기가 된 것이다.

그럼에도 불구하고 『서부전선 이상 없다』는 이미 출간 첫해
인 1929년 당시 26개 언어로 번역되었고, 지금은 무려 50여 개
언어로 번역 출간되어 세계적으로 무려 2천만 부 이상 팔린 메
가 베스트셀러가 되었다. 이로써 『서부전선 이상 없다』는 20세
기를 대표하는 반전소설로 세계인들의 가슴에 자리 잡았으며,
'서부전선 이상 없다'라는 문구는 전쟁의 무의미성과 전장에서
쓰러져 간 수많은 병사들 피의 대가로 이뤄지는 정치적·경제
적 권모술수에 대한 비판의식을 나타내는 동의어로 여전히 많
은 이들의 뇌리에 깊이 남아 있다.

3. 망명과 귀환

레마르크는 1932년 독일을 떠나 스위스에 정착한다. 1933년
나치가 집권하고 나서는 레마르크의 소설은 나치의 금서리스트
에 오른다. 『서부전선 이상 없다』가 무엇보다도 '용맹한 독일병
사들의 명예를 훼손'했다는 이유를 들어서 나치는 이후 이 책을
다른 금서들과 함께 공개적으로 소각시킨다. 더욱이 나치는 레
마르크가 제1차 세계대전에 참여한 적이 없었다는 날조된 유언
비어를 퍼트린다. 게다가 레마르크의 본명이 레마르크가 아니라
크라머(Kramer, Remark를 뒤집어 만든 이름임)이며 유태인이라

고 하는 억지 주장을 널리 퍼트린다. 이와 같이 나치에 의해서 조직적으로 날조되고 폄하된 레마르크를 둘러싼 거짓 주장들은 오늘날에 이르기까지 레마르크문학의 본질을 이해하는 데 많은 장애요소로 작용하고 있다.

1938년 나치는 레마르크의 독일시민권을 박탈하고, 동시대의 수많은 독일 지식인들과 마찬가지로 레마르크는 이듬해인 1939년 미국으로 망명한다. 망명지에서 레마르크는 리온 포이히트방어(Lion Feuchtwanger), 브레히트(Bertolt Brecht)와 같은 망명 작가들뿐 아니라 마를렌 디트리히(Marlene Dietrich)와 같은 망명 영화인들과 교류하였다.

제2차 세계대전이 끝나고 레마르크는 1947년 미국 시민권을 획득하게 되지만, 1948년 레마르크는 제2의 고향인 스위스로 돌아가는데, 이후 1970년 72세로 일생을 마칠 때까지 스위스와 미국을 번갈아 가면서 생활하면서 집필활동을 계속한다. 1967년 레마르크는 독일정부로부터 연방공로십자훈장을 수여받았다.
레마르크는 수많은 여성 편력을 과시하기도 하였는데, 무용수였던 유타 일제 잠보나(Jutta Ilse Zambona, 1901. 8. 25.~1975. 6. 25.)와 두 번의 결혼과 이혼(1925~1930, 1938~1957)을 하였을 뿐만 아니라, 항시 마를렌 디트리히나 그레타 가르보와 같은 당시 유명 여배우들과의 염문이 꼬리에 꼬리를 물었다. 레마르크

는 찰리 채플린의 전 부인이었던 폴레트 고다르(Paulette Goddard)
와 1958년 결혼하여 1970년 9월 25일 로카르노에서 사망할 때까
지 여생을 같이 보낸다.

4. 망명소설 4부작과 『리스본의 밤』

1962년에 출간된 『리스본의 밤(Die Nacht von Lissabon)』은 레
마르크가 조국을 등지고 난 이후 평생에 걸쳐 집필한 소위 망명
소설 4부작 중에서 세 번째로 쓰인 작품이다. 그의 망명소설 4
부작으로는 『네 이웃을 사랑하라(Liebe Deinen Nächsten)』(1941),
『개선문(Arc de Triomphe)』(1945), 『리스본의 밤』(1962)과 마지막
으로 작가의 사후에 출간된 『낙원의 그늘(Schatten im Paradies)』
(1971)을 들 수 있는데, 이 4편의 소설은 시간적으로 나치가 집
권에 성공한 1933년부터 제2차 세계대전이 발발하고 종전에 이
르는 기간을 아우르고 있다. 『네 이웃을 사랑하라』의 경우에는
30년대 중반에서 전쟁이 발발하기 직전이 39년 가을에 이르는
시기에 비엔나, 프라하, 스위스, 파리를 배경으로 한 3명의 망명
객 운명을 그리고 있다. 『개선문』에 이르면 전쟁이 직전인 1년
간의 이야기로서 프랑스가 망명객의 주요 무대가 되고 있다. 이
렇듯 그의 망명 4부작은 각기 시간적 배경이 연계되어 점차 진
전되고 있는데, 『리스본의 밤』에서는 1939년에서 1942년에 이

르는 시공간을 기반으로 유럽 어느 곳에서 더 이상 도피처를 찾지 못하는 망명객들의 절망적인 이야기가 중심이 되어 있다. 레마르크 평생 마지막 소설이자 망명 4부작의, 말하자면 결말을 이루는 『천국의 그늘』에서는 리스본을 거쳐 미국으로의 망명에 성공한 독일 저널리스트가 낯선 이국땅에서 겪는 절망과 괴리감을 그리고 있다. 아메리칸 드림의 그늘 속에서 경험해야만 했던 이방인의 소외감과 고향상실의 아픔에 대한 묘사뿐 아니라, 종전 후 그토록 그리던 고향땅을 다시 되밟았지만 정든 고향에서 주인공은 다시금 손님으로서 낯설게 받아들여진다는 설정은 다른 작품들에서도 그러하지만 아마도 작가 개인의 자전적 체험에서 우러나온 것일 것이다.

『리스본의 밤』의 줄거리는 1942년 어느 날 밤 리스본 항구의 어느 바에서 이뤄지는 두 낯선 남자의 대화 내용을 중심으로 이뤄진다. 이름이 밝혀지지 않는 주인공 화자는 나치의 학정을 피해 사랑하는 처 루트와 함께 도피 중이며, 목숨을 부지하기 위해서 미국행을 결심하고 이곳 리스본 항까지 오게 되었지만 그들에게는 여권도 비자도 없다. 그저 리스본 항의 제방에 서서 항구에 정박한 여객선을 응시하고 있을 뿐인 그에게 어떤 낯선 남자가 말을 걸어온다. 그는 아무런 대가 없이 주인공에게 2장의 미국행 배표와 필요한 증명서를 주겠다고 한다. 자신도 나치를 피해 달아난 망명객이라는 이 낯선 남자는 그저 자신의 이야기를 주인공이 들어 주길 바란다. 낯선 남자는 주인공에게 밤새워 자신이 살아온 역정을 이야기해 준다. 자신은 원래 오스나브뤼크 사람이며 이미 사망한 비엔나 사람 요셉 슈바르츠의 위조 여권을 지니고 있으며, 나치가 집권한 1933년 고향을 도망쳐 망명길에 올랐다고 한다. 위조 여권 덕분에 전쟁이 발발하기 직전인 1939년 이 남자는 고향땅을 다시금 밟아 볼 수 있었는데, 무엇보다도 고향에 두고 온 그토록 사랑하는 여인 헬렌 때문이었다는 것이다. 죽음을 무릅쓰고 감행한 독일 잠입으로 다시 찾아간 고향 도시는 무척 낯선 모습들만 난무했다고 한다. 모든 이들이 확성기와 신문에서 연일 퍼부어 대는 선전 선동에 도취되어 있었으며, 백주대로에서 자행되는 나치의 온갖 폭력과 악행에 대해서는 모두 모른 체하는 것이었다. 그는 사랑하는 여인 헬렌을 나치 독일에서 구해 나오는 데 성공하지만 행복은 오래 가지 못했다. 그녀는 암에 걸려 사망했던 것이다. 사랑하는 사람과 함께하려던 미국으로의 망명은 헬렌이 더 이상 이 세상 사람이 아닌 지금에는 더 이상 의미 없어져 버렸기에 필요해 보이는 주인공에게 여권과 배표를 주겠다는 것이다. 주인공은 밤새도록 이 낯선 남자의 이야기를 듣고는 여권과 배표를 받아 쥔다. 주인공도 이제 한 번도 만나 본 적이 없는 비엔나 사람 요셉 슈바르츠의 여권을 가지고서 미국으로 향하고, 전쟁이 끝나자 다시금 고향으로 되돌아온다. 그러나 이미 자신 본연의 모습은 타인의 여권으로 표명된 전혀 낯선 이의 정체성 뒤에 잊힌 지 오래고 따라서 어느 곳에서도 고향에 돌아왔다는 느낌을 전혀 갖지 못한다. 그러나 비엔나 사람 요셉 슈바르츠의 여권은 또다시 다른 망명객에게 새로이 거짓신분을 만들어 주게 되는데, 이번에는 국경을 넘어온 러시아인에게 주인공의 한때 자신의 목숨을 지켜 주었던 요셉 슈바르츠의 여권을 넘겨준다. 아마도 계속적으로 반복되어 발생하는 이름 없는 수많은 박해자들과 망명객들 사이에서 반복적으로 이런 식의 요셉 슈바르츠가 탄생할 것이라는 믿음에서랄까.

『리스본의 밤』에서 레마르크는 나치의 위협에서 벗어나려는 망명객들의 실존적 위기 상황에 대한 문제의식뿐 아니라, 위조된 여권으로 대변되는 현대 사회가 야기한 개인의 정체성 부재에 대한 신랄한 메타포를 제시하고 있는 셈이다. 이름 없는 주인공이 우연히 얻은 여권에 의해서 타인의 정체성 속에 묻혀 목숨을 연명해야 하는 현실인식은 한낱 종잇조각에 불과하고 누구나 쉽게 위조할 수 있으나 그 존재만으로 소지자에게 새로운 생명을 담보해 주는 허깨비 같은 증명서로 대변되는 시뮬라시옹으로서의 세계에 대한 비판과 다름없을 것이다. 이런 의미에서 보자면 고향에서 추방당하고 실존을 위해서 한사코 주변으로 내몰림을 당하는 망명자들의 하염없는 오디세이는 현대 사회가 지니고 있는 '선험적 고향 상실성'의 또 다른 모습이지 아닐까 한다.

$$* \quad * \quad *$$

　레마르크의 고향도시인 오스나브뤼크 시(市)는 레마르크의 반
전·평화 의지를 기려 1991년부터 에리히 마리아 레마르크 평
화상을 제정하여 2년마다 시상해 오고 있다.

영혼의 형식

- 죄르지 루카치와 막스 베버 -

우리에게는 예로부터 스승의 그림자도 밟지 말라고 하는 스승의 절대적 권위에 대한 사회적 믿음이 있었다. 또한 군사부일체(君師父一體)라는 경구에서 보이듯이 스승을 제왕과 부모와 동격으로 숭상하는 전통이 있었던 듯하다. 스승을 부모와 일치시키는 전통은 서구 사회에도 엄연히 존재하는데 가령 독일 등에서는 여전히 박사학위 지도교수를 '독토파터(Doktorvater)', 즉 '박사아버지'라고 부른다. 육체적으로 나를 낳아 주시고 키워 주신 분은 혈육인 부모님이시지만 나의 정신적 발전을 가능하게 하고 학문의 길로 다시 태어나게 해 주신 분은 바로 스승인 독토파터이기에 그러한 것이 아닌가 한다.

서구에서 박사학위의 의미는 모든 것을 박식하게 두루 섭렵하였다는 의미라기보다는 이제 스스로 혼자 책을 읽을 수 있는 기초 소양을 닦았다는 의미를 뜻하기 때문에 박사 논문을 지도

한 독토파터는 바로 지성의 아버지인 셈이다. 따라서 어떤 학문 분야에서의 학파(學派)를 형성한다는 것도 실은 자신의 학문적 아버지, 즉 독토파터의 학문적 전통과 그 '가계(家系)'의 연구업적들에 충실하고 학문적 아버지의 문제의식을 논구하며 더 나아가서 자신의 제자들에게 이를 계승하는 작업을 의미한다. 부모와 자식 간의 관계가 그렇듯이 이러한 학문의 부자관계 역시 자식에 대한 사랑과 부모에 대한 존경의 마음을 기반으로 하여 이뤄진다. 성인이 다 된 자식에 대해서 부모가 베푸는 사랑과 마찬가지로 독토파터의 학문지도는 충분한 조언을 하되 결코 강압적이지 않고, 성인이 된 아들이 이제 노쇠한 부모를 공경하는 것과 마찬가지로 제자의 독토파터에 대한 학문적 공경심에는 교만함이 배여 있지 않다.

부자지간과 같은 가족적인 신뢰감에 기반을 둔 스승과 제자와의 관계는 서구의 중세적 대학 전통에 기반을 둔 서구인들만의 전유물이 아닐 것이다. 작금의 우리 사회에서 아무리 사도(師道)가 땅에 떨어졌다고 탄식을 한들 매번 스승의 날을 전후하여 매스컴상에 오르내리는 수많은 사제지간의 미담들이 보여 주듯이 여전히 우리네 저마다의 마음속에는 마치 부모님과 같은 하염없는 사랑으로 나를 이끌어 주시던 고마우신 선생님들의 모습이 어른거릴 것이다. 아마도 부모의 높으신 은혜를 다 갚지 못하듯이 오늘의 나를 있게 한 스승의 은혜에 대해서 다시 한 번

감사의 마음을 전하는 계기를 마련하길 바라는 마음에서 20세기 서구 지성사에 커다란 족적을 남긴 막스 베버(Max Weber, 1864. 4. 21.~1920. 6. 14.)와 죄르지 루카치(György Lukács, 1885. 4. 13.~1971. 6. 4.), 두 사람의 기이한 사제지간의 인연을 소개해 보고자 한다.

『프로테스탄티즘의 윤리와 자본주의 정신』(1904/05)과 『직업으로서의 학문』(1917)으로 유명한 막스 베버는 가치중립적인 사회과학 방법론을 제시한 현대 사회학의 태두(泰斗)이자 제1차 세계대전 이후 패전 독일의 전후 처리 문제와 자유민주주의 운동에 많은 영향을 끼친 인물이다. 반면에 죄르지 루카치는 무엇보다 네오 맑시즘의 시발점이 되는 『역사와 계급의식』(1923)의 저자이자 사회주의 리얼리즘을 위시한 맑시즘 미학의 선구자로 평가된다. 자유주의자 베버와 사회주의자 루카치의 연관관계는 일견 썩 들어맞지 않는 퍼즐의 모습으로 드러나 보일 것이다. 그러나 여러 문헌들은 루카치가 1912년에서 1917년 사이 베버가 가장 총애하던 젊은 학자들 중의 한 명이었음을 보여 주고 있고 무엇보다도 베버의 유명한 연설문 『직업으로서의 학문』에서는 현대의 학문적 진리성에 대한 논구의 일례로서 루카치의 미학적 문제의식을 거론하고 있다.

막스 베버는 하이델베르크와 베를린 등지에서 철학, 사학, 경제학을 공부한 이후 1892년 베를린 대학을 필두로 프라이부르크를 거쳐 1897년부터는 하이델베르크 대학에서 강의와 연구에 종사하게 된다. 베버는 독일 사회학의 개척자로 여겨지며 사회학 분야뿐 아니라 경제사, 종교사회학 분야에서도 선구적인 업적을 남긴다. 베버는 사회과학 방법론의 가치중립성을 주장하고, 사회현상에 대해서 인식주체가 하나의 문제의식을 가지고 주관적으로 구성하는 이념형을 사회적 현상에 대한 사회과학적 방법론으로 주장한다. 그의 사회과학 인식론은 역사학파에 대한 비판일 뿐 아니라, 맑시즘에 대한 비판이기도 하였다. 즉 마르크스주의를 유물사관에 의하여 주관적으로 구성된 하나의 이념형이라고 봄으로써 이를 상대화하였고, 또 여러 경제적 요인에 의하여 역사적 인과관계를 설명하는 유물사관에 대하여 종교나 정치 영역에서 행위의 동기와 관련시켜 역사적 현상을 설명하려고 하였다. 『프로테스탄티즘의 윤리와 자본주의의 정신』은 그 성과 중의 하나이다. 여기서는 근대 유럽에서 자본주의 발생을, 프로테스탄티즘, 특히 칼뱅주의의 교리하에서 금욕과 근로에 힘쓰는 종교적 생활태도와 관련시켜 설명하였다. 또한 현대를 '탈마법화'의 과정으로 규정한 베버의 문제의식은 여전히 현대사회를 이해하는 데 가장 중요한 논거로 여겨지고 있다. 그러나 베버는 하이델베르크에서 교수직을 얻게 된 직후 발병한 신경계 질병으로 인해 교수직을 중도 하차하고 1920년 다시금 뮌헨 대학에서 강의를 시작하게 되기까지는 모든 공직생활을 접게 된다. 자신을 평생 괴롭히던 신경쇠약 증세를 극복하고 다시금 의욕적인 학자의 길을 재촉하던 베버는 뮌헨대학 취임 후 바로 그해 갑작스럽게 폐렴으로 사망한다. 그런데 베버가 신경계 질병으로 교수직을 사임하고 요양하던 시절 베버의 하이델베르크 저택에서는 자연스레 매주 일요일 지인들이 모이고 토론이 이뤄졌다. 처음 몇몇의 지인들만이 참석하던 이 모임은 당대의 가장 주요한 지식인 서클을 형성하게 되고, 점차 도처에서 젊은 학자들이 이 모임에 참여하게 되는데 이 모임의 주요 멤버로는 루카치를 위시하여 칼 야스퍼스, 에른스트 블로흐, 에밀 라스크 등을 헤아린다.

후에 20세기 유럽의 대표적 문예 이론가이자 사상가로 성장한 루카치는 1885년 헝가리의 부다페스트에서 상류 유태인 은행가의 아들로 태어났다. 제1차 세계대전의 여파로 헝가리가 독립을 쟁취하게 되기까지 헝가리는 체코와 발칸지방과 함께 오스트리아-헝가리 이중왕국의 영토였고 자연스레 독일어 문화권과 밀접한 연관을 지니고 있었다. 부다페스트 대학에서 법학과 철학박사학위를 취득한 루카치는 학자적인 길을 걷고자 하는 일념에서 독일 베를린에 건너가 당시 베를린 대학에서 강의하던 게오르그 짐멜(Georg Simmel, 1858. 3. 1.~1918. 9. 28.) 아래에서 수학하고, 당대의 학문적 중심이자 신칸트주의 서남학파의 맹주인 빈델반트와 리케르트가 있던 하이델베르크로 1912년

오게 된다. 당시 헝가리 중앙 은행장이었던 루카치의 아버지는 장남인 게오르그의 학문적 열망의 가장 큰 후원자였다. 여러 서 간들에서도 여실히 드러나는 아버지의 전폭적인 지지와 후원 약속에 고무된 루카치가 그토록 열망하였던 것은 교수 자격시 험(Habilitation)의 통과였다.

독일어권에서는 대학의 교수가 되기 위해서는 박사학위를 마 치고 나서 다시금 교수자격시험 논문이 통과되어야 하는데, 루 카치가 하이델베르크에 온 이유는 자신의 교수자격논문의 통과 를 갈망하여서였다. 이 시기 루카치는 이미 『영혼과 형식』 (1910/11)이라는 에세이집을 통해서 당시 유럽사회에서 그 젊은 나이에도 불구하고 그의 지적 치밀함에 대한 뛰어난 명성을 얻 고 있었던 터였으나, 너무나 독일적인 학문 풍토에서 '이방인' 루카치의 존재는 자칫 미미하게 여겨질 수 있었다. 헤겔적 미학 개념을 계승 발전시키는 논문을 구상 중이던 루카치의 시도는 너무나도 거대한 학문적 메커니즘의 장벽에 번번이 좌절하게 되는데, 무엇보다도 하이델베르크의 기성 학계는 루카치의 에세 이적 글쓰기가 지니는 불명료성이 학문적 저작에 합당하지 않 다는 평가를 내린다. 아마도 독일어가 모국어가 아닌 말하자면 변방의 식민지 출신의 이제 갓 이십 대 후반의 새파란 젊은이가 비록 한 편의 뛰어난 에세이집을 발간하였다고 한들 당시의 학 문적 풍토에서는 쉽사리 받아들여지기 어려웠을 것이다. 청년 루카치가 자신의 교수자격 시험이 불가능해 보임에도 하이델베르크에 머문 이유는 막스 베버와의 조우에 기인한다. 처음 하이델베르크에 도착해서야 루카치는 막스 베버의 존재를 알게 되었다고 하는데, 막스 베버 서클에 참여하면서 루카치는 막스 베버의 인간적인 면에 많은 친화력을 얻었던 듯하며, 막스 베버 역시 방황하는 루카치에게 많은 조언을 아끼지 않는다. 무엇보다도 막스 베버는 루카치의 교수자격논문 통과를 위해서 여러 가지로 노력을 아끼지 않는다. 자신이 병 때문에 교수직을 그만두었기에 더 이상 루카치의 교수자격논문을 심사할 수 없었기에, 당시 하이델베르크에서 강의하던 동생 알프레드 베버에게 루카치를 추천하기도 하고, 이 시기 루카치의 가장 뛰어난 업적인 『소설의 이론』(1914/15)의 출간을 베버가 도와주었으며, 리케르트에게 계속적으로 루카치의 학문적 업적을 칭송하는 서간들을 보내고 있다.

막스 베버의 루카치에 대한 관심과 배려는 바로 진정한 '독토파터'의 모습이었다. 더욱이 베버와 루카치 간의 왕래된 서신들을 보자면 베버의 루카치에 대한 관심이 남달랐다는 점이 여실히 드러난다. 이러한 베버의 노력에도 불구하고 루카치는 결국 교수자격을 취득하는 데 실패한다. 루카치가 갈망하던 교수자격 시험논문의 통과는 제1차 세계대전이 끝나고 헝가리의 독립이 이뤄지면서 외국인 신분이 되어 버린 루카치에게는 요원한 일이 되어 버린다. 스승이자 후원자였던 막스 베버의 완곡한 만류에도 불구하고 루카치가 택한 길은 신생 조국을 위해 자신이 품은 이상을 현실에서 실천하는 일이었다. 가장 부르조아적인 지식인이 이제 마르크시스트 이론의 첨병이 되어 버린다. 이후 연이은 정치적 박해와 수년간의 망명생활 속에서 쓰인 『역사와 계급의식』은 이제 마르크시스트 이론가로 변모한 루카치를 보여준다. 그토록 갈망하던 학자의 길이 막혀 버린 루카치는 이제껏 자신의 삶을 규정짓던 모든 소중한 기억들을 육필원고와 연애편지들과 함께 하이델베르크의 은행금고 속에 넣어 둔 채 다시는 찾지 않았다. 후대사람들이 어느 날 갑자기 사울이 사도 바울로 변신했다고 빗대는 루카치의 일대 변신을 안타까워하며 스승 베버는 아들을 정치판에 내버려 두지 말고 다시금 학문의 길로 되돌아오도록 설득해 달라는 간곡한 편지를 루카치의 어머니에게 띄우기까지 한다. 그러나 조언자이자 스승이었던 베버의 갑작스런 죽음으로 이후 루카치의 거침없는 일방통행적 삶에는 그 어느 누구의 간섭도 불가능해 보인다. '별이 빛나는 창공을 보고, 갈 수가 있고 또 가야만 하는 길의 지도를 읽을 수 있던 시대는 얼마나 행복했던가'라는 『소설의 이론』의 그 유명한 첫 구절은 아마도 스승 없는 고독한 방황의 길을 떠나는 루카치의 자기 비애로 들리니 말이다.

3부_ 막다른 골목 8호

"너의 의지가 자유롭다고 하는 것은 다음과 같은 것이다. 사막에
가려고 했을 때, 너의 의지는 자유로웠다. 너의 의지가 사막
횡단을 선택할 수 있기에 그것은 자유롭다. 너의 의지가
보행법을 선택할 수 있기에 자유롭다. 그러나 또한 너의 의지는
자유스럽지 못하다. 왜냐하면 너는 사막을 통과해서 가야만 하기
때문이다. 너의 의지는 자유롭지 못하다. 왜냐하면 모든 길은
미궁처럼 매 발자국 사막에 닿고 있기 때문이다."

카프카 문학에 나타난
미궁적 공간과 주체의 내면 풍경

1. '아리아드네의 실타래'

옛이야기는 크레타의 왕 미노스(Minos)의 명령으로 다이달로스(Daidalos)가 미궁(迷宮, Labyrinth)을 만들었다고 전한다. 신화에 따르면 바다의 신 포세이돈(Poseidon)이 보내온 하얀 황소를 미노스가 제물로 바치지 않자, 포세이돈은 미노스의 아내 파시파에(Pasiphae)가 황소와 사랑에 빠지게 만들어 버린다. 파시파에와 황소 사이에서 태어난 황소 머리에 사람의 몸체를 지닌 미노타우루스(Minotaurus)를 가두기 위해서 만들어진 미궁은 사람이 들어갈 수는 있되, 그 안의 길이 꼬불꼬불하고 고약하여 밖으로 다시 나올 수 없는 감옥이었다. 사람을 닥치는 대로 해치는 미노타우루스를 가두어 두기 위해 만들어진 미궁의 이야기는 우선 아테네의 왕자 테세우스(Theseus)의 용맹담과 함께 전해 온다. 미궁 속에 갇힌 미노타우루스에게 제물로 바쳐질 12명의 선남선녀를 바쳐야 했던 아테네의 왕자 테세우스는 괴물 미노타우루스를 처치하기 위해서 그 미궁 속으로 들어가길 자처한다. 여기에서 테세우스에 반한 미노스의 딸인 아리아드네(Ariadne)는 아마(亞麻) 실타래를 건네주고, 그 실을 솔솔 풀고 미궁 속으로 들어간 테세우스는 미노타우루스를 무찌른 후 다시금 이 실을 따라 되짚어 미궁을 빠져나온다. 용맹한 테세우스의 미궁으로 진입과 탈출을 가능하게 한 아리아드네의 실타래 이야기와 더불어 미궁의 신화는 이 미궁의 '발명자'인 다이달로스와 아들 이카루스(Ikarus)의 이야기도 낳고 있다.

미노스의 미움을 산 다이달로스는 자신이 만든 미궁에 갇히게 되는데, 손재주 좋은 그는 깃털로 날개를 만들어서 이카루스와 함께 공중으로 탈출하는 데 성공한다. 그러나 태양에 가까이 너무 높이 날아간 나머지 이카루스의 날개는 왁스가 녹아 추락하고 만다. 지식인 내지는 예술가적 실존의 비상과 하락이라는 메타포로 자주 인용되는 이카루스의 비상이라는 이야깃거리뿐 아니라, 영웅 테세우스의 성장 발판을 제공하는 하나의 시험과정이라는 서로 다른 두 이야깃거리의 중심에는 미궁이 놓여 있다. 미궁 속의 인간, 즉 출구 없이 끝없는 미로를 걷는 이들에게는 불변의 중심은 존재하지 않는다. 아니 모든 지점이 미로의 중심일 수도 있고, 모든 길이 서로 통하는 교차점일 수도 있다.

한 지점에 임의의 중심을 정하고, 자신의 갈 길을 계산해 내기 까지는 수많은 시행착오를 거쳐야 했던 것이다.

'중심의 상실(Verlust der Mitte)'이라는 메타포만큼 현대사회의 방향성 상실을 견주어 이야기하기에 적절한 표현도 드물 성싶 다. 구심점의 상실은 한 사회의 동질성에 대한 물음 자체를 불 가능하게 한다. 더 나아가 계몽주의 이래로 그려 온 우리네의 자화상은 언제인가부터 빛바랜 낯선 왜곡된 형상만을 보여 주 고 있다. 파편화된 감각적 세계의 경계를 넘어서는 총체적인 세 계 인식에 도달하려는 시도들은 새삼스레 덧없어 보인다. 이것 이 어쩌면 버츄얼한 '구텐베르크 갤럭시'와 '신경제'의 시대에 걸맞은 정치적 구호가―일례로 독일의 경우를 보자면― 새로운 중심(중도: die neue Mitte)에 대한 요구로 나타나야만 하는 현대 의 역사철학적 전제가 아닐까?

구심점의 상실과 더불어 세계를 전체적으로 조망할 능력도 의지도 상실해 버린 현대의 프로타고니스트들이 지니는 선험적 문제성은 출구를 찾지 못할지도 모른다는 불안 속에서 미궁 속 을 헤매야만 하는 이들의 그것과 다름이 아니다. '아리아드네'의 실타래도 없이 미궁 속에서 '미노타우루스'와 대적해야만 하는 우리 시대의 '테세우스'들에게 미노스의 부름으로 미궁을 고안 해 내고도 결국 그 미궁 안에 갇혀야 했던 다이달로스와 그 아들 이카로스의 운명적 비상(飛上)에 대한 기억은 미궁이라는 공간적 구조가 필연적으로 그 상징적 의미층위와 연관됨을 역설적으로 제시한다.112)

　다른 한편 이러한 미궁적 현실 인식의 근저를 이루는 것은 우연성과 양가성이며, "더 이상 지금의 우리 것이라고 보기 어려운 질서 정연한 우주를 묘사하는 데나 가능했을 법한 형식적인 개념규정으로는 이 세상을 설명하기 어렵다"113)라는 푸념 섞인 현실이해이다. 현대의 프로타고니스트들이 직면하는 실존적 어려움은 카프카에게서는 지속적인 '구체성'과의 투쟁에 놓여 있는, 실재적이자 동시에 상상적인 행위로서의 문학적 형식들 속에서 반복적으로 구현된다. 여기에서 카프카의 말을 빌리자면, "우주가 한없이 넓고, 가득 찬 것이라는 생각은 지난한 창조와 자유로운 자기성찰이 극단으로까지 치달은 혼재의 결과"이기 때문이다.

---

112) Vgl. Cassirer, Ernst: Mythischer, ästhetischer und theoretischer Raum. Hamburg 1930, S. 29.

113) Eco, Umberto: Das offene Kunstwerk. Frankfurt/M. 1977, S.266. Vgl. dazu noch die Äußerung Williams in Ecos Roman Der Name der Rose: "Bücher sind nicht dazu da, daß man ihnen blind vertraut, sondern daß man sie einer Prüfung unterzieht. Wenn wir ein Buch zur Hand nehmen, dürfen wir uns nicht fragen, was es besagt, sondern was es besagen will [······]" Eco, Umberto: Der Name der Rose. München 1986, S. 420.

2. "어느 누가 과연 그의 의도를 알 수 있을까"

  카프카의 문학에서 시적 주체는 역사적 현실에 대해 일견 모호한 입장을 취하고, 현실의 경험들은 환상적인 요소들을 통해서야 넌지시 드러나 보이고, 심지어 상상적인 꿈의 세계로까지 낯설게 다가온다. 카프카의 이야기들은 주인공의 자아를 찾으려는 시도가─비록 항시 좌절하지만─ 새로움과 낯선 것들 사이에서 동요하는 구조를 지닌다. 전통적인 직선적인 서사 구조와 구분되는 이러한 카프카의 회귀적인 이야기구조 속에서의 주인공들이 보여 주고 있는 바는, 역설적으로 루카치의 표현을 빌리자면, "사회적 연관성하의 인간적 질서 속에서 하나의 행위가 지닌 고향 상실성이자, 또 초개인적인 가치체계가 지닌 당위적 질서 속에서 영혼이 보여 주는 고향 상실성"[114]과 다름이 아닐 것이다. 차후에 카프카 문학에 대한 비판자가 되어 버린 루카치는 아마도 여기에서 이미 현대 '아방가르드' 소설의 출발점을 이야기하고 있는 듯이 보인다. 만일 카프카의 이야기들을 서사적 전통과 견주어 본다면, 카프카의 프로타고니스트들이 자신들을 둘러싼 경험적이거나 정신적인 세계가 지닌 방향성의 상실만을 구현하고 있는 게 아니라는 사실이 눈에 띄게 된다. 카프카의 세계에는 시·공간 및 인과성 등의 경험적 제 질서의 지양으로 인해 나타나는 '미궁적인 의미의 상실(die labyrinthische

---

114) Lukács, Georg: Theorie des Romans. Darmstadt/Neuwied 1976, S. 52.

Sinnlosigkeit)'[115]이 지배하는 세계인 것이다. 카프카의 문학이 독자에게 주는 어떤 낯섦과 당황스러움의 느낌의 본질은 그의 문학적 형상들이 한편으로는 일상세계에서 일어나고 있는 소외화 과정과, 다른 한편으로는 그 결과 나타나는 주체의 소외되고 왜곡된 자아 사이의 모순을 형상화하고 있다는 데 있다.[116] 제1차 세계대전의 경험과 새로운 문학적 발전에 대한 관심 속에서 여전히 헤겔적 변증법의 일관된 전개에 심혈을 기울였던 루카치가 객관성과 개별성의 통일된 표현 가능성을 '형식'에서 보았던 반면에 카프카는 '우연적이며 개별적인 상황과 보편적 개념'[117] 사이의 연관관계의 상실로 야기된 자아의 불확실성을 자신의 '암호'화된 이야기 속에 감추고 있는 것이다. '초개인적인 가치체계'에 저당 잡혀 야기된 조망능력의 상실이라는 세계적 상황은 카프카의 문학에서는 단지 '객관적으로' 반영되지 않았다. 카프카 문학에서는 심지어 주체가 매체(Medium)의 역할로까지 축소되어 나타나는데, 가령 산문 「Er」에서는 자아의 분열로 인해 외부의 현실에 대한 인지마저 방해받는다.

그는 목이 마르고, 덤불 하나 사이로 샘에 떨어져 있다. 하지만

---

115) Emrich, Wilhelm: Zur Ästhetik der modernen Dichtung. In: ders.: Protest und Verheiß ung. Studien zur klassischen und modernen Dichtung. Frankfurt/M.: Bonn 1968. S. 122 - 134. hier S. 125.

116) Vgl. dazu Emrichs Analyse über Die Verwandlung. Emrich, Wilhelm: Franz Kafka, Frankfurt/M. 1960(2.Auf.) S. 120 - 121.

117) Broch, Hermann: Schriften zur Literatur 2(Kommentierte Werkausgabe Bd.9/2), Frankfurt/M. 1975, S.230.

그는 두 부분으로 나누어져 있다. 한쪽 부분은 전체를 조망할 수 있어, 그가 여기 서 있고, 바로 옆에 샘이 있다는 것을 보고 있다. 그러나 다른 한쪽은 아무것도 알아차리지 못한다. 기껏해야 다른 한쪽이 모든 것을 보고 있다는 것을 어렴풋이 느끼고 있을 뿐이다. 아무것도 알아차리지 못하므로 그는 물을 마실 수 없다.[118)]

산문 「Er」에 나타나는 이러한 이분화된 자아는 주체의 특유한 현실 인식의 투영에 불과하다. 갈증을 느끼고, 물을 찾는 보다 많이 아는 한 부분과 다른 한쪽의 자아, 즉 샘을 보고 있지만, 아마도 갈증을 느끼지 못하는 부분 사이의 분열을 통해서 드러나는 프로타고니스트의 자기 소외는 사회적 소외화 과정과 그 여파에 대한 답변일 수 있다. 이러한 카프카의 주인공이 보여 주는 '무지'로부터 서사적 담론만이 이득을 보고 있어 보이는데, 서사적 담론 자체가 여기에서 '내용적'으로 된다. 아도르노에 따르면, 예술적 주체는 그 본질에 있어서 결코 사(私)적이지 않고, 사회적이며, 예술작품의 형식구조에서 보여 주는 의미내용에 사회적 요인이 결정적이다. 카프카의 문체가 보여 주는 바가 일견 소위 '독점 자본주의'의 모습과는 동떨어진 것처럼 보이지만, 사물화된 사회에 대한 미메시스라는 것이다.[119)] 문학(예술)작품의 역사적 평가의 기준을 정하는 데 있어서 단지 그 예술 작품에 테마화되어 있는 사회적 발전과정('소재의 선택')만이 아니라,

---

118) Kafka, Franz: Gesammelte Werke(Hrsg. von Max Brod), Taschenbuchausgabe in acht Bänden. Beschreibung eines Kampfes. Frankfurt/M. 1983, S. 221.

119) Adorno, Theodor W.: Ästhetische Theorie, Frankfurt/M. 1992, S. 342 f.

매개시도 및 그 처리('형식') 역시 평가되어야 한다는 주장이다. 출구 없는 현대 사회에서 현대 예술의 생존 가능성을 예술 형식의 통일성에 대한 강박관념 역시 화해할 수 없는 요소일 수 있다는 시대적 규정성에서 찾을 수 있을 때에야, '객관성이 겉치레 가면으로 경직되는 것(das Erstarren der Objetivität zur Maske)'[120]을 피할 수 있다는 것이다.

이런 의미에서 보자면, 카프카의 작품과 그의 언어는 사물화된 의식의 지난한 매개시도의 귀결이다. 예의 산문 「Er」에서 카프카는 프로타고니스트의 이질적으로 분열된 의식을 다음과 같이 묘사하고 있다.

> 그에게는 두 명의 적대자가 있다. 첫 번째 적은 그를 뒤에서, 즉 샘 쪽으로부터 압박한다. 두 번째 적은 그가 앞으로 나아가는 것을 허용하지 않는다. 그는 이 둘과 싸우고 있다. 원래 첫 번째 적은 그의 두 번째 적과의 싸움에서 그를 돕는 셈이다. 왜냐하면 첫 번째 적은 그를 앞으로 몰아붙이고자 하기 때문이다. 그리고 이와 마찬가지로, 두 번째 적은 그의 첫 번째 적과의 싸움에서 그를 지지하고 있다. 왜냐하면 두 번째 적은 그를 뒤로 되돌리려 하니까. 그러나 단지 이론상으로만 그렇게 보일 뿐이다. 왜냐하면 단지 두 명의 적대자만이 존재하는 것이 아니기 때문이다. 뿐만 아니라 그 자신 자체도 적대자이지 않던가. 어느 누가 과연 그의 의도를 알 수 있단 말인가?[121]

---

120) Vgl. Ebd., S. 346.

121) Kafka, Franz: Gesammelte Werke(Hrsg. von Max Brod). Tas chenbuchausgabe in acht Bänden. Beschreibung eines Kampfes. Frankfurt/M. 1983. S.

이런 식의 3원적인 세계모델 또는 사회적 소외화 과정의 결과로서 의식의 분열로 나타나는 당혹감은 카프카의 작품에서 자주 나타난다. 단지 산문 「Er」 속의 프로타고니스트만이 샘을 찾아 나서는 것이 아니라, K., 요세프 K. 또는 칼 로쓰만 등 역시 가고자 하는 길을 묻고 있지만, 그럼에도 올바른 길을 알지 못한다. 이 주인공들은 모두 샘, 또는 성에 이르는 길, 법 안으로 들어가는 방법, '아메리카'에서의 올바로 적응하는 방법에 대한 진정한 정보를 갈구한다. 카프카의 주인공들은 '정보제공자' 또는 '중재자'를 찾아 나선 길을 떠난 셈이다.[122] 이제 진리와 삶의 의미에 대한 문제성은 프로타고니스트의 설화 가능성 저편에 자리 잡고 있어 보인다. '진정한 길'을 가리켜 줄 정보제공자에 대한 갈망은 따라서 윤리적 범주의 문제가 되고 있다. 카프카의 표현을 빌리자면, "인간은 불멸의 그 어떤 것에 대한 지속적인 신뢰를 맘속에 품지 않고는 살아갈 수 없다. 여기에서는 불멸적인 것뿐 아니라 신뢰 역시 인간에게 계속 잠재되어 있다."[123]

222.

122) Politzer, Heinz: Franz Kafka, der Künstler. Frankfurt/M. 1965. S. 238f., 316f., 390f.

123) Kafka, Franz: Gesammelte Werke(Hrsg. von Max Brod). Taschenbuchausgabe in acht Bänden. Hochzeitsvorbereitungen auf dem Lande und andere Prosa aus dem Nachlaß. Frankfurt/M. 1983. S. 34.

3. "정신은 멈추어 있기를 포기할 때에만, 비로소 자유로워진다"

카프카의 프로타고니스들이 지닌 갈망은 그럼에도 일종의 미로와도 같은 것이다. 카프카의 주인공들은 몽매한 세파 속에서 어떤 방향성을 제시받고 싶어 하지만, 여전히 아무런 희망을 얻지 못한다. 카프카의 아포리즘에 따르면, "목표는 존재하나 길은 보이지 않는다. 우리가 길이라고 부르는 것은 망설임일 뿐이다." 중재자에 대한 갈망은 따라서 출구 없는 지속적인 과정일 뿐이며, 여기에서 찾아 나선 자는 그 자신의 내면적인 불신을 기반으로 하여 좌절되도록 미리 프로그램되어 있는 셈이다. 카프카의 주인공들은 누구보다 '선험적 지도'가 방향성을 제시하던 '행복했던' 시대가 더 이상 불가능하다는 것을 잘 알고 있다. 그럼에도 왜 길 떠나기를 아예 포기하지 않고 단지 망설이고만 있는 것일까? 이 망설임의 이유에 대해서 카프카는 자신의 유고에서 다음과 같이 표현하고 있다. "나는 길을 잃었다. 진정한 길은 밧줄 너머로 이어진다. 그 밧줄은 공중에 팽팽하게 처져 있지 않고, 단지 약간 지면 위에 쳐 있다. 이것을 넘어 길을 가게 하기보다는 오히려 여기에 걸려 넘어지게 하려는 듯이 보인다."[124] 여기에서 카프카는 진정한 길의 실재를 지적하고는 있지만, 동

---

124) Hochzeitsvorbereitungen S. 52.

시에 이 길을 감히 통과해 가기가 쉽지 않음을 암시하고 있다. 목적지에 도달할 수 있을 것인가 하는 문제에는 답을 주지는 못하지만, 진정한 길의 존재는 새삼 입증되고 있는 것이다.[125] 여기에서는 경계성, 정체성의 추구, 그리고 모순성 등과 같은 특정 요소들이 공간적으로뿐 아니라 정신적으로 상징화되어 나타난다. 동시에 주체 의식의 사회적 연관관계로의 전이 역시 발생한다. 이런 의미에서 카프카와 그의 프로타고니스트들을 "미궁 속을 걷는 자(Labyrinthgänger)"[126]라고 규정지을 수 있을 것이다. 미궁은 그 속에서 길을 잃게 하기 위해서―잠시 길을 잃든지 아니면 계속 길을 잃든지 간에― 존재한다. 미궁의 입구에서는 누구든 망설이기 마련이다. 왜냐하면 "어떤 지점에서부터는 더 이상 되돌아갈 수 없기 때문이다."[127] 그러나 카프카에게는 미궁 속의 미로가 인생의 진정한 모습을 보여 주는 것이기도 하였다.[128]

카프카는 말하기를 한 인간이 그 자신의 인생을 살아가는 방식을 자유로이 선택할 수 있다고 믿지만 결국 '미로와 같은 길'을 걷고 있는 것이라고 말한다.[129] 인생은 말하자면 인간의 의

---

125) Bürger, Peter: Prosa der Moderne. Frankfurt/M. 1992 S. 302.

126) Vgl. Pongs, Hermann: Franz Kafka. Dichter des Labyrinths. Bamberg 1960.

127) Hochzeitsvorbereitungen S. 30.

128) Heinz Politzer äußert sich zu Kafkas Labyrinth, daß Kafkas Werk von der Kontinuität eines universal gültigen Bildes zeugt. Politzer stellt fest, daß sich das Bild des Labyrinths Kafka in jeder Lebenslage und zu jeder Lebenszeit mit unverminderter Dringlichkeit angeboten hat: "Er hätte es erfinden müssen, wenn es ihm nicht auf schwer nachzuzeichnenden Wegen als Erbschaft zugefallen wäre." Ders: Franz Kafka, der Künstler. Frankfurt/M. 1965. S. 332.

지가 자유롭든지 부자유스럽든지 간에 아무 상관없어 보이는 끝없는 오디세이와 같은 것이리라. 왜냐하면 인간의 의지가 자유롭다는 것에 대해서 카프카의 성찰은 다음과 같은 아포리즘을 낳았기 때문이다.

> (······) 너의 의지가 자유롭다고 하는 것은 다음과 같은 것이다. 사막에 가려고 했을 때, 너의 의지는 자유로웠다. 너의 의지가 사막 횡단을 선택할 수 있기에 그것은 자유롭다. 너의 의지가 보행법을 선택할 수 있기에 자유롭다. 그러나 또한 너의 의지는 자유스럽지 못하다. 왜냐하면 너는 사막을 통과해서 가야만 하기 때문이다. 너의 의지는 자유롭지 못하다. 왜냐하면 모든 길은 미궁처럼 매 발자국 사막에 닿고 있기 때문이다.[130)

여기에서는 일견 미궁 속의 미로가 아닌 광활한 사막에 대한 이야기가 문제가 되는 듯하다. 그러나 여기에서는 단지 지형학적인 임의성만이 아니라, 중심도 출구도 없는 미궁으로서 '삶'의 절대화가 이야기되고 있다. 사막에서는 원래 그 어떤 지점에도 '도달'할 수 없는 것이 아니던가. 사막에서는 시작과 끝의 상태에 동일한 원칙이 지배한다. '망설이며' 길을 찾아 나선 주체만이 전면에 드러나 있고, 여기서 미로는 현대인이 지닌 실존적 문제성을 상징하고 있다.[131) 미궁은 내면세계와 외부세계의 문제적인 상호 의존성을 보여 주는 본보기로 여겨지고 있고, 카프

---

129) Hochzeitsvorbereitungen S. 87.

130) Hochzeitsvorbereitungen S. 87.

131) Kafka, Franz: Briefe an Milena(Hrsg. von Willy Haas) Frankfurt/M. 1977, S. 20.

카의 '문학 속으로의 도피'는 삶 자체가 더 이상 지니고 있지 못하는 삶의 의미에 대한 추구로 이해되어야 한다. 이에 대한 카프카의 경구는 다음과 같다. "정신은 멈추어 있기를 포기할 때에만, 비로소 자유로워진다."[132]

4. "내 몸 안에 두 개의 자아가 투쟁하고 ……"

일상적인 삶과 예술가 삶의 분열은 낭만주의 이래의 문학사에 확고하게 자리 잡은 주제어가 되어 있다. 19세기 말 니체의 절대적인 영향을 받은 심미주의에서는 사회적인 방향 상실성과 미학적인 의미 추구 사이의 갈등에 더불어 예술가의 신비화와 삶에 대한 극도의 예찬마저 덧붙이고 있다. 20세기 초반에 이르러서는 이러한 갈등의 골이 더 깊어져서, 초기 표현주의자들이나 카프카에게서 보이는 바와 같이 전래의 꿰맞춰진 미학적 해결책들마저 취약해 보인다. 카프카 문학에서는 패러독스만이 유일하게 사실적인 것이고,[133] 카프카의 패러독스한 문학 세계는 자아의 특유한 현실 인식의 투영으로 나타난다. 펠리체에게 보내는 거의 마지막 편지에서 1917년 9월 말 카프카는 다음과 같

---

132) Hochzeitsvorbereitungen S. 36.

133) Jens, Walter: Der Mensch und die Dinge. In: ders.: Statt einer Literaturgeschichte. Dichtung im zwanzigsten Jahrhundert. München 1990, S. 113~137, hier S. 124.

이 기록하고 있다.

> 내 몸 안에 두 개의 자아가 투쟁하고 있다는 것을 그대는 알
> 고 있는가. 이 둘 중에서 더 나은 자아가 그대에게 속하고 있다
> 는 사실에 대해서는 바로 요 며칠 새에야 거의 의심하지 않고 있
> 지. (……) 내 안에서 싸우고 있는 이 두 자아는 (……) 선한 자
> 아와 악한 자아이구려. 이 둘은 시시때때 한 번은 악한 가면으로
> 또 한 번은 선한 가면으로 바꿔 쓰고 있고, 이것이 이 혼란스러
> 운 투쟁을 더욱더 엉클어지게 만드는 구려. (……)134)

무엇이 카프카 내면의 착종된 투쟁이란 말인가? 두 자아의 투
쟁은 카프카가 펠리체를 만나면서부터 자기 안에 생겨나기 시
작한 모순적인 힘들을 상징한 듯하다. 그리고 많은 이들에게는
이러한 카프카의 자서전적 수기들이 카프카 문학을 이해하는
토대로 여겨지는 듯하다. 5세기 초반 아우구스티누스의 『참회록』
이래로 매 시기마다 자서전적인 수기는 항시 가장 인기 있는 글
쓰기의 한 형태에 속했다. 르네상스 이래의 세속적인 자서전 집
필은 '그리스도적 경건성의 세속화'135)의 한 형태로 받아들여졌
으며, 데카르트의 'Cogito ergo sum'이나 키에르케고르의 "주관
적인 것이 진실한 것이다"라는 경구들은 자서전이라는 문학적
형식의 본질적인 현대성을 입증하는 데 기여했다. 그러나 괴테

---

134) Kafka, Franz: Briefe an Felice In: Gesammelte Werke. Frankfurt/M.
    1950. S. 755.

135) Misch, Georg: Begriff und Ursprung der Autobiographie. In: Niggl,
    Günter(Hrsg.): Die Autobiographie. Zur Form und Geschichte einer
    Literarischen Gattung. Darmstadt 1998. S. 33~54, hier S. 53.

의 '문학과 진실'이 나오고 나서도 여전히 자서전 형식은 문학 작품이라기보다는 역사적 문서로 취급되었다. 이는 여전히 18세기 시학에도 아리스토텔레스적인 시적 서사와 역사적 서사의 이분법이 통용되고 있었던 데 기인한다.[136] 딜타이에 이르러서야 처음으로 헤르더식의 "자서전은 시대의 기록물"이라는 견해에 부합하여, 개개인에 있어서의 사회적 현실의 중요성을 감지하는 데 성공하게 된다.[137] 그러나 여전히 어떻게 "삶의 다양한 경험들로부터 상호 연관되는 이야기를 엮어 낼 수 있을 것인가"[138] 하는 의문은 남기 마련이다. 작가로서의 자서전 집필자와 텍스트의 대상으로서 자서전 집필자 사이의 관계는 단지 자서전 집필자의 기능을 '참여자이자 판단자'[139]라는 명칭으로 표현하기에는 무척 복잡해 보인다. 자기 자신의 삶을 묘사한다는 것은 과거를 객관적으로 재구성한다는 것을 의미하는 것이 아니라, 주관적으로 해석하는 것이 아니겠는가. 이것은 작가를 텍스트 밖으로 나오게 하고, 삶의 의미를 다시금 유기적으로 조직할 수 있도록 그에게 독립적인 심급의 지위를 제공하는 것과 같은 일이다. 이리하여 자서전적 글쓰기라는 게 한 개인의 이력과

---

136) Misch, Georg: Geschichte der deutschen Autobiographie im 18. Jahrhundert. Theoretische Grundlegung und literarische Entfaltung. Stuttgart 1977. S. 36.

137) Vgl. Dilthey, Wilhelm: Das Erlebnis und Selbstbiographie. In: Niggl, Günter(Hrsg.): Die Autobiographie. S. 21~32.

138) Pascal, Roy: Die Autobiographie als Kunstform. In: Niggl, Günter(Hrsg.): Die Autobiographie. S. 148~157, hier S. 150.

139) Ebd., S. 156.

허구 사이의 잡종적 성격을 띠는 게 아닌가 하는 비판을 모면하기 쉽지 않다. 그러나 '자서전적 계약'[140]은 텍스트가 지닌 지시적 성격에 기인한 작가와 독자 사이의 어떤 일체감에 근원하고 있다.

그렇다면 도대체 자서전적인 텍스트와 비자서전적인 텍스트의 차이점은 무엇이란 말인가? 자서전이 지니는 '선험적 권위'[141]의 문제는 여기에서 본질적인 실체가 없는 공허한 기표들의 '틈새'에 파묻혀 버리고 마는 것일까? 괴테에 따르면 한 인간을 그의 시대적 연관성 속에서 묘사하는 것이 자서전의 임무인데, 이때 개개인의 자아인식뿐 아니라 역사 인식마저도 결코 완결적으로 도달할 수 없는 것이라고 한다.[142] 자전적인 텍스트는 그렇다면 주관의 재구성과정 속에서 항시 새로이 다시 쓰기를 꾀하는 지난한 과정 그 자체일 성싶다. 텍스트가 무엇을 말하고, 무엇을 이야기하지 말아야 하는가 하는 항시 반복적인 질문은 텍스트의 속성을 이미 주어진 닫힌 작품 이상으로 이해할 때에만 답해질 수 있을 것이다. 인간적 실존의 진실, 완결성, 의미 등은 이야기될 수 있는 것 저 너머에 놓여 있을 수도 있다. 단지 이러한 것들에 대한 추구만이 서술될 수 있다. 1920년 8월 9일

---

140) Vgl. Lejeune, Philippe: Der autobiographische Pakt. In: Niggl, Günter(Hrsg.): Die Autobiographie. S. 214~257.

141) Vgl. de Man, Paul: Autobiographie als Maskenspiel. In: ders.: Die Ideologie des Ästhetischen(Hrsg. von Christoph Menke). Frankfurt/M. 1993. S. 131~145. hier S. 135.

142) Goethe, J. W.: Aus meinem Leben. Dichtung und Wahrheit. In: Sämtliche Werke(Hrsg. von Ernst Beutler) Bd.10 Berlin 1950. S. 13f.

밀레나에게 쓴 편지에서는 카프카는 한 점원 아가씨와의 만남을 보고하고 있는데, 여기에서 무의미한 세계에 다시 의미를 불어넣는 것은 그 세계의 문학화를 통해서만, 즉 '순수한 외침'[143]을 통해서 가능하다는 점을 보여 주고 있다.

카프카에게서 글쓰기는 위협적인 현실 속에 자신의 존재를 주장할 수 있는 길을 제공하는 '순수한' 행위이며, 자신의 인생관의 정당성을 증명하기 위한 행위이다. 카프카는 "인생은 지속적인 관심의 분산이다. 무엇으로부터 관심을 분산시키는지에 대한 생각을 한 번도 한 적이 없는 그러한 관심의 분산인 것이다"[144]라고 말하고 있다. 카프카에게서 삶은 낯선 바깥 세계에 대항하여 자신의 정체성을 주장하기 위한 개념은 아니다. 펠리체에게 보낸 마지막 편지에서 자신의 질병과 연관 지어 카프카는 다음과 같이 이야기하고 있는 것은 시사하는 바가 크다. "나는 결코 건강해지지 않을 것입니다. 침대의자에 몸을 눕히게 하고 건강을 돌보게 하는 결핵 때문이 아니라, 내가 살아 있는 동안에 그 극단적인 필요성이 남아 있는 어떤 무기 때문이지요. 그리고 이 두 경우 중 어떤 경우에도 모두 살아남지 못하지요."[145]

---

143) Briefe an Milena, S. 139~140.
144) Hochzeitsvorbereitungen, S. 242.
145) Briefe an Felice, S. 757.

5. "마지막 호흡이 끊어진 후, 갈망(渴望)하는 존재가 질식한 후에 ……"

카프카 문학의 난해성 근저에는 작가의 내면세계가 지닌 문제성이 놓여 있는 듯하다. 산문 「Er」와 그의 자전적인 '서간문들'과 '아포리즘'에서 본 '자아의 이중성', 또는 분리된 '자아의 투쟁'은 현대 사회가 지닌 소외화 과정의 내면화의 한 양상으로 이해된다. 카프카의 프로타고니스트들에게 특징지어진 '정보 제공자'에 대한 추구와 카프카 문학의 3원적 구조가 지닌 문제성은 출구도 없고, 방향성도 상실된 미로 속에서 어쩌면 '아리아드네의 실타래'를 고대하는 이의 그것과 견줄 만할 것이다. 카프카에게 그리고 어쩌면 그의 프로타고니스트에게, 더 나아가 이 시대의 현대인들에게는 '아리아드네의 실타래'에 이르는 길, 또는 '정보 제공자', '구원자'에 이르는 길은 '선험적'으로 봉쇄되어 있다. 카프카의 아포리즘에 빈번히 등장하는 '사막' 또는 미궁적 메타포들이 보여 주는 바는 결국 카프카 및 그의 프로타고니스트들, 더 나아가서 동시대인들이 '되돌아갈 수 없는' 미로 속을 이미 걷고 있다는 것을 보여 주려고 하는 것이 아닐까. 그럼에도 불구하고 카프카의 문학적 세계를 가능하게 하는 현실인식에 대한 조망은 그의 문학적 화자들에게 눈앞의 실재적 현실들에 대한 '사실적' 묘사를 불가능하게 한다. 외부적으로 사회적 현실의 '미로성'과 더불어, 내면적인 자아의 분열이 마치 「Er」

에 나타나는 것처럼, 진퇴양란의 형국을 자아내기 때문이다. 단지 카프카에게 문학적 행위는 그의 정신이 멈추지 않고 있다는 표현 양식('순수한 외침')으로 작용하기도 한다. 그러나 불치의 병과의 관계 속에서 드러나는 카프카의 내면 풍경에는 이미 삶이란 자기 정체성을 주장하는 표현 양태이기를 거부한다. 미궁을 만들고 스스로 그 미로 속에 갇힌 다이달로스가 깃으로 만든 날개로 비상하여 탈출에 성공하였다면, 즉 지형학적인 평면적 공간에서 입체적 공간으로의 경계 넘어서기에 성공했다면, 카프카는 자신의 글쓰기의 소재이자 주제였던 자신의 삶 그 자체에 대한 미련을 포기함으로써 자신의 미궁에서 탈출하려는 것일까? 카프카의 다음과 같은 유고(遺稿)의 한 구절에서 그 해답을 찾아볼 수 있지 않을까 한다. "소유는 없다. 단지 존재만이 있을 뿐이다. 마지막 호흡이 끊어진 후, 갈망(渴望)하는 존재가 질식한 이후의 존재만이 있을 뿐이다."146)

---

146) Hochzeitsvorbereitungen S. 32.

낭만에 대하여

프란츠 카프카의 유고에는 다음과 같은 이야기가 용케 남아 있다.

아이들에게 왕이 될 것인지 왕의 전령이 될 것인지 선택할 수 있었다고 한다. 이리저리 뛰어놀기를 좋아하는 어린이들의 특성 상 모두들 전령이 되고자 했다고 한다. 덕분에 왕이 된 사람은 한 명도 없이 온통 전령들만 있게 되었고, 그들은 온통 세상을 뛰어다니면서, 전달사항의 수신자이자 발신자인 왕이 없기에 무 의미해져 버린 소식들을 서로에게 외쳐 댔다고 한다. 더 이상 의 미도 없는 이 비참한 전령의 삶을 기꺼이 그만두고 싶어도, 처음 전령이 될 때 맹세한 자신들의 임무에 대한 서약 때문에 감히 엄 두도 못 낸 채 말이다.

작가로서의 길은 실은 어느 누구 듣는 이 없을 세상사를 전달하기 위해서 동분서주하는 삶을 살아간다는 것일지도 모른다. 메시지는 있되 명확한 수신자가 갑자기 사라져 버린 현실에서 '전령'은 메신저로서의 서약을 다하기 위해서 자신을 시화시키게 된다. 여기가 바로 낭만이 이야기되는 접점일 것이다. 기인 이외수의 젊은 날의 기록에는 따라서 낭만과 사랑의 '전령사'로서의 의무감이 각인되어 있다.

문학에 대한 열정과 사랑이야기, 그리고 범상치 않은 삶을 살아오면서 어쩔 수 없었던 고난과 아픔의 기록을 담은 두 권의 산문집(『내 잠 속에 내리는 비』, 『그대에게 던지는 사랑의 그물』, 각각 1985년과 1998년에 이미 출간된 적이 있는)에는 개념화와 재해석을 거부하는 수많은 기존의 이미지들이 나름의 새로운 메시지를 만들어 내고 있다. 그러나 회상이라는 거름종이에도 채 걸러지지 않은 청년 이외수의 삶을 한계 짓는 여러 섬뜩함과 처절함의 에피소드들은 진정한 낭만성은 아닐 것이다. 이외수는 서술적 글쓰기가 아니라 묘사적 문체로 소설을 쓰고자 한다고 주장한다. '아름다움은 서술될 때보다 묘사될 때 더욱 선명한 감동으로 다가온다'는 것이다. 일상의 통속화와 개념화에 대한 반란을 꿈꾸는 문청 이외수가 '얼음밥'의 수행을 거쳐서 모든 '고정관념의 껍질을 탈피하면서 만물에 대한 애정이 깊어지게 되고, 만물의 영혼과 합일'하는 경지에 이르게 되는 과정은 따뜻한 마음과 사랑에 대한 눈뜸의 과정이다. 개념화와 이론화의 사각

지대를 바라보지 못하고 여전히 기존의 제도교육이 지닌 경직성의 재생산에만 매몰된 가식적인 교육에 비하여 이외수가 친화력을 느끼는 참교육이란 '머리가 좋은 사람을 양산하는 것이 아니라 마음이 좋은 사람을 양산해 내는 것'이다. 따라서 춘천교육대학 시절 매달 이발비 명목으로 생활비를 도와주던 은사에 대한 고마움과 자신을 작가의 길로 이끌어 준 선배 문인들에 대한 언급, 그리고 첫 소설의 무대가 되기도 했던 장미촌 사람들에 대한 고마움을 이야기하는 대목에서 작가는 독자의 마음에 호소하고 있다. 이외수가 주장하는 낭만성의 근저에는 역설적으로 자신이 거부하던 새로운 개념화의 시도가 자리 잡고 있는 것은 아닐는지.

출처불명의 카프카의 일기문을 인용하며 대학생들에게 열린 마음의 개성적인 인간이 되라고 외치는 글에서 우리의 기인은 다음과 같이 처음 '전령'이 되었을 때 맹세한 책무를 다하고자 한다.

"대학생들이여, 그대들은 열려 있어야 한다. 너무나 많은 것들이 가슴을 통해서 만들어지고 가슴을 통해서 소멸한다. 비극도 불행도 전쟁도 평화도. 하지만 열려 있는 가슴만으로는 아무것도 만들어 낼 수 없으며, 소멸시킬 수도 없다. 도서관으로 가라. 가서 전자오락을 하듯이 온 정신을 다 집중해서 책을 읽으라. 닥치는 대로 읽으라. 그러면 그대의 가슴 안에 무엇이 고이는 것을 알게 될 것이다."(『대학생과 국화빵』)

괴테의 은행나무

　가을이면 온 거리를 노랗게 물들이는 우리나라의 아름다운 은행나무 가로수길은 서구인들에게 무척 부러운 광경이다. 250년 전 은행나무가 처음 유럽으로 옮겨 간 이래 유럽인들에게 은행잎은 행운을 상징하기 때문이다. 가을이면 도시 전체가 발에 채이게 행운인 도시가 우리의 도시풍경인 셈이다. 은행나무잎에 대한 유럽인들의 경외감은 1815년 괴테의 다음과 같은 시에서부터 출발한다.

　　은행잎

　　동방에서 건너와 내 정원에 뿌리내린
　　이 나뭇잎에는
　　비밀스런 의미가 담겨 있어
　　그 뜻을 아는 이들을 기쁘게 한다오

둘로 나누어진
한 생명체인가?
아니면 서로 어우러진 두 존재를,
우리가 하나로 알고 있는 것일까?

이런 의문에 답을 찾다가
마침내 참뜻을 알게 되었으니
그대는 내 노래에서 느끼지 못하는가,
내가 하나이며 둘임을?

괴테는 자신의 시가 적힌 편지지에 은행잎 2장을 붙여서 연모하던 여인에게 보내고 있는데, 당시 괴테의 나이는 66세였고, 그의 연모의 대상은 31세의 기혼녀였다. 은행잎은 괴테와 그의 연인과의 비밀스런 연모의 정을 나타내는 상징으로 여겨졌다. 은행나무에 대한 라틴어 학명인 '깅코 빌로바'에서, 빌로바가 두 개의 잎사귀라는 뜻인 것에서 보이듯이 처음 은행을 유럽에 소개한 독일인들에게 은행나무 잎사귀는 마치 두 개의 잎사귀가 하나로 붙어 있는 것처럼 보였던 것 같다. 두 개의 다른 이파리가 하나의 잎사귀에 모여 있는 은행잎은 괴테와 그 연인에게는 서로 떨어져 있으나 마음은 하나인 두 사람만의 은밀한 사랑을 상징적으로 보여 주는 자연의 조화였던 것이다.

우리네 인생의 마지막 남은 은행잎들이 다 지기 전에 '하나이면서 둘일 수' 있는 은행나무의 참뜻을 한 번 같이 생각해 볼 사람을 주변에 두고 있는지?

이 세상의 '방편'

　서구 문학사에서 역사 소설에 대한 본격적인 논의는 월터 스코트 경(卿)(Sir Walter Scott, 1771~1832)의 소설들로 촉발된다. 스코트 경 이전에는 당대의 정치·사회적 장애를 우회하기 위한 형식적 방편의 차원에서 역사적 배경이 이용되었다. 역사적 사실에 현재의 가치관과 정치적 지향성을 투여하는 식의 이러한 문학적 작업은 따라서 통속적 위험을 항시 내포한다.

　스코트에 이르러서 역사소설의 주인공은 서사시적 주인공의 '절대적 시간' 속으로의 함몰과 통속적인 역사소설의 과도한 '현재성' 사이의 중간적 위치를 차지하게 된다. 스코트가 글을 쓰던 19세기 초반의 유럽사회는 프랑스 혁명으로 촉발된 나폴레옹 전쟁과 연이은 왕정복고라는 긴박한 역사적 변화의 흐름에 직면해 있었으며, 더 이상 영웅이 아니라 일반대중이 역사의 주인공이라는 인식이 보편화되었다. 따라서 이 시기 역사소설의 주인공은 더 이상 영웅이 아니다. 역사적 주변인물이 주인공으로 설정되는 상황이 스코트 역사소설의 가장 주요한 특징을 이루고 있으며, 이후 발자크, 위고, 만쪼니, 푸슈킨, 톨스토이에 이르는 고전적 작가들에게는 물론 에코와 같은 현대의 소설가들에게도 주요한 형식적 기제로 받아들여진다. 기실 스코트는 독일의 여류 작가 나우베르트(1756∼1819)에게서 주변인물의 문제적 개인화에 대한 원칙을 배운 것이나, 그녀의 존재는 스코트의 명성에 가려 너무나도 미미하다. 아이러니컬하게도 주변인물의 역사인 역사소설의 역사가 주변인물에 대한 관심을 외면하고 있는 셈이다.

역사소설에서 주변인물을 주인공으로 만든다는 것은 가령 우리나라에서 매번 새로운 역사소설이 출간될 때마다 불거지는 역사적 '사실'과 소설적 '허구성'에 대한 소모적인 논쟁을 일정 정도 회피할 수 있음을 의미한다. 그러나 수많은 난관을 예견하면서도 역사상의 주요인물을 역사소설의 문제적 개인으로 상정하는 것은 역사적 사실들에 대한 문학적 반란을 꿈꾸는 작가의 역사적 책무의 문제이기에 일견 위태로운 통속성 시비를 넘어서는 조심스러운 독법이 필요할 것이다. 한승원의 『소설 원효』의 경우는 1,300여 년간 잘못 이해된 인간 원효에 대한 새로운 해석을 표방한다. '오독'된 원효의 사상을 '역사의 행간'을 깊이 읽어 내고, 신라주도의 삼국통일 전쟁에 대한 원효의 반전평화주의적 입장을 재조명하고자 한다. 『소설 원효』에서 시도되는 삼국유사를 위시한 역사서의 기록에 대한 재해석과 새로운 의미 부여는 역사적 사실이 지닌 '주관적이며 도덕적인 선험성'(루카치)에 대한 통찰을 전제로 하고 있다. 원효는 한국불교사에서는 커다란 획을 그은 중심인물이지만 삼국통일 전쟁의 정치적 격랑 속에서는 현실정치에서 소외된 주변인물에 지나지 않는다. 원효는 '무너지는 세상을 떠받치기 위한 기둥을 만들기 위해 자신을 희생하여 썩어 문드러진 도끼자루를 대신하고자 하였던' 수많은 우리 역사의 주변인물 중 한 사람인 것이다.

작가가 원효의 삶에 대한 재해석을 통해서 독자에게 제시하고자 하는 것은 소설의 화자가 다음과 같이 말하고 있듯이 현실의 위력감에 대항하는 '방편'의 문학적 형상화이다.

"경전을 다시 새로이 해석하는 것은 재창조이다. 보석이 무엇인가를 모르는 사람은 그것을 자기 손에 쥐어 주어도 모른다. 그리하여 석가모니는 수없이 많은 방편을 써 왔다. 방편은 비유이고 비유는 뗏목이고, 뗏목은 강 건너려는 자를 물에 빠져 죽지 않도록 안전하게 건네준다."(2권, 20쪽) 지난 과거의 사안들을 뗏목 삼아 현재의 역사적 격랑을 건너가는 문학적 비유이자 '방편'에 항시 새로이 역사소설이 쓰이는 연유가 놓여 있는 듯하다.

통속성의 상품화

『다빈치 코드』(2003)보다 2년 먼저 출간된 댄 브라운(1964~)의 『디셉션 포인트』(2001)의 줄거리는 가령 존 그리샴(1955~)의 소설들을 저본으로 제작된 수많은 할리우드식 정치음모 영화를 연상시킨다. 미국 대통령 선거전의 열기 속에서 NASA에 대한 야당 후보의 예산 공방을 만회하기 위해서 국가정찰국(NRO)의 주도로 외계의 생물체 화석을 지닌 유성을 조작하고, 야당 대통령 후보의 딸이자 국가정찰의 요원인 여주인공 레이첼 섹스턴이 우여곡절 끝에 진실을 밝혀낸다는 줄거리는 가히 통속적이다.

독자의 선입견과 선지식을 한 번에 날려 버리는 도입부, 문제의 요점과 지속적인 사건전개마저 점치기 어렵게 만드는 줄거리의 혼재, 독자의 사건들에 대한 몰입과 거리 두기를 적절하게 조정하기 위해 고안되거나 소개되는 신기술, 사건의 중심에 서 있는 전문직 여성(레이첼 섹스턴뿐만 아니라 가브리엘 애쉬의 경우에도)의 '올바른' 도덕성과 위선적인 이데올로기의 대립, 주인공의 위험천만한 모험과 우연성에 근거한 문제 해결, 항시 원칙적인 도덕론자인 최고 정책 결정권자의 현명한 선택에 의한 해피엔딩, 아마도 이러한 요소들을 통해서 작가는 가장 미국적인 현실인식과 미국식의 세상을 살아가는 이치를 보여 주고자 하는 듯하다. 시스템에 위해적인 부류는 외부에 있지 않고 부패하고 타락한 정치인과 시스템의 도덕적 재생산을 자의적으로 해석하여 과잉 반응하는 정보책임자와 정책보좌관들의 모습에서 시스템의 지속적인 업그레이드에 반하는 적대적 세력을 읽어 내는 것은 냉전시대의 종말로 인해 어찌할 수 없는 미국적 선택인 듯하다. 문학사전에 따르자면 통속적인 문학은 대개는 사랑, 모험, 전쟁, 범죄, 고향, 공상, 과학적 허구와 같은 주제들이 진부하게, 다시 말해서 상투적인 방식으로 거듭해서 다뤄지는 작품을 일컫는다. 댄 브라운의 소설에서는 이러한 통속적인 요소들이 아낌없이 잘 반죽되어 감칠맛 나는 미국식 애플파이로 거듭나고 있어 보인다. 뉴 크리티시즘의 문학 정전 읽기에 반대하여 고급문학과 저급문학의 경계를 무너트리면서 유럽적 전통에 대한 아방가르드적 반란을 주도한 세대에게서 문학 교육을 받고 자란 댄 브라운에게 통속성에 대한 우려보다도 문학의 대중성에 대한 배려가 우선시되는 것은 일견 당연하게 보인다. 그럼에도 조작된 유성에 대한 조사과정에서 특수부대의 공격으로 절체절명의 위기에 처한 주인공 레이첼의 의식 속에는 다음과 같이 작가 자신의 세상을 살아가는 이치가 드러나 보인다.

"정보세계에서 흔히 그렇듯, 더 많이 알수록 그 사람이 생각할 수 있는 시나리오는 더 무서워지기 때문에 아는 게 오히려 병이다. 이 경우도 예외는 아니었다. 레이첼은 차라리 모르는 편이 더 행복했을 것이다."(1권, 272쪽)

조작된 음모를 확인하자 델타포스에 의해서 기습당한 일행에게 처해진 실존적 상황은 남보다 더 많이 앎에서, 알지 말아야 할 사실에 대한 인식에서 유래한 것이다. 남보다 많이 아는 자의 고통은 항시 예술가의 몫이었지만 댄 브라운의 작가 정신은 그러한 문제의식을 교묘하게 회피하고 있어 보인다. 연이은 "도망쳐요"라는 레이첼의 상징적인 외침이 지식의 미로를 벗어나 세상 속으로 도망치라는 파우스트적 외침과는 사뭇 달라 보이는 연유가 바로 여기에 있다.

세상의 이치

20세기는 이민의 시대였다. 제국주의와 식민지 경영의 결과로 제국 내로의 노동력의 대량유입이라는 역사적 경험을 배경 삼아, 일상의 궁핍함을 피해 새로운 기회의 땅을 향해 떠난 이민자들의 지난한 오디세이는 지난 세기 전 지구적 현상으로 이해되고 있다. 전쟁과 사회적 격변, 신분적 불평등, 경제적 궁핍, 종교적 신념, 고향을 떠나온 이유는 각기 상이할지라도 기회의 땅에서 나름의 삶의 터전을 일구며 살아가는 이민세대들이 일상에서 경험하는 향수와 현실의 장벽은 문화적 정체성의 혼란을 낳았으며, 여기에 현대적 의미의 디아스포라(Diaspora, 離散)가 논의되는 접점이 있다. 자발적이든지 비자발적이든지 내던져진 현실에 적응하여 언어와 관습을 포기해야 하든지, 아니면 고향의 타고난 가치체계를 고수하고자 하는 대립적인 두 지향점 사이에서 이주민의 디아스포라적 문제성이 자리매김할 수 있을 것이다. 이러한 맥락에서 재미동포 최유혜의 소설집 『낯선 땅에서 만난 소나기』(계간문예, 2006)는 읽힐 수 있다. 소설집에 실린 10편의 단편들은 모두 미국 내 한국인 이민사회 삶의 단면들을 보여 주기에 충실하다. 자연주의적 문체에 많이 빚진 듯한 최유혜식의 대담한 이야기 전개는 인종갈등, 매춘, 노인문제, 입양, 범죄, 가족의 붕괴 등 현대 사회가 지니는 복잡다단한 문제를 마치 한 편의 텔레비전 단막극의 형식으로 깔끔하게 엮어 내는 데 성공한다. 재미 한국인들의 일상사를 일견 도식적으로, 그럼에도 절제된 특유의 간결함으로 복원하고 있는 그녀의 단편들을 읽고 있자면 그녀에게서 '재미 동포문인'이라는 수식어가 더 이상 필요 없어 보인다. 배경과 조연만이 간간히 낯설 뿐 우리의 이야기를 하고 있기 때문이다. 때로는 21세기 한국인들의 일반적인 가치관보다 더 전통적인 가치관을 설파하면서 말이다. '로마에서 멀어지면 멀어질수록 가톨릭이 더욱더 진짜답다'라는 유럽의 속담을 생각나게 하는 대목이다.

이러한 측면에서 보자면 최유혜의 소설들에서는 이민사회의 구성원이 아닌 여전히 한국에 살고 있는 인물유형에 건강성과 긍정성을 시화시키고 있는 연유를 이해할 수 있을 것이다. 대표 단편인 『낯선 땅에서 만난 소나기』는 생모에게 버림받고 고아원에서 자라야 했던 주인공 은하가 이민 간 친부모의 미국 집을 방문하는 이야기이다. 은하는 미혼의 몸으로 아이들을 입양하여 키우면서 이 사회의 건강성을 유지하는 보배와 같은 존재로 그려진다. 반면에 은하를 부정하여야만 하였던 친모와 은하의 출생 사실을 모르는 친부는 미국으로 이민하였고 십수년간 딸의 존재 자체를 잊고자 했던 인물들이다. 물론 더 이상 유효하지 않는 변명과 구차한 구실을 주섬주섬하면서 말이다. 관습과 타인의 눈 때문에 자식을 부정해야 했던 미국의 어머니와 달리 한국에 사는 은하는 주관이 뚜렷하고 자신의 감정에 솔직한 여성이다. 부모를 부모라 부를 수 없는 부조리한 상황을 은하는 여행을 중지하고 서울로 돌아옴으로써 탈출하고는 다음과 같이 상념에 잠긴다.

> "누군가 보내 준 털실 장갑과 목도리를 하나씩 두르고 창가에 서서 하얀 눈을 기다리던 그 애들은 지금 무엇이 되었을까. 내가 어느새 이렇게 어른이 된 걸까. 영원히 가난할 줄 알았는데…… 영원히 혼자일 줄 알았는데. 영원이라는 말은 애초에 필요 없는 단어였다. 세상에는 온전히 지속되는 행복도 불행도 없다. 언젠가는…… 전혀 다른 위치를 바꾸어 갖는다. 가난했던 선생님은 부자가 되셨고, 젊으셨던 그분은 늙으셨다. 지금 나는 무엇을 꿈꾸어도 가능한 젊은 나이가 있다."(『낯선 땅에서 만난 소나기』, 263쪽)

우리는 아마도 이미 오래전에 잊고 있었던 삶의 건강성과 문화적 자신감에 대한 기대가 태평양 너머의 디아스포라적 인간군상들에게는 고향의 흙냄새처럼 여겨지나 보다.

아르세니예프의 삶

이반 알렉세예비치 부닌(1970~1953)은 러시아를 모국어로 하는 작가로는 최초로 1933년 노벨 문학상을 수상한다. 볼셰비키 혁명 이후 조국 러시아를 떠나서 프랑스에서 망명생활을 하고 있던 부닌은 무국적자 신분이었다. 정치적으로는 고국의 새로운 정권에 의해서는 철저히 버림받았지만, 노벨상 위원회는 부닌의 글쓰기에 푸슈킨에서 시작하여 톨스토이와 도스토옙스키에게서 만개한 러시아의 전통적인 문학정신이 가장 잘 계승되어 있다고 수상이유를 설명하고 있다. 한때 고리키와도 절친하기도 하였던 부닌의 문학세계는 그러나 이후에도 여전히 조국 러시아의 소비에트정권하에서는 철저하게 무시되고 거부되었다. 가장 러시아의 혼을 잘 묘사한 작가가 조국에서 철저하게 외면될 수밖에 없었던 이유를 부닌 자신은 자신이 철저하게 비정치적인 작가였으며, 어떠한 유파나 동인에 참가하지 않았기 때문이라고 죽기 전에 탈고한 자서전에서 기술하고 있다. 목가적인 러시아의 풍광이 자신의 문학적 스승이었으며 수많은 여행을 통해서 경험한 고국 러시아의 산천초목이 바로 자신의 문학적 원류라는 것이다.

자전적 소설 『아르세니예프의 생』(1928~39)에서는 망명지를 전전하던 부닌이 아마도 더 이상 되돌아가지 못할 조국 러시아에서의 목가적 삶과 서정적 풍광에 대한 기억을 특유의 장인적 글쓰기로 재구성하고 있다. 소설은 주인공 알렉세이 아르세니예프가 작가 부닌과 마찬가지로 프랑스로 망명하여 러시아에서의 유년기와 첫사랑에 대해 회고하는 내용이다. '드넓은 공허한 대지, 그 어떤 장애나 한계도 없는 광활함만이 둘러싸고 있었고, 그저 오로지 들판과 하늘만을 볼 수 있을 뿐이었던' 드넓은 대지에서 태어난 어린 주인공이 도회지에서의 여러 경험을 통해서 다음과 같은 자각에 이르는 과정은 부닌 자신의 이야기일 듯싶다.

> "내게는 '모든 것이 장차 앞날에' 열려 있다는 느낌이었고, 육체적으로나 정신적으로나 건강한 내 젊은 능력과 웬만큼 잘생긴 얼굴, 타고난 좋은 체격에 대한 자신감이 있었고, 자유롭고 확신에 찬 행동과 가볍고 빠른 걸음걸이, 오르막을 달릴 때면 용감하고 능숙한 내 움직임에 대한 자부심이 있었다. 내 젊은 순결함은 타고난 것이라 인식했고, 시를 읽을 때면 드러나는 내 뛰어난 감수성은 끊임없이 시인의 고결한 사명감에 대해, '시란 지상의 숭고한 꿈속에 자리한 신(神)'이라는 것에 대해, '예술은 보다 아름다운 세상을 향한 계단'이라는 것에 대해 말해 주었다."(197쪽)

러시아 젊은이의 건강성과 문화적 자부심, 그리고 예술에 대한 열정은 고국산천에 대한 정겨운 시선, 그리고 세계문학에 대한 섭렵의 과정을 거쳐서 여인에 대한 사랑의 감정으로 발전하게 된다. 첫사랑의 감정에 대한 젊은 주인공 내면의 열정이 그녀의 집으로 이끌었지만 그녀를 만나지 못하면서 소설은 막을 내린다. 그해 봄 그녀가 폐렴에 걸려 귀향 후 일주일도 되지 않아 사망했다는 사실을, 또 가능한 한 오랫동안 그 사실을 숨기게 한 것이 그녀의 뜻이었다는 사실을 알게 된 것은 이후의 일이다. 그리고 이제 노년의 주인공은 그녀에 대한 사랑의 기억을 이렇게 회상한다.

> "얼마 전 나는 꿈에서 그녀를 보았다. 그녀 없이 살아온 기나긴 나의 인생을 통틀어 단 한 번뿐이었다. 그녀는 우리가 함께 인생을, 젊은 시절을 보냈던 그때의 그 나이 그대로였다. 하지만 그 얼굴에는 이미 시들어 가는 원숙한 아름다움이 어려 있었다. 그녀는 야위었고 상복 같은 옷을 입고 있었다. 나는 어렴풋이 그녀를 보았지만, 그때만큼 누군가를 향한 커다란 사랑과 기쁨을 느꼈던 적은, 정신적으로도 육체적으로도 그 누구에게도 결코 느낄 수 없는 그런 절절한 친근함을 느꼈던 적은 없었다."(496쪽)

아름다운 조국 산하와 죽음이 갈라놓은 이루지 못한 첫사랑에 대한 어렴풋한 기억과 회상은 가장 절정에 있었지만 몰락해야만 했던 제정 러시아의 정신에 대한 부질없는 향수와 동경의 다른 모습일 뿐이다.

키클로페스의 혀

트로이 전쟁을 마치고 고향 이타카로 향하던 오디세우스 일행은 외눈박이 거인족 키클로페스에게 사로잡혀 동굴에 갇힌 신세가 된다. 부하들이 하나둘씩 잡혀 먹히고 외눈박이 괴물은 오디세우스에게 이름을 묻는다. 내 이름은 우티스라고 오디세우스는 대답한다. 우티스는 그리스어로 아무도 아니라는 뜻이었다. 잠든 외눈박이의 눈을 불에 달군 꼬챙이로 쑤셔 대자 외눈박이는 '우티스가 나를 찔렀다'라고 날뛰지만 '아무도 나를 찌르지 않았다'라는 말뜻이 되어서 오디세우스 일행은 무사히 위기를 모면하고 귀환의 여정을 계속할 수 있었다. 물론 이 일이 포세이돈의 심기를 또 한 번 심하게 건드려서 오디세우스의 여정은 더욱더 어렵고 지난한 모험과 위기의 순간들로 점철되어 나타나게 된다는 행간의 이야기를 낳고 있기도 하다. 이후 사이렌들의 노랫소리로부터 일행의 안전을 구하기 위해서 귀를 밀랍으로 봉하는 이야기에서 절정에 이르는 오디세우스의 기지와 영악함은 자연의 가공할 힘을 인간이성의 도움으로 우회하는 계몽주의적 인간의 전형으로 여겨진다.

발터 뫼르스의 『루모와 어둠속의 기적』(2003)에서도 주인공 루모가 키클로페스에게 먹잇감으로 사로잡히는 장면으로부터 이야기는 시작된다. 고향 이타카로의 귀환에 나선 오디세우스가 자신의 존재를 '우티스'라고 명함으로써, 즉 자신의 존재 자체를 가급적 낮추면서 위기를 넘기게 되는 반면에, 뫼르스의 환상 소설에서는 늑대와 노루의 유전자를 지닌 '볼퍼팅어' 새끼인 젖먹이 주인공은 어느 날 갑자기 맡게 된 '은띠'의 흔적을 뒤쫓아야 할 터였다. 이제 막 나오기 시작한 이빨들이 잇몸을 뚫고 나오는 고통과 갑자기 말을 할 수 있다는 기쁨으로, 먹잇감을 찾아 나온 악마바위의 외눈박이들에게 주인공은 말을 걺으로써 기꺼이 그들의 포획물이 된다. 키클로페스의 먹이 창고에서 만난 수백 년 묵은 상어구더기 스마이크를 통해서 새끼 볼퍼팅어는 루모라는 이름을 얻게 된다. '루모'는 스마이크가 즐겨하는 도박게임의 명칭이란다. 이어지는 이 환상 소설의 줄거리는 루모의 모험과 무용담 일색으로 꾸며진다. 성장이 무척 빠르고 용맹무쌍한 볼퍼팅어의 자손답게 루모는 스마이크의 지시에 따라 키클로페스들의 약점인 혀를 공격하여 악마바위의 동굴을 탈출하게 된다.

'차모니아'대륙에 오른 루모는 '은띠'의 흔적을 쫓아 동족들의 도시 볼퍼팅을 찾아가고 거기에서 은띠의 비밀이 바로 사랑이라는 사실도 알게 된다. 사랑하는 여인 랄라를 위한 보석함을 얻기 위해 잠시 도시를 비운 사이 지하세계의 종족들이 온 도시의 동족들을 지하로 납치해 가고 용감무쌍한 루모가 지하세계에 내려가서 동족과 사랑하는 랄라를 구출해서 되돌아온다는 이야기얼개는 수많은 곁가지 이야기와 수많은 낯섦과 섬뜩함의 묘사, 간간히 섞여 있는 삽화들, 단선적이지만 시사하는 바가 많은 여러 메타포들과 잘 어울려서 루모의 오디세이를 잘 그려 내고 있다.

키클로페스에 사로잡힌 장면에서 오디세우스가 거인의 외눈을 공격해서 눈을 멀게 하는 반면에 루모는 외눈박이의 혀를 공격한다는 것은, 도박게임을 의미하는 루모라는 주인공의 이름과 함께 뫼르스 소설의 주제의식을 짐작하게 한다. 더 이상 보이는 대로 믿을 수 없다는 현실 인식은 고금을 막론하고 수많은 환상소설의 단골 소재가 되었으니 말이다. 다만 이렇듯 저렇듯 세치 혀로 새로이 이야기될 뿐이다. 더욱이 우연성의 법칙에 근거한 도박게임은 주어진 운명과 미래의 예측이라는 바람들을 헛된 망상으로 치부해 버리기에 충분하다. 그럼에도 뫼르스의 소설에서는 '구리처녀'에 의해서 죽음을 맞이한 랄라가 다시 살아나는 '기적'의 이야기는 남아 있다. 왜일까? 키클로페스의 눈과 혀의 이야기를 생각해 보기 바란다.

그리고 두 사람은 더 이상 보이지 않았다

　권태감은 경험의 알을 품고 있는 꿈의 새라고 벤야민은 적고 있다. 서사의 정신이 서로 경험을 교환하고자 하는 바람의 표출이라면 도대체 새로운 이야깃거리 하나 없는 따분한 일상은 '삶의 의미'에 대한 진지한 고민을 잉태한다. 꿈이 육체적 이완의 정점이라면 권태는 정신적 이완의 정점인 셈이다. 벤야민에게 수공업적인 서사전통의 적자(嫡子)로 여겨진 레스코프가 느끼는 다음과 같은 일상의 무료함은 그의 수많은 이야기들의 근원에 대한 질문에 답해 주는 듯하다. "모든 것이 갖추어지고 부족한 것이 없었지만 그래도 시아버지 집에서 보내는 카테리나 리보브나의 삶은 몹시 권태로운 것이었다. 그녀는 다른 집을 방문하는 일이 거의 없었다. (……) 카테리나 리보브나는 빈 방들을 돌아다니며 지루함에 하품을 하기 시작한다. (……) 다시 하품이 나온다. 나른한 기분에 젖어 한두 시간 누워 잠을 잔다. 깨어나면 또다시 러시아의 권태, 상인집의 권태가 찾아온다. 그걸 견디느니 차라리 목을 매고 죽는 게 낫다고 말할 정도이다. (……) 애정 없는 남편에게 시집와서 보낸 5년 동안 카테리나 리보브나는 부유한 시아버지 집에서 지루한 삶을 살았다. 그러나 언제처럼 그녀의 이러한 권태에 관심을 기울이는 사람은 아무도 없었다."(13/4쪽)

고르키의 표현에 따르면 민중 속에 가장 깊이 뿌리를 내리고 있는 작가였던 레스코프의 이야기에서는 죽음이라는 개인적 경험의 가장 깊은 쇼크마저도 아무런 장애가 되지 못한다. 죽음은 어차피 서사가 보고할 수 있는 모든 것에 대한 인준을 뜻할 것이다. 레스코프는 『멕베스 부인』(1865)에서 무료함에 지친 주인공 카테리나 리보느나가 하인 세르게이의 유혹을 통해서 사랑에 눈을 뜨고, 배반당하고 죽음을 통해서 자신의 의지를 관철시키는 과정을 담담하게 기억해 내고 있다. 죽음을 향해 질주하는 이야기의 전개는 아무런 군더더기 없는 이야기일 뿐이다.

나이 많은 부유한 상인에게 시집온 주인공 카테리나 리보느나는 결혼한 지 5년이 지나도 아이를 갖지 못한다. 엄격한 가부장제의 속박과 저택에서의 단조로운 생활에 무료함을 느끼던 그녀는 남편이 집을 비운 사이에 하인 세르게이의 도발적인 유혹에 몸을 맡긴다. 이 사실이 시아버지에게 발각되자 그녀는 시아버지를 독살하고, 연이어 아내의 부정을 눈치채고 몰래 야음을 틈타 돌아온 남편 역시 무자비하게 살해당한다. 시댁의 재산을 모두 독차지하고 세르게이와의 장밋빛 미래를 꿈꾸던 중 전혀 예기치 않게 남편의 어린 조카가 공동상속자로 나타나고, 그들은 급기야 어린 생명마저 살해하기에 이른다. 그러나 이 살해 광경을 목도한 행인의 신고로 체포되고, 겁에 질린 세르게이가 모든 범죄 사실을 실토함으로써 두 사람은 시베리아 유형의 길을 떠나게 된다. 유형지로 가는 길에서도 카테리나는 세르게이의 사랑을 유지하기 위해 온갖 노력을 기울이지만, 세르게이는 오히려 그녀를 모욕 주고 다른 여인네와 사랑의 행각을 벌인다. 자신의 사랑이 철저하게 배반당하고 놀림당한 것을 깨달은 카테리나는 어떤 결단을 내려야 할 것이다. 넘실거리는 볼가 강을 가로지르는 죄수들을 태운 나룻배 위에서 카테리나는 기도문을 생각하고 입술을 움직였으나 그녀의 입술은 전혀 다른 말을 중얼거릴 뿐이다. "우리가 얼마나 즐겁게 기나긴 가을밤을 함께 보냈는지, 얼마나 잔인하게 사람들을 죽여서 저승으로 보내 버렸는지." 카테리나는 자신의 연적을 끌어안고 볼가 강에 투신한다. 죽음만이 이야기의 권위를 보장하고 있는 것일까. 레스코프의 이야기는 아무런 군더더기 없이 다음과 같이 끝을 맺는다. "그리고 두 사람은 더 이상 보이지 않았다."

'책의 작은 역사'

　현대의 대도시는 플래카드가 넘치는 세상이다. 광화문 네거리의 대형서점 빌딩에도 커다란 걸개그림이 종종 걸린다. 플래카드는 활자가 지닌 미디어적 특성에 대한 또 다른 기술적 표현일 것이다. 현대사회의 광고문구들에서는 이제껏 모든 문자 형태들의 침전물들이 부유하는 데이터의 흐름이 포착된다는 벤야민의 견해를 좇지 않더라도 서울 중심가의 빌딩 외벽에 내걸린 플래카드들에 보이는 광고 카피들은 대중의 이목을 끌기 위해서 다양한 서체와 그래픽의 도움을 받고 있음은 자명하다. 광화문 빌딩의 플래카드는 때로는 고은 시인의 시구 한 구절에서, 때로는 온 국민의 관심이 집중된 스포츠 행사의 응원문구에서 영감을 얻은 카피들로 장식된다. 때로는 잔잔한 배경색에 보수적인 서체로 정갈한 이미지를 선사하기도 하지만 종종 파격적인 문구만큼이나 튀는 색채와 '디자인'을 통해서 메시지를 전달하고자 한다. 구텐베르크 은하계의 무수히 활자화된 책 속에서 피난처를 찾고 자율성을 영위할 수 있었던 문자는 이제 건물 외벽을 장식하는 대형 플래카드들에 아로 새겨진 광고문구들의 모습으로 가차 없이 저잣거리로 내던져진다. 또 다른 관점에서 보자면 책은 수평적으로 읽히는 반면에 광고는 수직적으로 읽힌다고 하기도 하고, 책 속의 문자는 말 그대로 '읽히는' 문자이지만 광고의 그래픽은 '문자화된 그림'이라는 견해가 지배적이다. '산업화된 언어'로서의 광고는 '읽히는 것이 아니라' 대중의 수동적·감각적인 수용을 통해 체험되는 문자인 것이다. 아무튼 뉴미디어의 시대에 'IT강국'의 심장부에 여전히 건재한—그리고 상징적으로 정보통신부 건물과 나란히 우뚝 서 있는— 교보문고의 건물 외벽에 내걸린 대형 플래카드는 '쿨(cool)한 매체'가 '핫(hot)매체'를 넘어서고, 전통적인 활자문화의 '경직성'이 해체되어 가고 있다는 것을 역설적으로 보여 주고 있다.

현대의 대도시는 역동적이다. 미로처럼 뒤엉킨 지상의 도로망을 거미줄 같은 지하철망이 서로 교차하면서 이루어 놓은 전통적인 도시의 모습은 버츄얼한 정보통신망의 가세로 인적·물적·정보 로지스틱의 총합을 통해 새로운 역동적 생활공간을 만들어 내고 있다.

현대사회는 미궁과도 같다. 현대의 도시는 무진장한 공간, 끝없이 걸어도 한이 없어 보인다. 아무리 멀리까지 걸어도, 근처에 있는 구역과 거리들을 아무리 잘 알아도, 현대인은 항시 길을 잃고 있다는 느낌을 안겨 준다. 이것은 비단 현대 도시에 국한된 이야기는 아닐 것이다. 현대 도시 거주민들의 마음속에도 항시 무엇인가를 빠뜨리고 거리에 나온 듯한 느낌을 저버릴 수 없다. 바깥세상이 바뀌는 속도가 너무 빨라서 어느 한 가지에 집착하기에 너무 힘들고 그저 정처 없이 배회하고 의미 중심이 사라진 도시에서 모든 장소가 똑같아지고 내가 어디에 있는지, 내가 어딜 향해 가고 있는지가 중요하지 않게 되어 버리는 것이다. 나의 실존적 배경을 자리매김할 수 없는 현대인들에게 현대 사회는 미궁과도 같다. 인류사에서 보자면 문자가 없던 시절에도 점성술이나 의술의 형태로 하늘의 별자리를 '읽고', 질병을 진단하기 위해서 몸을 '읽었다'는 읽는 행위는 인간의 생존에 직결된 본능적 행위였던 것이다. 이후 문자가 발명되고 문자를 통해 축적·저장된 경험과 지식을 읽어 내는 것은 인류사 발전의 근간이 되었다. 고대의 파피루스 두루마리(volominum)가 코덱스(codex)의 형태를 지니게 된 서기 2세기 이래 종이의 발명과 구텐베르크의 인쇄혁명을 거치고 21세기에 이르기까지 우리에게 각인된 직사각형 모양의 책이 지닌 형태적 특징은 너무나도 버거운 것이나 책이라는 매체와 그 책 속에 담긴 지혜를 끄집어내는 독서의 기술은 미로와도 같은 삶의 양태에 정향성을 제공하는 기제로 작용하였다. 중세에 이르기까지 서구에서 책과 지식을 재생산하는 것은 수도원이나 대학과 같이 공공적인 기관에서 전담하였던 것은 결코 우연이 아니다. 책을 읽는 것, 그리고 전래의 책을 다시금 후대를 위해 다시 편집하고, 새로이 책을 쓰는 행위는 그 당시 사회를 총체적으로 읽어 내려는 사회적 기제로 작동했으리라. 이런 연유에서 독서의 역사는 따라서 종교적 규정성을 지녔다. 가독인구의 증가와 낭독이 아닌 숙독의 전파는 이러한 사회 규범적 서적 생산에 변화를 가져왔고, 수도원과는 독립적인 필경사 마이스터의 대두가 이제껏 책이라는 매체의 공적 기능을 사적으로 탈바꿈하게 되었으며 이것이 서적 판매의 시초라고 이야기된다. 15세기에 이르러서야 주문에 의하지 않고 독자 판매를 목적으로 책을 만들어 내기 시작한 것이다. 이러한 출판 시장에의 기대가 아마도 구텐베르크의 활자인쇄술의 발명으로 대변되는 도서의 대량 생산체계와 유통체계의 확립을 가속화시켰을 것이다. 이 자리에서는 공적인 영역에서의 독서가 사적인 영역의 독서로 확대되면서 나타나는 여러 문학적 형식들에 대한 전거는 불필요해 보인다. 문제는 글자를 읽는 행위의 전제가 더 이상 문자의 습득이 아니고, 경험의 담지체로서의 문자와 언어의 역할이 교환의 수단으로 미디어적·기술적인 전환을 보이고 있다는 뉴미디어 시대의 문화적 지형도를 제대로 읽어 내지 못한다면 우리는 미로와도 같은 현대 사회에서 출구를 찾지 못한 채 맴돌기만을 되풀이할지 모른다는 절박감인 것이다.

현대는 전자미디어 시대이다. 개인 컴퓨터와 인터넷, 수많은 블로거들은 이제껏 구텐베르크 은하계에서와는 다른 양상으로 세계의 문자화를 시도한다. 영상화면의 기호와 이미지들은 더 이상 전통적인 의미에서의 활판 인쇄술적인 것이 아니다. 활판 인쇄술이 조건 지웠던 자아의 이미지가 전자시대에는 어느새 바뀌었다는 사실을 교보문고의 걸개그림들 속에도 찾아볼 수 있는 것이다. 전자출판이 일반화되었음에도 '인쇄된 책'들에는 미리 규정지어진 판형에 따라 일정한 크기와 일정한 모양의 서체들로 조합되고 고정된 언어들이 줄을 서서 교보문고의 서고에 꽂힌 채 독자를 기다린다. 어느 동화 작가의 말처럼 여전히 독서 행위는 계속되어야만 할 인생의 가장 고귀한 모험이라는 데는 모든 독자들이 찬동할 터이지만, 구텐베르크 은하계의 조용하고 수동적인 독자는 서서히 그 자취를 감추고 있다. 쌍방 간의 상호 작용적인 인터넷문화에 익숙한 현대의 독자들은 전통적인, 일방적인 독서행위보다는 텍스트와의 진정한 대화를 요구하고 있는 것이다. 문자의 발명과 그 문화적 적용의 총아인 책이라는 매체가 낳은 문화적 기제는 정보전달의 시·공간적 제한을 넘어서 인류사적으로는 커뮤니케이션을 현전하는 주체들 간의 상호행동이라는 한계를 극복하는 계기를 제공하였다. 주지하다시피 그럼에도 오늘날은 이러한 로고스 음성중심주의와 구텐베르크 은하계의 '핫 미디어'에 대한 비판적인 담론들이 홍수를 이루고 있다. 구술(口述)의 시대인 중세의 복잡성을 압도

하고, 획일성, 연속성, 선형이라는 인쇄의 원리가 인간의 감각을 지배하던 서구 중심의 문명은 이제 전자시대를 맞아 다시금 전체성을 파악할 수 있게 되었다는 논지의 끝에서 우리는 책의 미래에 대한 논의들이 이야기됨을 목도한다. 하이퍼텍스트나 전자책과 같은 논의들에서 우리가 주목해야 할 점은 정보처리 시스템이라는 입장에서 바라보자면 전통적인 책이라는 기제는 우리 사회의 체계복잡성을 완벽하게 커버하기에는 너무나 부족하다는 점일 것이다. 그러나 관건이 되는 점은 여전히 책이라는 매체의 사회적 효용성과 효율성의 문제일지 모른다.

4부_ 사서함 19호

앨범을 열고 오기의 작품들을 자세히 보기 시작하면서 무슨 생각을 해야 할지를 몰랐다. 내 첫 느낌은 이건 내가 본 것 중에서 가장 우스꽝스럽고 어이없는 짓이라는 것이었다. 모든 사진들이 똑같았다. 똑같은 거리와 똑같은 빌딩들의 반복이 나를 멍하게 만들었고, 지나치게 많은 이미지들이 무자비하게 밀고 들어와서 착란 상태가 될 지경이었다. (……) 하지만 내가 몇 분 동안 계속 그러고 있자 갑자기 나를 잡고 말했다.

"너무 빨리 보고 있어. 천천히 봐야 이해가 된다고."

문학의 경계 읽기와 경계 가로지르기

- 포스트모더니즘의 경계이론과 심미화의 과정 -

1. 들어가는 말

- 문예학과 경계 가로지르기

새로이 변화된 세상을 서술 가능하게 하는 일관성이 더 이상 존재하지 않는다는 합의가 줄곧 20세기의 지배적 화두를 형성하였다. 근대적 삶이 지닌 정체성의 위기에 기인하여 현대의 문학과 예술은 줄곧 그 실현 불가능성에 직면하고 있다.[147] 이런 관점에서 리얼리즘과 미적 모더니즘의 연관성에 대한 문제의식, 그리고 더 나아가서 포스트모더니즘을 둘러싼 논쟁은 시사하는 바가 크다. (포스트)모던한 시대의 심미화의 제과정(Ästhetisierungsprozesse)[148]

---

147) Vgl. Bürger, Peter: Prosa der Moderne. Frankfurt/M. 1992, S. 447.

148) Vgl. Turk, Horst: Philologische Grenzgänge. Zum Cultural turn in der Literatur. Würzburg 2003.

은 우리시대의 가장 중심적인 화두가 다양성이며 동시에 우리는 (경계를 넘나드는) 전환기의 삶을 살고 있다는 점을 여실히 보여 준다. 포스트모더니즘은 서양의 '근대(Neuzeit)' 이래 일반화되었던 논리적 획일화의 경향(Logozentrismus)에 맞서기를 요구한다.[149] 뿐만 아니라 최근에는 매체 및 매체이론의 발전과 함께 경계해체 현상에 대한 학문적 관심이 증가하고 있다.[150] 특히 현실과 가상 세계의 경계 구분이 점점 모호해지는 상황에서 가상세계의 총 체적 지배를 주장하는 이론이 무비판적으로 수용되고 있는 실 정이다.[151] 물론 이와 반대로 전통적인 입장에서 경계를 고수하

---

149) 1980년대 이래 서구 사회를 '중심'으로 글로벌한 후폭풍을 낳았던 포스트모더니즘 논쟁은 20세기에서 21세기로 넘어오는 시기에는 그 위력을 많이 상실해 보인다. 80년대 후반 동구권의 붕괴와 철의 장막 해체로 자본과 이데올로기의 '경계'가 무너진 이후 인터넷과 글로벌리즘의 득세는 전통적인(지정학적) 경계이론의 질적 변화를 여실히 보여 주는 듯하다. 그럼에도 2001년 9·11테러는 포스트모던 논쟁에 새로운 불씨를 던져 주기도 했다. 보들리야르 같은 이들에게 월드 트레이드 센터로 대변되는 시뮬라씨옹의 근대적 상징체제가 함몰하는 사건으로 비춰졌다면, 그 반대자들에게는 새로운 21세기의 벽두에 일어난 이 사건이 변방이 아닌, 권력의 '중심'에서 이뤄진 사건이라는 점에 대해서 주목하고 있다. Vgl. Behrens, Roger: Postmoderne, Hamburg 2004, S. 7. u. 〈Frankfurter Rundschau〉(2001. 9. 13.)의 Laurence Freedman와 Chrisitian Schlüter의 기고문.

150) 경계문제가 학문적 관심사로 떠오르기 시작한 것은 과학 및 매체의 발전과 무관하지 않다. 물론 그 이전에도 현실과 허구적인 세계와의 관계에 대해 철학적, 문학적 성찰이 없었던 것은 아니지만, 포스트모더니즘 논쟁을 거친 1970년대 이후에 이르면 논의의 양상은 그 이전과 확연히 달라진다. 우선 1970년대 초에 이르면 칠레의 생물학자 마투라나와 바렐라에 의해 '급진적 구성주의' 이론이 생겨난다(Maturana, 1987, 2000; Schmidt, 2003). 이에 따르면 우리가 지각한 모든 현상이 인간 두뇌활동의 구성물일 뿐, 인간의 감각기관이 현실을 재현하지 않는 것으로 간주된다. 이러한 주장에 따르면 소설의 세계뿐만 아니라 현실 역시 허구적인 것이 된다. 또한 컴퓨터 매체의 발전에 따라 가상세계와 현실세계의 구분이 점점 더 힘들어지고 있다. 이러한 상황은 철학적인 인식에도 영향을 미쳐 보드리야르(Baudrillard, 1978) 같은 이론가는 '현실의 죽음'을 공언하기에 이른다.

려는 경향도 지속적으로 나타난다. 이것은 특히 개별학문의 연구대상이나 연구방법 설정 등 실천적인 제 영역에서 확인된다. 예컨대 문예학은 그 연구대상을 픽션에 한정시키며 논픽션 텍스트를 기껏해야 작가를 이해하기 위한 실증적 자료 정도로 간주하여 협소한 경계의 틀에 스스로를 가두고 있다. 이렇게 볼 때 전통적인 문학연구는 대상영역을 문화학으로 확장하기 이전에, 내적으로 설정된 연구대상영역 자체에 대해 성찰할 필요가 있다. 문예학에서의 전통적인 경계구분과 급진적인 경계해체라는 극단적인 두 입장은 마치 현재의 포스트모던적 상황에 대한 대립적인 논의들을 심미화하고 있는 것이 아닌지 싶다.

문학 개념은 역사적으로 다양한 의미변천을 겪어 왔다. 가장 넓은 의미에서 문학은 문자로 쓰인 텍스트 전반을 지칭하는가 하면, 기술(記述)적인 의미로 정의하는 문예학에서는 문학을 픽션과 동일시하기도 한다. 최근에는 일상의 미학화 현상이 두드러지면서 문학은 미학적 구조를 지닌 사실적 텍스트까지 포함해서 보다 포괄적인 의미로 이해되기도 한다. 또한 가치평가적인 기준으로 문학에 접근하는 문학비평의 영역에서는 소위 고

---

151) 현실과 가상세계의 경계해체를 주장하는 이론이 특히 보드리야르나 볼츠(Bolz, 1994) 같은 매체이론가들의 주장을 통해 포스트모더니즘 이론의 한 축을 이룬다면, 들뢰즈(Deleuze, 1997)나 리오타르(Lytord, 1989, 1999) 같은 철학자들은 경계의 해체가 아닌 대상 간의 차이를 강조하는 이론을 만들고 있다. 이것은 포스트모던적인 다원성을 주장하며 전자의 입장과 대립되는 극단적 입장을 보이고 있다. 최근에는 이러한 양극단의 이론들을 연결시키며 경계 가로지기를 시도하려는 연구들도 등장하고 있다. 그런데 경계에 대한 지대한 관심에도 불구하고 정작 경계이론을 확립하거나 경계이론의 정신사적 발전을 재구성하려는 시도는 벨쉬(Welsch, 1996, 1997)와 같은 소수의 이론가들에게만 나타날 뿐이다.

급문학만이 진정한 문학으로 제한되고 통속문학은 문학의 영역에서 배제되기도 한다. 하지만 이 또한 최근에는 고급·통속문학의 이분법적 평가기준 대신 보다 다원적인 가치평가의 척도가 도입되면서 이러한 경계구분은 지양되고 있는 실정이다. 한편 문학사적으로는 유미주의자들이 문학을 다른 담론형식들과 구분되는, 좁은 의미에서의 미학적 텍스트로 이해한 반면, 아방가르드 예술에서는 문학을 현실텍스트와 구분하지 않고 그 경계를 모호하게 함으로써 문학을 지나치게 광범위하게 이해하는 등 서로 극단적으로 대립되는 문학 개념들이 제시되기도 하였다. 이렇듯 문학 개념은 그것이 사용되는 영역과 역사적 맥락에 따라 상이하게 정의되었고, 그로 인해 특정한 개념으로 정의될 수 없는 경계의 변천과정을 보여 준다. 이러한 경향은 문학텍스트가 다른 매체와 상호 교통하면서 상호 매체성을 드러낼 때 더욱 심화된다.[152] 그러나 다른 한편으로는 이러한 개념의 변천에도 불구하고 문학의 다양한 정의 사이에는 각각 중첩되는 의미요소가 있어 어느 정도 정합성이 유지될 수 있다. 이에 따라 문학이라는 개념은 앞으로도 다양한 의미요소를 포용하는 개방적인 형태로 그 개념 자체를 포기하지 않은 채 계속 사용될 수 있을 것이다.[153] 심미적인 것에 대한 단일하고 근본적인 개념을 부

---

152) Vgl. Rajewsky, Irina O.: Intermedialität. Tübingen 2002. S. 69.

153) 물론 이러한 시도는 경계의 확장으로 이어져 궁극적으로 문화학과의 접점을 찾는 작업이 될 것이다. 지금까지 경계문제에 대한 학문적 접근은 체계적인 이론적 접근보다 제 실천분야에서 개별적으로 경계문제를 다루는 방식으로 이루어져 왔다. 예를 들면 문화연구 일반의 차원에서는 사이보그의 등장과 함께 대두되는

여하거나 규정하려는 것은, 또는 일관된 통일성의 잣대로 경계를 지우는 것은 '우리의 포스트 모던한 현대[벨쉬(Wolfgang Welsch)의 견해에 따르자면][154]에는 적합한 것이 아닐 수도 있다. 근대적 삶이 지닌 정체성 위기는 심미화의 과정에 있어서도 다양성과 복잡성에 대한 논의로 전개되었다.[155]

새로이 변화된 세상을 서술 가능하게 하는 일관성이 더 이상 존재하지 않는다는 합의가 줄곧(미적 모더니즘과 포스트모더니즘을 막론하고) 20세기의 지배적 화두를 형성하였다면, 현대의 심미성이 지닌 문제성의 근원을 우리는 '유사성(Ähnlichkeit)' 논의와 연관 속에서 해명할 수 있을 것이다.[156]

2. 포스트모더니즘과 문학
— 동질성의 상실과 경계의 확장

현실의 서술 가능성을 담보하는 동질성의 부재는 리얼리즘 ·

몸의 경계, 성적인 정체성과 관련된 경계문제 등이 활발히 연구되고 있고, 예술적인 차원에서는 예술매체 간의 상호 매체성 문제나 예술(문학)과 현실 간의 관계 문제 등이 연구되고 있다.

154) *Sieh*, Welsch, Wolfgang: Unsere postmoderne Moderne. Berlin 1997.

155) Welsch, Wolfgang: Grenzgänge der Ästhetik. Stuttgart 1996. S. 21f.

156) Vgl. Mattenklott, Gert u.a.: Ästhetik der Ähnlichkeit. Zur Poetik und Kunstphilosophie der Moderne. Hamburg 2001.

(포스트)모더니즘 문학논쟁의 중심적 화두였다. 우선 리얼리즘에서 모더니즘으로의 이행은 두 가지 문제의식으로 특징지을 수 있다. 서술적 형식의 거부가 한 측면이고, 역사적 현실의 묘사에 대한 관심의 상실이 다른 한 측면이다.[157] 서술을 가능하게 하기 위해 작가는 실재 사건의 반영을 통해서거나, 아니면 현실에 대한 환상에 기대어 자신의 '픽션'을 만들어 나간다. 이러한 화자의 존재기반은 아도르노의 말을 빌리자면 '경험의 정체성'이다.[158] 역설적으로 근대화의 과정에서 상실된 경험의 동질성에 대한 강조는 '소설의 형식이 이야기하기를 요구하지만, 더 이상 어느 무엇도 이야기하지 못하는' 현대의 서사가들이 지니는 어려움을 상징적으로 나타내고 있다. 이런 의미에서 시민 사회의 특수한 문학적 형식으로서의 소설에는 리얼리즘이 내재화되어 있다. 근대의 잘 통제되고 규격화된 사회는 개별자들에게 어떤 특별한 이야깃거리를 제공하지 못하는 것일까? 이러한 '서사적 순박성(epische Naivität)'의 상실[159]이라는 위기 상황을 극복하는 방편으로 제시되는 '실존적 삶의 예술적인 성취'와 '올바른 삶'의 가능성에 대한 문제의식[160]은 '회상(Eingedenken)'[161]의 범

---

157) Vgl. Nagl-Docekal, Herta(Hrsg.): Der Sinn der Historischen. Frankfurt 1996; Wellek, Rene: Grundbegriff der Literaturkritik. Stuttgart 1965, S. 180~182.

158) Adorno, Theodor W.: Noten zur Literatur. Frankfurt/M. 1991 S. 42.

159) Vgl. Adorno(1991), S. 34~40.

160) Vgl. Adorno, W. Theodor: Minima Moralia. Frankfurt/M. 1994, S. 7~8.

161) Vgl. Horkheimer, Max/Adorno, Theodor W.: Dialektik der Aufklärung. Frankfurt 1988, S. 47 u. S. 87.

주에서 잘 드러난다.

주체의 해체에 기인한 경험의 동질성 상실이 자아내는 결과
는 현대 문학의 특성을 파라독스적이게 하고도 남음이 있다. 새
로이 경험의 동질성을 확보하려는 시도는 자칫 현실에 대한 또
하나의 환상을 낳을 수도 있을 것이다. 현실에 대한 진리를 이
야기하는 것 자체가 허구적인 자기 지시성을 의미하는 것일 수
도 있다. 문학적 진리는 규명해야 할 사회적 현실, 또는 이미 경
험한 내적인 체험의 세계에서 찾아지는 것이 아니라, (광의의 의
미에서) 텍스트에 드러나는 것은 아닐까?[162] 예술 작품을 어차
피 있는 그대로의 사실 나열 이상의 그 무엇[163]이라고 본다면
여기에 모더니즘의 '메타-설화'의 실현 가능성이 자리매김하
고 있는 것이지 않는가 싶다.

포스트모더니즘을 어떻게 이해해야 할지, 과연 모더니즘 문
학과 포스트모더니즘을 구분 지을 수 있는지 하는 문제는 모더
니즘의 시작을 언제로 할 것인가 하는 문제만큼 의견이 분분하
다. '유럽의 아방가르드운동의 때늦은 수용'이라 폄하되는 50년
대 말과 60년대 미국에서 포스트모더니즘 출현은 앵글로색슨적
'고급' 모더니즘 예술에 반기를 듦으로써 그 당시 처음으로 정
치적·사회적인 의미성을 획득한 바 있다. 주지하다시피 자율성
의 미학, 추상성에 대한 강조와 같은 형식성에 대한 과도한 강
조로 인해 실재적 삶과는 거리가 멀어진 제도권 예술과 예술 교

---

162) Vgl. Mattenklott, Gert: Blindgänger. Frankfurt/M. 1986, S. 165.
163) Vgl. Adorno, Theodor W.: Ästhetische Theorie. Frankfurt/M. 1992, S. 200 f.

육에 대한 반발에서 포스트모더니즘 문학은 출발한다. 무엇보다 엘리엇(T. S. Eliot) 등의 '이미 고전이 되어 버린' 모더니즘 문학에서 더 이상 어떤 혁신성을 기대할 수 없다는 공감에서 하우(Irving Howe)와 레빈(Harry Levin) 등은 '모더니즘 이후의' 문학을 주창한 바 있다.[164] 다른 한편에서는 피들러(Leslie A. Fiedler) 등에서 보이는 바와 같이 반모더니즘적이며, 미래지향적・개방적인 대중문학 내지는 팝아트에 대한 기대감이 소위 포스트모더니즘 운동의 한 축을 형성한다. 이와 궤를 같이하여 대중문학과 순수・고급문학의 차별성이 점차 그 의미를 상실한다는 취지에서 손탁(Susan Sontag)은 '세상을 빈곤하게 만드는' 해석학 대신에 팝아트 시대에 적합한 '새로운 감수성'[165]을 주장하기도 한다. 예술과 삶의 '간극을 메우고, 경계를 허물려는' 이러한 시도에서 아방가르드적 문학운동이 지녔던 문제의식과의 유사성을 발견하기도 하지만,[166] 팝아트문화에 대한 숭배는 결국 지배적인 소비대중 사회의 지배논리에 알게 모르게 순응하는 것을 의미하는 것은 아닐까 싶다.

포스트모더니즘의 초기 개념정의에 따르면, 문학(예술)은 그 자율성을 포기하여야 하고, 점차 엘리트주의적 성격을 버려야 하며, 문화적 가치체계는 점차 위계질서 없는 다양성을 지녀야

---

164) Vgl. Howe, Irving: Mass-Society and Postmodern Fiction In: Partisan Review XXVI, 1959, S. 420~436. Levin, Harry: What was modernism? In: Massachusetts Review, 1960, S. 609~630.

165) Vgl. Sontag, Susan: Kunst und Antikunst. Frankfurt/M. 1988 S. 352 f.

166) Vgl. Bürger, Christa und Peter: Postmoderne. Frankfurt/M. 1988, S. 11.

한다. 대중문화의 형식들이 의식적으로 차용되고, 주체의 해체에 근거한 파편화, 다양화, 서사의 불가능성이 중심개념이 된다. 이런 식의 포스트모더니즘 개념이 모더니즘 전통과 과연 차별성을 지니는 것일까? '포스트-모더니즘적' 조류들을 역사적 아방가르드 운동에 연관 짓는다면, 이는 아방가르드 운동이 예술과 삶의 간극을 극복하여 모더니즘의 타부를 깨려는 시도라는 이해에서 출발한다. 그러나 모더니즘 내부에는 예술의 자율성에 대한 강조로 특징지어지는 협의의 모더니즘뿐 아니라, 예술을 통한 삶의 변화를 추구하는 아방가르드 운동이 있다.167) 이러한 모더니즘과 아방가르드의 개념정의에 따른다면, 포스트모더니즘이 모더니즘적 혁신성의 고갈과 모더니즘의 종말을 이야기한다면, 이는 단지 '특정' 모더니즘 개념의 역사화를 의미하는 것이 된다. 만일 이와는 달리 '역사적 아방가르드 운동의 때늦은 수용'이라는 개념을 통해 포스트모더니즘으로 통칭되는 새로운 현상을 이해하려 한다면, 역사적 아방가르드운동이 겪었던 '좌절'에 직면하게 될 것이다.

아방가르드운동이 지닌 잠재력과 문제의식은 단지 그 사회 내의 변화에 대한 열망이 전제될 때에만 지속될 수 있기 때문이다. 많은 이론가들이 생각하는 것처럼 일상적인 심미화의 과정은 예술의 아방가르드적 장르확장과 탈경계화 프로그램을 선취하는 것이 중요하지 않다.168) 예술 개념의 확장과 탈경계를 옹

---

167) Bürger, Peter: Ende der Avantgarde? In: Die Neue Rundschau Jg. 106(1995) H. 4. S. 23.

호한 보이스(Joseph Beuys)와 케이지(John Cage) 등의 견해와 달리 글로벌한 시대에 전개되는 일상의 심미화 과정은 상품과 포장, 존재와 가상, 하드웨어와 소프트웨어의 위치교환이라는 일대기적 전환과, 심미적인 광고 전략들이 사회주도적인 재화로 성장해 가는 과정을 경험하고 있다.[169) 우리 '경험세계'의 심미화 과정, 즉 객관적 세계의 기술적 규정과 사회적 세계의 매개적 연결이라는 관점에서 심미적인 것은 '버츄얼한 것'이라는 의미를 지닌다. 의식의 심미화는 결국 우리가 의식의 전제가 되는 토대들(Fundamente)을 더 이상 바라보지 못하고, 현실을 우리가 이전에는 단지 예술의 산물로만 이해하였던 표현양식(Verfassung)으로만 받아들이게 된다는 것을 의미한다. 이렇다면 '심미적'이라는 표현의 문법 속에는 다의성과 가상성을 전제하는 의미론적 다원주의를 내포하고 있다고 보아야 하지 않을까? 왜냐하면 우리가 심미적이라고 부르는 것들이 한 가지 공통적인 단어로 설명되지 않고 서로 아주 다양한 방식으로 닮아 있는 것(유사함)이라고 볼 수 있을 것이기 때문이다.

---

168) Welsch, Wolfgang: Grenzgänge der Ästhetik. Stuttgart 1996. S. 12.
169) 벨쉬에 따르면, 표면적인 측면에서 보면 객관적이고 주관적인 현실에서 심미적 요소들은 증가한다. 건물의 전면들은 귀여워졌고, 상점은 활성화되었다. 사람들의 코는 완벽해졌으며 이러한 심미화의 과정은 심층적인 것으로까지 이른다. 심미화는 현실 그 자체가 지니는 근본적 구조와 관계한다. Vgl. Welsch, Wolfgang: Grenzgänge der Ästhetik. Stuttgart 1996. S. 22.

3. 포스트모더니즘의 심미성과 경계 넘기의 '망설임'

주체의 중심적 역할에 대한 회의와 진리의 인식 가능성에 대한 부정으로 특징지어지는 포스트모더니즘적 사유는 낭만주의에서 출발하여 보들레르를 거쳐 아방가르드 운동에 이르는 미적 모더니즘과 많은 부분 '유사성'을 지닌다. '중심의 상실(Verlust der Mitte)'이라는 메타포만큼 '포스트 모던한 현대사회'의 방향성 상실을 견주어 이야기하기에 적절한 표현도 드물 성싶다. 구심점의 상실은 한 사회의 동질성에 대한 물음 자체를 불가능하게 하고, 경계의 해체와 개방을 의미한다. 더 나아가 계몽주의 이래로 그려 온 우리네의 자화상은 언제인가부터 빛바랜 낯선 왜곡된 형상만을 보여 주고 있다. 파편화된 감각적 세계의 경계를 넘어서는 총체적인 세계 인식에 도달하려는 시도들은 새삼스레 덧없어 보인다.

모더니즘과 포스트모더니즘적 시각의 차이는 모더니즘이 총체성의 상실을 멜랑콜리한 시선으로 애석하게 바라보는 반면에, 포스트모더니즘에서는 통일성의 상실을 애달파하기보다는 오히려 이러한 다양성을 긍정적으로 바라보는 데서 극명하게 드러난다.[170] 리요타르(Jean-Francois Lyotard)의 모더니즘적 '메타-설화'에 대한 언급은 시·공간적 통일성에 대한 포스트모더니

---

170) Vgl. Welsch, Wolfgang: Unsere postmoderne Moderne. Berlin 1993, S. 175 ff.

즘적 사유가 갖는 불신을 극명하게 보여 준다. 이에 대한 하버
마스(Jürgen Habermas)의 비판의 핵심은 포스트모더니즘적 사유
를 계몽주의적 전통과 대립시키는 것이다. 반면에 벨머(Albrecht
Wellmer)에게 있어서 포스트모더니즘은 더 이상 모더니즘과 대
립적인 개념이 아니고, 모더니즘의 미래 지향적인 전환형태로 받
아들여진다.171)

　　다른 한편 포스트모더니즘 논의에서 주체의 해체는 (후기)구
조주의적 단초들과 연관성을 지닌다. 바르트(Roland Barthes)와 푸
코(Michel Foulcault)의 경우에서 나타나는 작가와 주체의 죽음이
라는 테제는 작가의 집필행위를 규칙게임이라고 주장하는 데에
까지 나아간다. 사회체제가 개인에게 끼치는 강압적인 우위성에
대한 고려가 전혀 없는 상태에서 이뤄지는 주체의 해체는 포스
트모더니즘의 작가들에게는 '상호텍스트성'에 대한 강조로 나
아가게 된다. 에코(Umberto Eco)는 글쓰기 행위를 통해 세계를
단순히 반영하는 것뿐만 아니라, 창조해야 한다고 주장함으로
써172) 규칙게임(Regelspiel)으로써 포스트모더니즘적 텍스트 읽
기의 특성을 말하고 있다. 포스트모더니즘 문학의 시초로 여겨
지는 에코의 소설 속에 엉켜 있는 실들을 쫓아서 끝없는 미로와
같은 도서관을 거니는 행위가 보여 주는 것은 시작도 끝도 존재
하지 않는 상호 텍스트적인 서술형식이 더 이상 진리에 대한 문

---

171) Vgl. Wellmer, Albrecht: Zur Dialektik von Moderne und Postmodrne.
　　　Frankfurt/M. 1990. S. 115~134.

172) Vgl. Eco, Umberto: Nachschriften zum "Namen der Rose". München
　　　1986. S. 31f.

학적 의무감에 아랑곳하지 않는 것을 보여 주고 있다. 그러나 미로의 세트장 뒷면에서 느끼는 의미의 공허함이 자칫 이런 문학관이 지닌 위험성이 아닐까 하는 비판도 벗어나기 어렵다.

경계의 장벽을 세워 경계 간의 연결을 막는 입장, 또 경계의 완전한 해체를 시도하는 프랑스 철학자들의 급진적인 입장, 이 양자의 협소함과 급진성을 벗어날 수 있는 새로운 대안으로 경계 가로지르기의 이론을 들 수 있다. 물론 여기서 경계 가로지르기는 하버마스에게서 보이는 것과 같은, 초월적인 보편적 이성의 억압적 간섭과는 다른 성격을 지니고 있다. 가로지르기 이성의 뿌리는 후기 비트겐슈타인의 철학에서 찾아볼 수 있다. 비트겐슈타인은 말의 의미가 절대적으로 규정되어 있는 것이 아니라, 그것이 사용되는 방식에 의해 규정되는 것임을 강조한다. 그는 후기저작 『철학적 탐구(Philosophische Untersuchungen)』[173] 에서 이러한 생각에 기초하여 언어게임(Sprachspiel)이론과 가족유사성(Familienähnlichkeit) 개념을 발전시킨다. 그에 따르면 언어는 사용문맥에 따라 사용규칙이 달라지며 이에 따라 사용의미도 변화한다. 따라서 모든 언어게임에 공통으로 적용될 수 있는 규칙이란 존재하지 않으며 단지 각각의 언어게임이 그 나름의 규칙을 갖고 있을 뿐이다. 비트겐슈타인은 다양한 언어게임에 공통적으로 적용될 수 있는 하나의 의미요소를 찾는 대신, 각각의 언어게임들 간에 부분적으로 서로 중첩되고 교차되는 유사

---

173) Wittgenstein, Ludwig: Tractatus logico-philosophicus. Tagebücher 1914-1916. Philosophische Untersuchungen. Frankfurt M. 1984.

성, 즉 가족유사성에 주목할 것을 요구한다. 비트겐슈타인은 마치 가족의 구성원들이 제각기 다른 특성을 지녔지만 가족 간에는 모종의 유사성이 존재하듯이, 언어게임에도 이에 비유될 수 있는 유사성이 존재한다고 보았다. 즉 개별 언어게임들의 규칙은 하나의 특정한 공통분모를 지니고 있지는 않지만, 서로 중첩되고 교차하는 유사성을 보인다는 것인데, 비트겐슈타인은 이것을 가족유사성이라고 부른다.

이러한 비트겐슈타인의 가족유사성 개념은 벨쉬의 경계 가로지르기 이성(Transversale Vernunft) 개념에 의해 이론적으로 보다 보완되고 확장된다. 그는 『우리의 포스트모던적 현대(Unsere postmoderne Moderne)』[174]에서 포스트모더니즘의 근본 특징이 일원성과 다원성 사이를 넘나드는 경계 가로지르기에 있다고 말한다. 이 개념에 기초하여 그는 세계를 어느 한 관점으로 해석하며 다른 해석의 가능성을 배제하는 억압적 담론을 비판하고 이를 통해 차이와 다원성을 인정한다. 하지만 다른 한편으로는 각각의 상이한 담론들이 서로 고립적으로 병존하며 자신의 정당성을 입증하려 하지 않는 무관심 내지 무차별의 상태에 빠지지 않도록 이들을 상호 연결시키고자 노력한다. 이러한 가로지르기 이성의 실천에 의해 현실의 다원성은 무차별적인 것으로 변하지 않으며, 복잡한 연관관계 속에서 개별담론들이나 합리성들은 고유의 특성과 차이를 보존할 수 있게 된다.[175]

---

174) Welsch, Wolfgang: Unsere postmoderne Moderne. Berlin 1997.
175) Vgl. Mattenklott(2001), S. 7.

다른 한편 주지하다시피 근대에
이르기까지 서구의 전통에서 미학
은 윤리학의 발밑에 놓여 있었다.
모던한 시대에 이르러서는 이러한
미학·윤리학의 대립은 다른 양상
을 띤다. 모더니즘 미학의 핵심어
인 자율성은 도덕적으로 규정된 것
으로부터 심미성의 해방을 낳고 있
다. 특정한 지각 전형성 또는 예술

〈그림 4-1〉

적 패러다임에 대한 선호는 단지 심미적 결정일 뿐만 아니라 비
심미적 결정이기도 하다. 이는 각각 다른 지각성을 배척한다. 다
양한 감각지각성이 문화적으로 표출되고 있는 현대 예술에서는
미학과 반미학의 결합과 그 변증법이 고려되어야 한다. 반성적
미학은 심미적 패러다임들의 특수성뿐만 아니라 그 패러다임
각각의 맹목성에 대해서도 예민해진 것이다. 노발리스, 보들레
르, 발레리, 브레히트와 벤야민 등의 예술철학과 시학에서는 이
미 다양한 형태의 유사성 사고가 존재한다.[176] 이러한 유사성의
사고는 대상과 예술작품 사이의 전통적인 상관관계의 틀을 넘
어서 개별 요소들 간의 상호 유추(Analogie)를 통해서 정체성과
차별성의 경계를 해체하고, 서구의(패러다임으로서의) 이성중심
주의를 극복하려는 시도였다.[177]

---

176) Vgl. Turk, Horst: Philologische Grenzgänge. Zum Cultural turn in der
    Literatur. Würzburg 2003.

4. 결론을 대신하며

　포스트모더니즘은 현실에 묘사 불가능한 것이 존재한다는 것을 강조하고 이를 받아들일 것을 강요한다.[178] 반면에 체계적인 개념으로서의 포스트모더니즘은 모더니즘과 여러 분야에서 공통적인 문학적 현상(유사성)을 지니고 있고, 확연하게 모더니즘적 전통으로부터 구분 짓는 것은 문학사적으로 많은 모순점만을 드러내는 시도일지 모른다.[179] 차라리 다시금 문학적 형식 내부에서 일어나는 구조적 변화를 염두에 둔 창조적 주체와 현실 사이의 관계 설정과 자리매김이 관건이 되어야 할 것이다. 아도르노와 벤야민에게서 보이는 경험의 상실에 대한 문제의식은 고대 서사문학과 현대 소설 사이의 역사철학적 차별성에 대한 강조를 통해 자신의 '소설' 이론을 서술한 루카치(György Lukács)의 문제의식과 연관성을 지닌다. 소설을 선험적 '고향상실', 즉 되돌아갈 집이 없는('Homeless') 오디세이의 현대적 형식으로 보았던 그에게 소설은 삶의 의미에 대한 추구를 중심으로 움직이고 있기 때문이다. 다시금 처음의 논지로 돌아가서 보자면,

---

177) Foucault, Michel: Die Ordnung der Dinge. Frankfurt/M. 1974. S. 46.

178) Vgl. Lyotard, J. F.: Beantwortung der Frage: Was ist Postmoderne? In: Engelmann, Peter(Hrsg.) Postmoderne und Dekonstruktion. Stuttgart 1990. S. 33~48. hier S.47.

179) Vgl. Mattenklott, Gert: Postwendend. Eine Retourkutsche an die Verfechter der Moderne. In: Guggenberger, Bernd(Hrsg.): Postmoderne oder Das Ende des Suchens? Egginen 1992. S. 127~139. hier S. 134.

'그라운드 제로(Ground Zero)'라는 화두로 시작된 21세기의 '역사 철학적' 상황은 '우리의 포스트 모던한 현대'의 슈퍼히어로들에게도 지향점의 상실을 의미한다(<그림 4 - 1> 참조).

현대의 심미적 상황은 버츄얼한 실재(Virtuelle Realität)와 현실(reale Realität)이 어떻게 서로 영향을 주고받는가 하는 문제를 묻고 있다. 사이버공간과 현실과의 상호작용은 자연성과 인공성의 반성적 논의를 치환시켜 이야기될 수 있을까? '사멸할 위험에 처해 있던 구텐베르크은하계'가 아직도 건재함을 바라본다면, 그럼에도 변화된 매체 공간 내에서 새로운 유의미성을 생산하고 있다는 점을 주시한다면 우리의 시대를 '개념화'하고 '파악'하려는 시도는 과거와의 단절이나 역사의 반복이 아니라 시간의 경계 가로지르기와 다름 아니다. 창조적 기억으로서 소설가의 '회상'과 이야기꾼이 지닌 '기억'의 관계는 경험과 체험의 연관성을 해명하는 데서 드러날 뿐만 아니라, 문학적 주체의 역사적 자기 성찰에 대한 요구에서 더욱 명백해질 것이다.

'아날로그 글쓰기와 디지털 저자'

– 무성영화에서 유성영화로의
이행기 시나리오 발전을 중심으로 –

여왕의 딸이시여…… 어느 날 제비 두 마리가 틴타겔로 날아
왔는데 당신의 빛나는 황금빛 머리카락을 물고 있었다오 난 그
머리카락이 내게 행운과 평화를 가져다줄 것이라고 믿게 되었고
그래서 바다 건너 당신을 만나러 이곳까지 왔다오 무서운 용에
맞서고 온몸에 퍼지는 독을 극복할 용기도 그 때문에 가능했다
오 내 코트를 봐요 금색 실 사이로 당신의 머리카락을 수놓았
소 금실은 이미 바랬지만 당신의 빛나는 머리카락은 여전히 빛
나고 있다오

– 『Tristan』

1. 아날로그 저자와 시나리오 '문학'

　문학사는 다양한 매체 형식의 서사적 혁신의 역사로 이해할 수 있다. 물론 이러한 서사적 혁신의 저변에는 인간 지각의 종류와 방식이 급격한 변화를 겪고 있다는 현실 인식이 깔려 있음은 주지의 사실이다.[180] 서구 문학사에서 보자면 18세기에 이르러 소설은 서사 기법상의 혁신을 통해서 전통적인 서사 장르들을 제치고 가장 인기 있는 문학 형식으로 자리 잡았다. 뿐만 아니라 이후 새로이 등장한 사진은 회화를 위시한 여러 예술 분야에 새로운 시야를 제공하였다.[181] 무엇보다도 20세기 초반에 이루어진 영화의 발전은 전통적인 문학 영역, 특히 연극 무대에서는 볼 수 없었던 '이차적인 환상성'[182]을 낳고 있다. 이제 우리가 '문학'을 이야기한다고 할 때는 더 이상 텍스트 중심의 문헌학적 전통에만 머무르지 않는다.[183] 뉴미디어의 발명과 디지털 기술의 발전은 21세기 새로운 문화 지형도를 예고하고 있다. 이미 우리는 14세기의 인쇄 활자나 19세기의 사진 기술이 당대의

---

180) *Benjamin, Walter: Gesammelte Schriften.* Bd. I - 2. Frankfurt/M. 1991. S. 478.

181) Vgl. *Wagner, Birgit: Technik und Literatur im Zeitalter der Avantgarden.* München 1996. S. 29.

182) *Benjamin, Walter: Gesammelte Schriften.* Bd. I - 2. Frankfurt/M. 1991. S. 495.

183) 실례로 많은 문학입문서들에서 전통적인 산문, 서정시, 드라마의 3장르와 더불어 영화를 4번째 장르로 소개하고 있다. Vgl. *Klarer, Mario: Einführung in die neuere Literaturwissenschaft.* Darmstadt 1999. S. 86f.

사회와 문화에 혁명적인 충격을 주었던 것처럼, 모든 문화가 컴퓨터를 매체로 하는 생산, 배포, 의사소통의 형태로 바뀌고 있음을 체험하고 있다.[184] '문학'은 이미 오래전부터 더 이상 '활자로 구성된 텍스트'만을 의미하지 않고 '멀티미디어에 기반하고 디지털화된 네트워킹'[185]의 심미화 과정을 염두에 두고 있으며, 현대의 문학 행위들은 상호 매체적 역동성에 많은 부분 빚지고 있다. 그럼에도 불구하고—영화와 문학의 상관관계에 대한 상호 매체성을 기반으로 한 연구나 서사학적 관심에도 불구하고—'예술적 영감과 장인적 기법' 사이에서 부유하고 있는 '시나리오 문학'과 새로운 영상 매체들을 위한 글쓰기 행위는 전통적인 문학연구에서는 그 '실용성'으로 인해 집중적인 조명을 받지 못했다. 다만 컴퓨터로 글쓰기를 하게 되면서 전통적인 아날로그적 인쇄와 다른 물질적 처리 과정을 겪고 경험하고 있는 우리에게 매체의 변화는 저자와 독자, 담화의 주체와 대상, 텍스트, 이미지, 소리를 포함하는 모든 형태의 문화적 교환행위를 새롭게 조명하는 데 매우 중요하다. 19세기에 이미 언어의 물질성에 대한 논의[186]가 이뤄지고 있지만, 인쇄기술이 낳은 매체사적 변화

---

184) 레프 마노비치: 뉴미디어의 언어. 생각의 나무 2004. 61쪽 이하 참조.

185) Vgl. Mikle D. Ledgerwood, "The Semiotics of Cyberspace: Part One, Persona", in: Ernest W. B. Hess-Lüttich, Jürgen E. Müller & Aart van Zoest(Hrsg.), *Signs & Space. Raum & Zeichen*, Tübingen 1998, S. 275~289.

186) 가령 마르크스는 『독일이데올로기』에서 언어가 그 무엇인가에 의해서 만들어지고 아무것도 아닌 것에 의해서 만들어진 것이 아니라고 주장한다.
Weit entfernt, daß ich "aus dem Nichts" mich z. B. als "Sprechenden" erschüfe, ist das Nichts, was hier zugrunde liegt, ein sehr mannigfaltiges

에 주목하기 시작한 것은 19세기 말에 타자기의 도입 이후 일이다. 인쇄는 쓰기의 재생산을 용이하게 했으며, 인쇄는 공간적으로 텍스트를 유포시키는 데 가능하게 함으로써 쓰기의 민주화를 낳았다. 그러나 인쇄는 여전히 전통적인 쓰기의 형식이 갖는 물질적 속박을 그대로 지닌다. 구텐베르크에서 현대의 자동화된 설비에 이르기까지, 언어의 흔적을 고정시키는 기술적 유형이 무엇이든지 간에, 인쇄는 철저하게 시공간의 제약을 받는 속성을 벗어날 수 없다. 인쇄와 함께 언어가 말과 필사로부터 벗어났지만 동시에 그것이 속하는 물질에 단단히 묶이게 되었다. 이러한 인쇄문화에서는 독자들이 보는 모든 인쇄본은 같은 것이어야 하며, 특히 같은 판본일 경우 차이가 있으면 안 된다. 그리고 책의 '저자'가 쓴 것과 독자가 읽는 것이 동일해야 한다는 신뢰감이 있어야 한다. 이것이 '아날로그적'인 인쇄문화에서 작가성의 근간이 되는 것이라 할 것이다. 19세기에 이르러 인문학의 학문분과들이 제도 속으로 편입되는 과정에서 아날로그 저자는 문화상품에 대한 지배력을 상실하고, 저작권의 이름으로 20세기 내내 부는 정보로 정의되고 저작권은 이를 지키는 힘으로 나타난다. 아날로그 시대의 작가는 반응하지 않는 독자들을 상대로 인쇄된 페이지에 단단히 고정된 채 말하는 반면에 컴퓨터로 대

Etwas, das wirkliche Individuum, seine Sprachorgane, eine bestimmte Stufe der physischen Entwicklung, vorhandene Sprache und Dialekte, hörende Ohren und eine menschliche Umgebung, die etwas zu hören gibt, etc. etc. Es wird also bei der Ausbildung einer Eigenschaft Etwas von Etwas durch Etwas geschaffen, und keineswegs, wie in der Hegelschen Logik, von Nichts durch Nichts zu Nichts gekommen.

변되는 디지털 글쓰기의 저자들은 다른 공간에서 이야기한다. 텍스트의 이동과 수정이 용이한 디지털 세계에서 아날로그 저자의 공간적 안정성이 침식되어 나타난다. 심지어 어렵사리 저작권의 이름으로 유지되는 저자·텍스트의 수평적 관계 역시 단절될 위기에 놓여 있다. 담론의 공간에서 "과연 누가 말하든지 그게 무슨 문제이냐"라는 푸코의 질문이 전통적인 문학의 영역에서 막대한 파장의 쓰나미를 몰아오기 반세기 이전에 텍스트의 작가성(Autorschaft)에 대한 문제의식은 당시의 새로운 매체인 영화를 위한 글쓰기, 즉 시나리오 작가의 작가성에 대한 고찰에서 해명될 수 있다. 이 글에서는 20세기 영화의 발전과 함께 새로이 출현한 '시나리오 문학'의 매체사적 의미와 문학의 작가성 문제를, 무성영화에서 유성영화로의 이행기에 대두된 문제의식들을 중심으로 살펴보고자 한다.

2. 영화의 '작가'는 누구인가

 '시나리오 문학'의 역사는 영화산업 내에서 차지하는 시나리오 작가의 위상과 결부되어 이야기될 수 있다. 전통적인 문학사에서 차지하는 극작가의 드라마에 대한 위상에 비하자면 시나리오 작가의 영화에 대한 입장은 무척 미미하다. 기존의 영화사 연구에서 보자면 연출이나 촬영, 연기의 측면에 비해서 시나리오 분야에 대한 연구는 미진한 편이다.[187] 드라마의 작가는 누구인가라는 질문은 너무나 당연한 대답은 얻게 될 것이나, 영화의 작가는 누구인가라는 질문은 상이한 문제의식을 전제한다. 트뤼포(François Truffaut)에 의해 비롯된 '작가주의' 이론은 맥키(Robert McKee)와 같은 시나리오 이론가들에게는 영화제작에서 차지하는 시나리오 작가의 위상이 평가 절하되는 결정적인 요인으로 여겨진다.[188] 작가주의 이론의 미국 내 수용과 세계적인 전파는 영화사의 올바른 이해를 저해하였고 영화제작 과정에서 극작가의 중요성이 훼손되었다는 견해[189]는 심지어 영화 관객, 비평가, 영화 제작자 간의 암묵적인 합의에 의해서 영화의 작품성에 대한 시나리오 작가의 몫을 찬탈하였다는 논의[190] 등과 같은 다양한 스펙트럼하에서, 오랫동안 잊혀 있던 시나리오 작가의 위상을 복권하려는 노력이 일고 있다.[191] 그럼에도 간단히 영화의 작가가 누구인가라는 질문은 우문에 불과할 것이다. 물론 감독의 역할이 가장 중요하다고 할 것이지만, 한 편의 영화를 제작하고, 촬영하고, 편집하는 스태프들 간의 상호 의존성을 무시하고 그들 중에서 한 명을 골라 영화의 '작가'라고 지칭하는

187) Koebner, Thomas(Hrsg.): Reclams Sachlexikon des Films. Stuttgart 2002. S. 133.
188) Vgl. McKee, Robert: Story. Berlin 1998.
189) Stempel, Tom: Framework. New York 2000. S. 192.
190) Beier, Lars-Olav/Gerhard Midding: Teamwork in der Traumfabrik. Berlin 1993. S. 9.
191) Eick, Dennis: Drehbuchtheorien. Konstanz 2006. S. 27.

것은 어불성설인 것이다.[192]

초창기의 영화에는 대본이
존재하지 않았다. 촬영 시간
에 기껏 2~3분에 지나지 않
게 짧고, 스토리보다는 인물
들의 짧은 모션동작으로 이
뤄진 즉흥적인 촬영이 일반

〈그림 4-2〉 미국 소방수의 생활, 1903

화되었기 때문이다. 기껏해야 카메라맨이 촬영을 위해 기록한
몇 장의 메모가 전부였다.[193] 이 시기의 촬영기사 또는 감독들은
자신이 찍어야 할 내용들의 사전 계획보다는 매번 촬영지에서 즉
흥적인 슈팅을 선호했다. 등장인물이나 촬영된 대상들의 움직임
들이 하나의 일관된 스토리를 구성하고 일관된 이야기를 보여 줄
수 있는 최초의 영화로는 1903년 제작된 <미국 소방수의 생활>(Edwin
S. Porter, 1903)을 들 수 있다.

그러나 7분짜리 이 영화에서 역시 카메라맨이 '보스'였으며,
무엇을 어떻게 어디에서 찍을 것인지를 필요에 따라서 즉흥적
으로 결정했다고 한다. 이런 식의 소위 '애드리브' 제작과정이 지닌
비효율성은 매체 기술의 발전에 따라서 촬영 분량이 점차 길어지면서
[1릴(10~15분)에서 4~8릴] 촬영물의 아웃라인이 점차 복잡해지
고 촬영 작업을 조직화하고 스토리를 미리 결정해야 할 '작가'

---

192) Howard, David/Edward Mabley: Drehbuchhandwerk: Techniken und
Grundlagen mit Analysen erfolgreicher Filme Emons 1995. S. 32.

193) Beranger, Clara: Writing for the Screen. Iowa 1950. S. 13.

〈그림 4-3〉 재즈 싱어, **1927**

의 필요성이 대두되었다. 그러나 1908년경까지 이러한 작가의 역할은 아이디어 제공자 내지는 시놉시스 제작자의 역할 정도로 국한되었으며,[194] 자막의 처리 역시 정형화된 틀을 벗어나지 못한 상태였다. 1910년이 지나면서 영화가 갑자기 붐을 이루면서 인물의 성격화, 서브플롯과 같은 요소들이 중요하게 부각되기 시작하였다. 관객들이 너무나 뻔하고, 매번 반복되는 짧은 에피소드들에 너무나도 빨리 싫증을 느끼게 되었기 때문이다. 영화 제작자들과 스튜디오들은 새로운 소재와 스토리의 확보에 혈안이 되고, 심지어 이 시기에 소위 '대본 콘테스트'가 개최되기도 한다.

이 시기에는 서부극의 창시자라고 불리는 인스(Thomas Ince)가 콘티(continuitiy scenario)를 발전시키고, 대본작업, 감독, 편집이라는 영화제작의 3가지 주요 요소를 구분 짓는 영화사에서 획기적인 작업 분배를 실현한다. 뿐만 아니라 이 시기에 스튜디오 제작 방식이 도입되

---

194) 최초로 영화를 위해 고용된 작가는 Roy McCardell(1898)이라고 하며, 매주 10개의 스크립트를 썼다고 하는데, 초창기에는 감독보다 작가의 보수가 2배 높았다고 한다. Vgl. Stempel: 2000, S. 5.

고 탈베르크(Irving Thalberg, MGM 제작자 24-33)는 '팀라이팅 (Teamwriting)' 제도를 도입하게 되어 콘베어 조립공과 같은 시나리오 작가의 작업 분배가 이뤄진다. 이 시기에는 대사만을 전달하는 라이터가 따로 있는 경우가 많고 여러 사람이 협력하여 하나의 각본을 합작하는 작업 형태를 많이 취한다. 시나리오작가의 독립성과 예술성은 무시되고 그저 '꿈의 공장'인 영화제작 스튜디오에 고용된 일꾼으로 여겨진 것이다.

〈표 4-1〉 초창기 시나리오의 발전사

1903~1913	일관된 스토리 부재 시나리오 없이 촬영감독의 즉흥성 스크립트/심리적 행위 반영 불가	〈미국소방수의 생활〉
1914~1928	새로운 작가군: 역할 분화 Subtitle/spoken title Close-up(Griffith)	〈Queen Elisabeth〉, 〈Quo vadis〉
1928~	유성영화/대사를 통한 감정이입 'shoot as written'	〈재즈 싱어〉

영화 대본에 대한 관심이 고조된 가장 커다란 사건은 1927년 〈재즈 싱어〉로 시작된 유성영화 시대의 도래이다. 무성영화에서 자막으로 처리되던 대사가 음성화되면서 자막에 비해 훨씬 많은 대사 작업이 필요하게 된다. 우수한 대사를 언어적으로 구사할 수 있는 작가들을 구하는 일이 영화계의 관건이 되었으며 연극계에서 많은 극작가들을 스카우트하기에 이른다. 무성영화의 경우에는 자막(screen title)의 존재는 시나리오 작가의 가장

유연하고 유용한 수단이었다. 촬영 도중에 빠진 부분이 있거나 경우에 따라서는 장면 전환의 템포나 극적 긴장을 만들어 내는 데 있어서 스크린 타이틀의 존재는 무척 효율적인 수단이었다. 그러나 유성영화의 시대에는 더 이상 자막의 처리로 이뤄질 수 있었던 스크린상의 편집적인 개입은 불가능해진다. 과거 무성영화의 경우에는 단지 한 장의 스크린 타이틀로 가능했던 시간과 공간의 도약은 유성영화의 시대에는 개연성과 시간성에 근거한 극적 요소들의 도입을 통해서만 해명될 수 있었다. 이러한 매체사적 특성이 유성영화시대의 시나리오 작가의 작업 조건을 규정하게 된다. 당대의 시나리오 이론가인 레인(Tamar Lane)은 새로운 시나리오 글쓰기의 조건을 다음과 같이 규정한다(『The new technique of Screen Wrighting(1936)』). 우선 레인은 시간과 공간의 통일성을 염두에 둘 필요가 없다고 주장하면서, 드라마적인 서사형태(대사중심)와 문학적 서사형태(내면상태의 세세한 묘사 중심), 그리고 중간자적인 서사형태를 구분하고 유성영화의 새로이 성장하는 새로운 시나리오문학은 '눈과 귀'에 명확하게 어필하는 중간자적 서사형태를 취해야 한다고 주장한다. 이는 이 시기에 나온 다른 수많은 시나리오 이론가들(Beranger, Martin u.a.)의 작업에서도 공통적으로 제기되는 문제의식의 출발점이 되고 있으며, 이러한 문제의식은 현대의 시나리오 이론에서도 유효한 시나리오 '문학'의 기본 원칙들로 발전되있다.[195] 다른 한편 이 시기

---

195) Eick, 168 f.

의 시나리오 '문학'의 특이성에 대한 일례로 모든 영화에 일반화해서 적용할 수 있는 '코드(Motion Picture Production Code)'를 제정하고자 했다는 사실이다. 1968년 철폐될 때까지 이러한 자발적인 검열체제의 존재는 시나리오 문학이 영화 산업의 시장 규정성과 시장 구조에 영합하는 '시대정신'의 패러독스한 산물임을 보여 준다.

3. 시나리오 '작가'의 역사성

1950년대에 이르러 텔레비전의 방영으로 영화 관객이 급감함에 따라 미국 영화계의 스튜디오 체제는 변화를 겪는다. 더욱이 매카시즘과 소위 '할리우드 텐(Hollywood Ten)'의 문제 등으로 시나리오 작가들은 위기의 순간을 맞이하게 된다. 1970년대에 이르러 이러한 상황은 점차 변화되고 최근에는 일종의 시나리오 문학의 새로운 붐을 겪고 있는데, 이러한 발전의 시발점은 골드먼(William Goldman)의 <내일을 향해 쏴라>의 대본이 1967년 11월 당시로서는 엄청난 금액인 40만 달러에 팔리면서 시나리오 글쓰기에 대한 사회적 의식에 지대한 변화를 가져왔다. 이후 1988년에 있었던 미국 방송작가 협회(WGA: The Writers Guild of America)의 파업은 아이러니컬하게도 수많은 방송작가들에게 시나리오를 완성시킬 시간을 제공하여서 파업이 끝나고 방송작가들이 생업으로 되돌아왔을 때 수많은 완성된 시나리오(Spec Scripts)가 할리우드에서 구매자를 기다리는 결과를 낳았다. 이후 1990년대에 이르러서 다시금 뜨거운 시나리오 관심에의 열기, 즉 시나리오 피버(Scenario fevers)가 고조되었다.

지난한 논쟁의 결과로 1990년대 이후에는 작가주의 영화이론에 대한 비판적인 목소리가 일반화되었지만(어떤 영화도 감독 한 사람에 의해서만 만들어진 것은 없다), 영화의 작가에 대한 논의는 이제 감독의 명성과 영화의 상표(Label) 가치로 이해되고 있으며, 수많은 시나리오 작가들 중에서 감독의 명성에 비견할 만한 상표 가치를 지닌 작가(가령 카우프만(Charlie Kaufmann)과 같은)는 극히 드문 현실이다.

영화제작에 있어서 시나리오 작가 참여의 정도와 한계를 규정짓는 것은 결코 쉽지 않다. 많은 이들은 한 권 분량의 시나리오를 통해서 시나리오 작가의 크레디트를 받는 반면에 아주 미미한 각색을 통해서도 시나리오 작가의 반열에 오르기도 한다(<시민 케인>의 오슨 웰스). 어떤 경우에는 시나리오를 거의 전부 쓰고도 작가로서 인정받지 못하기도 하고, 앞서 이야기된 '할리우드 텐'의 경우처럼 정치적인 이유에서 작가의 신분을 감추기도 한다. 다른 한편으로는 감독이 시나리오를 손수 쓰고 연출을 겸하는 경우가 진정한 의미의 작가주의라고 이야기될 수도 있을 것이다(연극의 연출가 역할에 비하자면 이것 역시 영화감독에게 부당한 요구라고 여겨질 수 있다).

어쩌면 시나리오야말로 글쓰기의 모든 형태들 중에서 가장 어려운 것일 뿐만 아니라 가장 오해를 받고 있는 장르일 것이다. 시나리오 작가의 노동의 결과로 만들어진 영화는 소설에 비해 훨씬 더 즉각적이고 직접적으로 관객에게 다가간다. 그러나 시나리오 작가가 자신의 대사와 아이디어와 욕망들을 그 최후의 결과물인 영화에 쏟아붓는 과정 자체는 대단히 우회적이며 복잡한 매개체를 필요로 한다. 최근의 시나리오 가이드북은 시나리오를 다음과 같이 정의한다. "3차원의 공간에서 펼쳐지는 스토리에다가 페이스와 리듬을 조절하는 시간이라는 차원을 하나 더한 도합 4차원을 활용하여 관객에게 최대한의 정서적 임팩트를 선사하려 도모하는 것이 시나리오이다."[196] 따라서 관객에게 최대한의 정서적 임팩트를 제공하는 것이 시나리오 작가의 임무가 될 것이며, 시나리오 작가는 자신의 영화를 눈으로 그려 내는 창조자이자 동시에 바라보고 있는 최초의 관객이다. 시나리오에는 이러한 과정에 대한 비전이 담겨 있어야 하고, 시나리오란 영화라는 극도로 복잡한 예술형식의 청사진과 같은 것이다.[197]

---

196) Howard/Mabley, S. 22.

197) 3차원의 공간을 2차원에 녹여 내고, 시간의 다양한 차원들을 담아내는 동시에 음악과 시와 무용 등 예술과도 연결해야 하는 복잡한 예술 형식이라는 뜻에서 이야기된 것이다.

    *   *   *

    FTA와 WTO, 그리고 세계지적소유권기구(WIPO)의 논의들에서는 현대의 디지털 문화를 반영하는 저작권법에 대한 이야기들이 산재한다. 17세기의 아날로그적 인쇄 환경에서 만들어진 법안들을 디지털 시대에 맞추는 것이 관건일 것이다. 달리 말하자면 문화 산물의 상품형태와 개인적 주체로서 작가의 지위가 디지털화에 의해 흔들리고 있는 것이다. 인터넷상의 '해적' 소프트웨어와 무단 다운로드에 대한 엄단의지를 표명하는 작금의 저작권회의의 결의사항들을 보자면, 문화산업의 거대 자본들이 가상공간의 기본구조를 변화시키기에는 역부족이라는 것을 역설적으로 말해 주는 것이리라. 주지하다시피 이미 벤야민은 기술적 복제 앞에 놓인 저자의 기능과 위치에 대한 논지의 출발점을 자리매김하였다. 벤야민의 '아우라'는 저자라는 인물이 작품 속에 아날로그적으로 확장된 것이라 할 수 있다. 전통적인 작품의 가치는 저자의 창조적 천재성을 아날로그적으로 각인한 데서 발생한다. 이러한 아날로그 저자성은 이젠 전자적으로 매개된 커뮤니케이션의 단계에서는 '현실'과 이중적인 관계를 견지하게 된다. '매개된' 현실은 단순히 현실을 표상하는 것뿐만이 아니라 현실을 대체한다. 가상과 실재의 재구성은 미네르바의 올빼미가 날기 전에 재매개되어 나타난다.

담론네트워크와 매체의 기술성

1. '기재시스템'과 담론네트워크

현존 독일어권의 가장 유명한 매체이론가 중의 한 사람인 키틀러(Friedrich A. Kittler, 1943~)는 그의 학문적 근원에서 보자면 독문학 전공의 전통적인 문예학자라고 여겨질 수 있을 것이다. 그러나 키틀러가 문학을 대하는 태도는 전통적인 문예학 방법과는 사뭇 어긋나 보인다. 키틀러의 시각에 따르면 작금의 문예학이 직면한 현실은 현대의 정보 기술적 규정성에 대한 염두 없이는 문학과 문예학을 더 이상 이야기할 수 없는 상황에 직면해 있다.[198] 키틀러는 문학연구에 있어서 텍스트의 의미연관성을

---

198) Kittler, Friedrich A.: *Draculas Vermächtnis. Technische Schriften*, Leipzig 1993. S. 149.

추구하는 해석학적 방법론뿐만 아니라 문학작품에 반영된 제생산관계의 해명을 시도하는 문학사회학적 방법론에 대해서도 비판을 가한다. 키틀러는 '의미'와 '노동'이라는 주요 개념에 근거한 해석학과 문화사회학의 방법론에는 '정보'라는 개념이 배제되어 있다고 주장한다.

키틀러는 '정보' 개념을 기반으로 하여 서구의 문예사를 매체사적 관점에서 새로이 서술하고 있는데, 문자와 인쇄된 책의 기능을 정보의 저장이라는 관점에서 바라보자면 키틀러는 정보의 저장을 가능하게 하고 그 정보의 확산을 도모하는 기술적 기제들과 그 담론네트워크를 '기재(記載)시스템(Aufschreibesystem)'이라고 명명하고 있다. 키틀러는 기재시스템을 '어떤 문화권에서 데이터의 분류, 저장, 가공을 가능하게 하는 기술과 제도들의 네트워크'라고 정의한다.[199] 예를 들어 구전문화의 시기에는 운문체의 시구들이 지식과 정보의 저장을 위해서 중요한 '기술'이었던 것처럼 기재시스템에서 논의되는 '기술'은 기계적인 발명들만을 의미하진 않는다. 정보의 저장, 전달, 가공이라는 매체의 3가지 기능은 매체사적인 발전에 따라 순차적으로 출현하고 있다. 처음 정보의 저장체계가 나타나고 그다음에 매체는 정보의 전달에 기여하고, 끝으로 현대의 컴퓨터는 사용자에게 데이터의 가공을 가능하게 하고 있다. 뿐만 아니라 키틀러는 미디어의 개념 역시 역사적이라는 데 주목하기도 한다. 구전문화의 '선시시

---

199) Kittler, Friedrich A.: Aufschreibesysteme 1800 · 1900, München 1995(1987)(3. überarb. Aufl.) S. 519.

대'를 종결짓는 데 기여한 문자 발명의 경우, 문자는 1900년경에 이르기까지 인류사에 가장 강력한 매체사적 특성을 규정짓고 있지만 매체로서의 문자에 대한 인식은 거의 존재하지 않았다. '축음기, 영화, 타자기' 등의 발전에 힘입어서야 문자가 지닌 매체사적 의미가 두드러지게 되었다고 키틀러는 주장한다.[200]

키틀러는 이러한 기재시스템의 질적 변화에 따라서 역사를 3시대로 구분하고 있다. 키틀러가 1800년대의 '기재시스템 1800'이라고 부르는 시기는 구텐베르크의 금속활자 발명(1440/1454)에서 19세기 말에 이르는 인쇄 서적이 주도적인 매체로 군림하던 시기이다. 괴테를 비롯한 여러 시성들의 권위가 절대적이었던 시기로서 지식을 축적하여 시공간적인 차이를 극복하는 데 활자매체가 가히 독점적인 지위를 차지하였다. 활자매체의 독점적인 지위는 20세기에 접어들면서 사진, 축음기, 영화, 타자기 등의 발명과 연이은 녹음기, 라디오와 텔레비전의 보급에 따라서 활자매체의 독점 시기와는 판이한 '기재시스템 1900'을 도출시키고 있다. 문자뿐 아니라 이미지와 소리의 저장이 가능해진 기술적 기제의 발전은 소위 '구텐베르크 은하계'의 종말을 야기하게 된 것이다. 기재시스템 1900을 뒤이은 '디지털시대에 기반을 둔 총체적인 매체결합'의 시기는 컴퓨터기술에 기반하고 있다. 키틀러에 따르면 데이터의 변화와 조작이 용이한 이 시기에 이르면 기술이 인간에게 접합되기보다는 절대적인 지식이 무한

---

200) Kittler, Friedrich A.: Grammophon Film Typewriter, Berlin 1986, S. 27.

히 반복하는 루프로 전락하고 있다. 키틀러는 말하자면 매 시기 기재시스템을 규정짓는 매체적 기술의 자율성을 염두에 두고 있어서 마셜 맥루한이 인류의 매체사에서 읽어 내고 있는 '인간의 확장으로서 미디어'라는 견해와는 차이를 보인다.[201]

2. 아날로그 미디어와 정보전달 체계의 분화

키틀러는 기재시스템이라는 네크워크 담론 체계의 변화에 대한 연구를 통해서 단순히 전통적인 의미의 매체사적 연구에서 한 걸음 더 나아가서 '정보의 기술화'[202]에 대한 분석을 시도한다. 이러한 관점에서 키틀러는 상이한 형태의 정보전달 매체가 분화되기 시작하는 기재시스템 1900에 대한 분석을 시도한다. 이제껏 저장 불가능해 보였던 소리와 동영상 이미지를 처음으로 저장하기에 이른 측음기와 영화의 발전, 그리고 인쇄와 필기

---

201) 주지하다시피 마셜 맥루한(1911~1980)은 저서 『미디어의 이해』(1964)에서 커뮤니케이션 기술의 발전에 따른 인류 문명의 변천사에 대한 규명을 매체사적 관점에서 규명하고자 한다. '미디어는 메시지이다'라는 중심 테제는 '생활세계(Lebenswelt)' 영역으로까지 확장된 형식 개념에 대한 모더니즘적 강조와 다름 아니다. 맥루한에게 미디어란 인간감각의 확장이며 동시에 우리 사회의 정신생활 전체를 제약하기도 한다. 캐나다 출신의 정치경제학자 이니스(Harold Adams Innis, 1894~1952)의 영향을 많이 받은 맥루한은 인류사를 지배적인 미디어의 유형에 따라 구두(口頭)커뮤니케이션, 문자의 시대, 인쇄의 시대, 전기 매체의 시대의 4단계로 구분하고, 현대의 전기매체의 시대, 즉 '지구촌'의 시대에 살아가는 인류는 문자와 활자매체가 억압하였던 다감각적 권능을 다시금 되찾게 되리라고 믿는다.

202) Kittler(1986), S. 4.

사이의 중간적 텍스트 문화를 일궈 낸 타자기의 보급은 19세기 말 20세기 초반의 담론네트워크의 질적 변화를 야기한다. '축음기, 영화, 타자기'는 각기 정보 데이터의 음향적, 시각적, 문자적 요소를 분화시키는 계기를 제공한 것이다.[203] 이러한 기재시스템 1900의 3가지 영역으로의 매체 분화 과정은 매체사적으로 보건대 과거의 문자문화의 독점시기와 이후 예견되는 컴퓨터문화 시기 사이의 중간자적 위치를 지닌다.

키틀러는 기재시스템 1900의 3가지 주요 매체의 분화과정에 대한 설명을 위해서 라캉의 정신분석학적 방법론(상상계, 상징계, 실재계)을 원용하고 있어 보인다. 필름을 상징계에, 타자기를 상상계에, 그리고 축음기를 실재계에 연계시키고 있다. 정신분석학과 매체이론의 결부는 역사적으로 추인 가능하다는 키틀러의 견해는, 말하자면 현대 정신분석학의 '방법론적 분화'와 '매체의 기술적 분화' 사이의 상관관계에 대한 '역사적 선험성'을 주장하는 것이다.[204] 라캉의 이론은 매체의 발전적 분화를 전제로 해서야 가능했다는 키틀러의 주장은 독특한 것이다.

처음 납관식 축음기(Phonograph, 최초의 축음기 형태)의 발명으로 인해서 과거 문자가 만들어 놓은 독점적인 매체사적 특질이 해체되기 시작한다. 납관식 축음기의 경우에는 인간의 귀와는 달리 여러 소음들 속에서 단어와 의미를 구분해 내지 못한다. 의미연관에 대한 필터링이 없는 이런 경우에 음향적인 사건들

---

203) Kittler(1986). S. 26.
204) Kittler(1986). S. 28.

은 단지 그 음향적인 사건 그 자체로서만 들릴 뿐이다.[205] 납관식 축음기는 단지 음파만을 저장할 뿐인데, 물리적 현상으로서 저장된 음향은 단지 그 자체로만 들릴 뿐이다. 이것은 상징적인 의미연관만이 들리던 문자매체의 독점기와는 다른 새로운 매체 시기의 특성을 보여 주는 것이다. 실재계가 상징계를 밀어내는 현상을 키틀러는 이야기하고자 한다.[206] 키틀러에 따르자면 여기에서 릴케의 해부학 수업에 대한 술회가 이야기될 수 있는데, 릴케는 해부학 수업에서 바라보았던 사체의 두부에 남아 있는 수술자국의 꿰맨 실자국들을 바라보면서 축음기 음반의 홈들을 연상했다고 한다. 마치 음반의 홈에 측음기의 바늘이 돌면서 소리를 내듯이 사체의 수술자국에 난 홈들에서 어떤 소리가 날 것인지 릴케는 되묻고 있다. 아마도 이는 태초에 발생한 '근원의 소리'와 같은 소리가 아닐까 하는 릴케의 상상력은 주체로서의 발화자가 없는 소리의 흔적에 대한 인식을 전제로 한 것이리라. 여기에서 키틀러는 납관식 축음기가 '주체가 없는 문자'의 읽기를 가능하게 하는 기술적 발전에 대한 작가의 반응을 읽어 내려한다.[207] 상징적인 의미연관의 틀 내에서 파악될 수 없는 소리들은 단지 소음에 불과할 것이다. 이러한 실재계의 특징에 노출된 녹음 매체의 경우에는 의미연관을 지닌 발화의 모델이 예외적인 사례가 된다. 실재계가 질서가 결핍된 카오스적인 현상이

---

205) Kittler(1986), S. 40.
206) Kittler(1986), S. 71.
207) Kittler(1986), S. 71.

라고 이해된다면, 측음기의 지지직거리는 잡음 속에서 실재계의 구현을 보고 있다.

시각적인 데이터의 흐름을 사로잡는 기술은 음향영역에서 보다 훨씬 난해하다. 필름이 지니는 이차원성뿐 아니라 빛의 파장이 지니는 속도감은 기술의 복잡성을 가중시킨다. 필름은 물리학적 파장이 아니라 그것의 화학적 작용만을 저장한다.[208] 시각적 데이터의 저장에 있어서 가장 우선시되는 것은 '컷'이며 이 점에서 영상매체의 저장은 실재계와는 다른 상상계적 특성을 지닌다.[209] 필름은 실재계를 시각적으로 재단하고, 1초당 24편의 촬영을 통해서 운동을 분절화시켜 저장하고, 다시 이를 통일체로 투사하는 과정을 통해서 상상계의 데이터 흐름을 만들어낸다. 컷백, 몽타주 등과 같은 다양한 촬영 및 편집 기술들은 인간 심리과정의 복잡성을 보여 주기 충분하며 이는 상상계의 이미지 세계를 보여 주고 있다.

기술적 매체의 상호경쟁은 실재계와 상상계를 책의 세계에서 이탈시켰으며, 문자는 더 이상 총합적인 매체로서 기능하지 못한다. 더욱이 타자기의 출연은 문자의 특성을 탈바꿈시켰다. 책의 출간을 통해서야 비로소 이뤄질 수 있었던 활자의 통일이 타자기의 자판들에서 이미 규정된다. 표준화된 타자기 자판으로 인해서 개인적인 필체의 문화뿐 아니라, 필체에 담긴 개성의 표현 역시 사라진다.[210] 동시에 타자기의 자판에는 글쓰기 행위와

---

208) Kittler(1986), S. 182.
209) Kittler(1986), S. 180.

는 다른 공간성을 담지하게 되는데, 타자기는 주체와 쓰인 글자 사이의 중간적 기제로 작용하게 된다. 문자가 인간으로부터 분리되고 이를 통해서 상징계가 독자적인 영역을 구축하게 된 것이다.

키틀러의 이러한 매체사적 논의에서 특징적인 점은 '축음기, 영화, 타자기'와 같은 매체들에 대한 분석과정에서 일관되게 그러한 기제들의 기술적 연관성에 주목한다는 점이다. 가령 축음기의 바늘과 축음기 음반의 홈, 필름과 영사기, 타자기자판과 종이를 주제로 삼는 것처럼 매체의 기능양상에 대한 관심을 표명하고 있다. 이러한 키틀러의 기술적 매체에 대한 관심은 가령 '영상매체'라는 수식어로 사진과 영화, 텔레비전을 동일선상에서 바라보고, 이러한 매체의 기술적 변별점보다는 미학적 의미에만 천착하는 매체이론들과는 확연한 차별성을 지닌다. 더욱이 키틀러에게 있어서 주체는 더 이상 언어적, 영상적, 음향적 이미지의 창조자가 아니며, 이념, 이론, 이미지, 꿈들은 주관적인 현상이 아니라, 매체에 의해서 구성된 객관적인 구조의 틀 내에서 바라보아야 한다는 것이다. 키틀러의 주장에 따르면, '인간이 정보화 기계를 발명해 내었던 것이 아니라, 그 반대로 정보화 기계들이 인간의 주체로 작용했었다'는 것이다.[211]

---

210) Kittler(1986), S. 332.
211) Kittler(1993), S. 77.

3. 매체 전쟁과 컴퓨터

키틀러는 기재시스템 1900의 주요 매체기술인 '축음기, 영화, 타자기'의 발전사에 대한 논구를 전개하는 과정에서 양차 세계 대전의 매체사적 영향에 대해서 주목한다. 군사적 필요성에 의거한 매체사적 발전과 기술적 이노베이션에 대한 일례로는 제1차 세계대전의 결과로 등장한 라디오를 이야기할 수 있을 것이다.[212] 이전에 존재했던 저장매체로서의 축음기와 전달매체로서 전신의 결합은 세계대전의 발발과 함께 시급하였던 비행기와 잠수함과의 무선교신과 이에 따른 전쟁수행 능력의 극대화에 대한 요구에 의해 발명되었다. 그러나 독일의 경우 원시적인 형태의 진공관식 무선수신기가 1917년에 개발되었음에도 처음 군사용 기계의 오용을 금지하여 1923년에 이르러서야 민간 라디오 방송이 이뤄지게 된다. 제2차 세계대전에 이르러서는 이러한 매체기술적 발전이 더욱 진일보하게 이른다. 가령 스테레오 음향기술은 폭격기 조종사의 보다 정확한 폭격지점 유도를 위해서 발명되었던 것이다.[213] 1940년 녹음테이프의 발명은 음향자료의 녹음에 이동성을 부여하고 있으며, 더 이상 음향녹음실을 필요로 하지 않는 이러한 녹음테이프의 발명은 전장의 소리들을 보다 직접적으로 녹음하여 전쟁보도에 실감을 불어넣게

---

212) Kittler(1986), S. 148.
213) Kittler(1986), S. 154.

되었다. 뿐만 아니라 이러한 녹음테이프를 통해서 녹음에 있어서 조작이 가능해졌는데, 편집, 지우기, 되감기, 빨리 감기 등의 여러 새로운 기능은 선전효과뿐 아니라 첩보기능을 개선시켰다.[214] 뿐만 아니라 키틀러는 시각적·문자적 매체의 발전과 전쟁과의 연관성에 대한 분석을 통해서 매체사적 발전에 있어서의 3단계를 도출해 내고 있다. 즉 첫 단계로 미국의 남북 전쟁 이후에 이르러서 저장기술이 발생하고, 두 번째 단계인 제1차 세계대전과 더불어 라디오와 텔레비전과 같은 전달매체가 일반화되었으며, 세 번째 단계인 제2차 세계대전 이후에는 컴퓨터와 같은 계산기의 발전이 이야기될 수 있다.[215]

이러한 전쟁과 매체사적 이노베이션과의 상관관계에 대한 문제의식은 무엇보다도 민간분야의 매체기술 군사적 근원이 지닌 의미에 대한 질문에 귀결될 수 있을 것이다. 이런 점에서는 비릴리오(Paul Virilio)와 유사한 견해를 전개한다. 처음 전쟁수행을 용이할 목적으로 발명된 군사기술이 커뮤니케이션과 오락매체로 전이되어 민간분야에 적용됨으로써 일상세계에 전쟁이 각인되어 있다. 매체기술은 그 이용자들의 감각적 인지과정을 각인시키고 있는 것이다. 매체를 통해서 군사적 논리가 간접적으로 일반인들의 몸에 체화되어 나타나고 전쟁의 논리에 알게 모르게 적응하게 된다. 이러한 면에서 보자면 음향적 영역에서 라디오와 같은 전쟁기술의 민산영역에의 전환은 청각영역에서 다

---

214) Kittler(1986), S. 163.
215) Kittler(1986), S. 352.

음 전쟁에 적합한 반응속도를 자아내고 있고, 시각적 영역에서 보자면 디스코텍은 거기에 현란하게 1초에 20번이나 반짝거리는 사이키 조명을 통해서 춤추는 사람들의 몸을 다음번 전쟁의 반응속도에 적합하게 단련시키고 있는 훈련소가 되고 있다.[216]

키틀러에 따르면 가장 일관되게 전쟁수행의 명령체계가 일반화된 일례는 컴퓨터의 경우 볼 수 있다. 컴퓨터는 그 근원에서부터 군사적 기술이 지속적으로 전쟁 수행에 참여하였던 실례이기도 하다. 제1차 세계대전 이후에 발명된 '암호기'는 제2차 세계대전을 거치면서 전설적인 '에니그마(Enigma)'에 이르는 소위 '타자기들의 전쟁'을 이끌어 내고 있으며, 이러한 난해한 암호체계를 해독해 내기 위해서 튜링(Alan M. Turing)의 초창기 컴퓨터 모델들이 발명된다. 자판을 통해서 입력된 정보가 자음과 모음의 복잡한 뒤엉킴을 만들어 내었던 암호기들에 비해 컴퓨터가 지닌 변별점은 무엇보다도 0/1로 대변되는 이진법적 논리체계이다. 'IF-THEN의 논리'에 의해서 작용되는 컴퓨터는 그 자체로서 기계적 주체로 작용한다.[217] 이는 인간과 기계가 동일하다는 점을 강조하는 것이 아니다. 다만 인간이 조정적인 주체

---

216) Vgl. Kittler(1986), S. 170, 211. 전쟁수행과 새로운 매체의 발전에 대한 키틀러의 논구는 여러 가지 실례를 통해서 규명되고 있지만, 다른 한편에서 보자면 매체기술의 군사적 근원을 일반매체사적 전개의 대전제로까지 일반화시키는 점에 대해서는 논란의 여지가 있을 수 있다. 키틀러는 이러한 문제의식에 대해서 메타포적인 실례들의 나열을 통해서 우회적인 설명을 시도하고 있을 뿐이다.

217) Kittler(1986), S. 373.

로서의 위치를 상실했음을 이야기하고자 한 것이다. 컴퓨터의 발전을 통해서 기계가 인간의 지배로부터 해방되었다는 것이다. 동물과 기계에 대한 인간의 본질적 우위라고 여겨지던 사유체계가 컴퓨터라는 매체에도 전이 가능해진 것이다.[218] 독점적인 문자문화의 종말과 함께 운명을 같이한 자율적인 주체의 몰락에도 불구하고 아날로그 매체의 시기에는 여전히 기술의 발명자이자 지배자라는 인간의 이미지는 존재할 수 있었다. 아날로그 매체에 있어서는 인간이 모든 조정 기능을 수행하였던 반면에 컴퓨터와 함께 기술의 발명가이자 지배자로서의 인간상은 파괴된다. 그러나 컴퓨터에서 이뤄지는 사고 작용은 결코 인간의 두뇌와 같지 않고, 이진법적인 'Yes/No' 메커니즘에 근거하고 있다. 컴퓨터의 이진법적인 사고체계와 인간의 사고체계에는 어떠한 공통점이 존재하지 않고, 자연현상 그 어디에서도 컴퓨터식의 이진법적 사고체계와 비견될 만한 실례는 찾아보기 힘들다는 점을 키틀러는 강조하고 있다. 컴퓨터의 이진법적 체계는 다른 영역에 위치하고 있는 셈인데, 키틀러의 견해에 따르자면 "보다 상층 지도부의 언어는 항시 디지털적이다."[219] 컴퓨터식의 이진법적 명령체계는 말하자면 마치 전쟁 수행 사령부의 명령 형식을 재생산하고 있는 셈이다. 이진법적 논리는 자연의 영역에는 존재하지 않고 단지 전쟁수행 지도부의 명령과 금지의 형식에서만 보이는 것이며, 이러한 면에서 보사면 컴퓨터라는

---

218) Kittler(1986), S. 354.
219) Kittler(1986), S. 361.

기술적 매체에는 전쟁의 논리가 내재되어 있는 셈이다.[220]

4. 텍스트의 기술성과 '기계주체'

키틀러의 매체이론적 관점에서 보자면 현대사회는 이중적 의
미에서 중간시기에 속한다.[221] 오늘날의 매체적 발전을 가져온
제2차 세계대전과 미래의 디지털전쟁 사이의 중간시기라는 점
에서뿐만 아니라, 과거 문자의 독점적 시대와 미래의 컴퓨터가
가져올 종합매체시대 사이의 중간시기라는 점에서 키틀러는 매
체사적 중간시기를 이야기하고 있다. 오늘날 텔레비전과 라디오
그리고 차츰 그 영역을 넓혀 가고 있는 인터넷 매체가 접차적으
로 매체 결합적으로 나아가고 있으나 전송되는 데이터는 아직
상호 호환적이지 않다. 키틀러가 바라보는 미래의 매체사적 발
전은 기재시스템 1900을 거치면서 분화되었던 이미지, 음향, 문
자가 컴퓨터를 매개로 디지털화되고 통합되는 과정으로 나아가
게 될 것이라는 것이다.[222] 이미 부분적으로 실현되고 있듯이,
이제껏 수많은 아날로그적 기제들, 즉 라디오, 시디플레이어, 텔
레비전, 비디오, 전화 대신에 컴퓨터 한 대가 이 모든 역할을 수

---

220) 키틀러의 이러한 테제는 시스템이론이나 소통이론의 주장과는 상반된다. 하버마
　　스의 견해에 따르면 Yes/No의 논리는 언어의 선험적 요소라고 한다.

221) Kittler(1986), S. 7.

222) Kittler(1986), S. 8.

행하게 되고, 음향적·시각적·상징적 정보 사이의 차이가 사라지게 될 것이라는 것이다. 이 모든 정보는 계산을 통해서 생산될 수 있다는 것을 의미하기도 하는 것이며, 이러한 맥락에서 바라보자면 컴퓨터는 그 안에서 작동하는 '모든 것이 숫자에 불과한' 상징계의 매체이기도 하다. 뿐만 아니라 이렇듯 모든 데이터가 숫자로 전환된다면, 하나의 기계에 모든 기능이 내재된 총체적인 매체결합으로서의 컴퓨터는 매체의 다양성을 빼앗는 결과를 낳게 될 것이다. 그럼에도 불구하고 키틀러는 이러한 컴퓨터 매체의 독점적 상황에 대해서 부정적인 시각을 내보이지 않는다. 왜냐하면 키틀러는 매체를 '인류학적인 선험적 요소'로 바라보고 있으며, 인간주체가 이미 기재시스템에 결부되어 있듯이, 컴퓨터가 매체기술사적으로 보자면 새로운 단계를 규정하고 있을지언정 본질적으로 판이하게 새로운 매체상황을 창출해 내지는 않을 것이라는 견해를 피력한다. 자율적인 주체에 대한 이념이나 자유로운 창조정신의 이데올로기가 결코 무한한 유효성을 지니지 못했던 점을 직시하고, 더불어 키틀러가 인간과 그 인간들의 인문주의적 교양이상을 이론적 척도로 삼지 않았다는 점에 주의한다면 키틀러가 컴퓨터라는 새로운 매체를 아마도 어떠한 선입견 없이 매체자체로서만 이해하리라는 것을 짐작하게 될 것이다. 컴퓨터 역시 이전의 다른 매체들과 마찬가지로 인간의 수하에서 작용하리라는 점은 확실하지만, 키틀러는 컴퓨터와 그 이전 매체들과의 질적인 차이가 결코 간과할 수 없음을 강조한다. 즉 이미 서술한 바와 같이 컴퓨터는 '기계적 주체'로서 작용한다. 실제로 매체영역에서 이뤄질 미래의 변화는 인식론적 관점변화를 요구한다. 이러한 이론배경에서 보자면 세계 중심에는 더 이상 인간이 홀로 서 있지 못할 것으로 여겨진다. 인류사적으로 바라보건대 항시 신이나 악마 또는 천사와 같은 초인적인 존재들이 시스템의 일원으로 존재했었으며, 인간이 이 세상의 유일한 주체로서 존재하였던 시기는 근대 이후의 무척 짧은 시기에 불과했다. 이제는 초인적인 존재의 자리를 초인적인 기계가 차지하게 되는 것은 아닐는지 싶다.

그러나 컴퓨터 중심의 매체독점의 시기에 있어서는 무엇보다도 중요하게 여겨지는 문제는 이로 야기될 권력의 독점문제가 될 것이다. 이제껏 학문분야에서는 인간관계와 사회구조적 현상으로만 이해하였던 권력의 문제가 컴퓨터 테크노로지에 전이되어 나타나고 있다. 모든 유저가 각기 프로그래밍이 가능했던 초창기의 컴퓨터와는 달리 현재의 컴퓨터는 유저의 프로그램언어로의 접근이 차단되어 있다. 이러한 컴퓨터의 'Protected Mode'로의 전환을 통해서 시스템과 유저의 확연한 구분이 이뤄지고, 유저의 행위는 '이미 이전에 프로그램되어' 있는 셈이다. 뿐만 아니라 미래사회의 물적 토대로서 컴퓨터와 디지털 기술은 '유저 친화적인' 다양한 소프트웨어들을 통해서, 하드웨어의 로지스틱과 권력의 내재적 구조를 감추고 있는 가상의 세계만을 유저들에게 접근 가능하게 할 뿐이다. 이는 유저들에게서 컴퓨터라는 매체와의 접촉성을 배제시키고, 유저 친화적인 소프트웨어들은 유저를 거대 상업자본에 종속시키는 우둔함을 재생산하게 된다는 것이다. 뿐만 아니라 거대 자본은 그 본질적인 차별성에도 불구하고 문자의 시대에 유래한 지적 재산권이라는 개념을 통해서 새로운 기술과 소프트웨어에 대한 유저들의 접근을 제한하여 이익창출을 시도하고 있기도 하다.

매체사적인 '중간시기'라는 현재적 상황에서 키틀러의 매체이론이 의미하는 것은 무엇일까 하는 의문점은 여전히 남아 있다. 키틀러가 바라보는 지향점은 정신과학의 '무료함'을 극복하고 동시에 매체기술의 물질성과 씨름하면서 그 기술적 요소들의 분석에 기반을 둔 새로운 세계의 해명 가능성을 보여 주고자 하는 것이 아닐까 싶다. 다음과 같은 키틀러의 언급은 그러한 시도가 인문주의적 이념이나 유토피아와 같은 전통적인 의미체계를 뛰어넘는 것이라는 점을 보여 주고 있다.

> "오늘날 우리 앞의 현실은 불명료하다. (……) 콤팩트디스크의 신디사이저사운드에서 그 회로도를 직접 들을 수 있거나, 디스코텍의 레이저조명 속에서 그 회로도를 직접 보는 데 성공한 사람에게만 행복이 깃들어라. 니체가 한때 이야기했듯이, 저 얼음 너머의 행복 말이다. 우리가 처한 법칙성하에 가차 없이 투항하고 있는 순간에 이르러선 인간이 매체의 발명가라는 망상은 점차 사라진다. 그리고 눈앞의 현실은 인식 가능해진다."[223]

---

223) Kittler(1986), S. 3/5.

키틀러의 주요 저작

2006: Musik und Mathematik. Band 1: Hellas, Teil 1: Aphrodite. Wilhelm Fink Verlag, Paderborn.

2005: Musen, Nymphen und Sirenen. Audio – CD. supposé, Köln. ISBN 978 – 3 – 932513 – 64 – 0.

2004: Unsterbliche. Nachrufe, Erinnerungen, Geistergespräche. Wilhelm Fink Verlag, Paderborn.

2002: Zwischen Rauschen und Offenbarung. Zur Kultur – und Mediengeschichte der Stimme(als Hrsg.). Akademie Verlag, Berlin

2002: Optische Medien. Merve: Berlin. ISBN 3 – 88396 – 183 – 3

2001: Vom Griechenland(mit Cornelia Vismann; Internationaler Merve Diskurs Bd.240). Merve: Berlin. ISBN 3883961736

2000: Nietzsche – Politik des Eigennamens: wie man abschafft, wovon man spricht(mit Jacques Derrida). Berlin.

2000: Eine Kulturgeschichte der Kulturwissenschaft. München

1999: Hebbels Einbildungskraft – die dunkle Natur. Frankfurt, New York, Wien

1998: Zur Theoriegeschichte von Information Warfare

1998: Hardware das unbekannte Wesen

1997: Literature, Media, Information Systems: Essays(Hrsg. von John Johnston). Amsterdam

1993: Draculas Vermächtnis: Technische Schriften. Leipzig: Reclam. ISBN 3 – 379 – 01476 – 1 – Essays zu den "Effekten der Sprengung des

Schriftmonopols", zu den Analogmedien Schallplatte, Film und Radio sowie "technische Schriften, die numerisch oder algebraisch verfasst sind".

1991: Dichter − Mutter − Kind. München

1990: Die Nacht der Substanz. Bern

1986: Grammophon Film Typewriter. Berlin: Brinkmann & Bose. ISBN 3 − 922660 − 17 − 7(engl. Ausgabe: Gramophone Film Typewriter, Stanford 1999)

1985: Aufschreibesysteme 1800/1900. Fink: München. ISBN 3 − 7705 − 2881 − 6(engl. Ausgabe: Discourse Networks 1800/1900, with a foreword by David E. Wellbery. Stanford 1990)

1979: Dichtung als Sozialisationsspiel. Studien zu Goethe und Gottfried Keller(mit Gerhard Kaiser). Göttingen

1977: Der Traum und die Rede. Eine Analyse der Kom munikationssituation Conrad Ferdinand Meyers. Bern − München

바우하우스와 시각매체
- '새로운 시야'와 '예술의 근원형식' 논의를 중심으로 -

1. 들어가는 말

— 바우하우스와 사진예술

그로피우스(Walter Gropius, 1883~1969)에 의해 처음 바이마르에 바우하우스(Bauhaus, 1919~1933)[224)가 설립된 지 이미 한 세기가 다 되어 가고 있으나 바우하우스의 실험적인 예술교육

---

224) 주지하다시피 바우하우스는 시간적으로는 바이마르공화국의 태동에서 멸망에 이르는 시기에, 바이마르(1919), 데사우(1925), 베를린(1932)이라는 상이한 공간적 이동을 경험하였던 '고전적 모더니즘'의 대표적인 아방가르드적 예술 교육기관이라고 할 수 있다. 기존의 바이마르 예술학교와 반 드 벨드(Henry van de Velde, 1863~1957)에 의해 1907년 설립된 작센 바이마르 공예학교의 합병을 통해서 이뤄졌다는 사실에서도 볼 수 있듯이 바우하우스의 설립은 미술공예운동(Arts and Crafts Movement)과 아르누보(Art Nouveau) 및 유겐트슈틸(Jugendstil)의 전통과의 연관하에서 이야기될 수 있을 것이다. Vgl. Whitford, Frank: Das Bauhaus, Darmstadt 1993.

에 대한 관심과 찬사는 끊임없이 지속되고 있다. 바우하우스가 20세기 전반에 걸쳐 디자인과 시각예술 분야에 남긴 커다란 족적은 가히 혁명적이라 말할 수 있으며, 바우하우스의 '실험정신'은 이미 그로피우스의 창립선언문에서 나타나는 바와 같이 기존 미술계의 창조적 노력을 전체로 통합하는 실용예술, 즉 건축과 공예에 대한 관심에서 이미 예견된다.[225] '바우하우스 스타일'이라고 지칭되는 다양한 예술 실험들의 근저에는 사진 예술 분야에서 이루어진 매체사적 시도들이 놓여 있음은 주지의 사실이다. 이는 무엇보다도 모홀리 - 나지(László Moholy - Nagy, 1895 ~ 1946)에게 많은 부분 빚지고 있다. 예비교육과정(Vorlehre), 공방교육(Werklehre), 그리고 건축교육(Baulehre)의 3단계로 이뤄진 바우하우스의 독창적인 교육 프로그램에도 불구하고 사진예술은 바우하우스의 초창기 교육프로그램에는 포함되어 있지 않았다. 1923년에서 1928년에 이르는 시기에 금속공방의 장인으로 참여한 모홀리 - 나지에 의해서 러시아 아방가르디스트들에게 영감을 얻은 새로운 시야(뉴비전, Das Neue Sehen/New Vision)이론이 바우하우스의 예술가들 사이에서 논의되게 되었다. 이러한 논의에 힘입어 이후 페터한스(Walter Peterhans, 1897 ~ 1960)가

225) Vgl. "모든 조형행위의 궁극적인 목표는 건축이다! ······ 건축가, 조각가, 화가, 우리 모두는 공예작업으로 되돌아가야만 한다! 왜냐하면 어떠한 '직업으로서의 예술'은 존재하지 않기 때문이다. 미술가와 공예가 사이에 본질적인 차이란 존재하지 않는다. *예술가는 일종의 고양된 공예가이다*(Das Endziel aller bildnerischen Tätigkeit ist der Bau! ······ Architekten, Bildhauer, Maler, wir alle müssen zum Handwerk zurück! Denn es gibt keine 'Kunst von Beruf'. Es gibt keinen Wesensunterschied zwischen dem Künstler und dem Handwerker. *Der Künstler ist eine Steigerung des Handwerkers*)."

1929년에서 1933년 사이 사진공방을 운영하게 되었다.

사진은 그 발생에 있어서부터 현실에 대한 순수한 재현수단으로만 머물지 않았다. 현실을 담아낸 사진들은 인간의 상상력을 자극하는 예술작품이 되었으며, 더욱이 현실의 묘사에 있어서 경쟁 과정에 있었던 회화와 문학과 같은 다른 매체들에 많은 자극을 던져 주었다. 특히 문학의 경우 19세기 리얼리즘과 자연주의를 거치면서 사진의 현실 반영적 성격에 대한 논의가 활발히 벌어진다. 무엇보다도 사진의 매체성은 문학의 서사 개념에 많은 영향을 끼쳤다. 사진촬영의 광학적 프로세스(대상−카메라의 눈/렌즈−빛과 시간의 조절−필름−화학적 작용−암실/인화)는 20세기 초반의 모더니즘 문학에 이르러서는 시·공간의 상대성 개념과 무의식에 대한 당대의 새로운 담론들과 더불어 문학서술이론을 위한 메타포를 제공하기도 하였다.[226] 19세기에 있었던 사진의 발명이 회화사에 혁명적인 이노베이션을 야기하였던 것처럼 바이마르공화국 시대의 작가들은 새로운 매체 경쟁하에서 전통적인 예술의 역할과 성격에 반하는 새로운 이론

226) 실례로 마르셀 프루스트의 『잃어버린 시간을 찾아서』에서 나타나는 인물의 체험과 그것에 대한 회상의 재구성 사이 시간적 불일치성은 '내면의 암실'이라는 메타포로 이해될 수 있다. 프루스트에게 있어서 사진 촬영 및 그 현상과 인화과정의 시·공간적 차별성이 바로 경험의 순간과 그것의 재구성 사이의 불일치성과 비견될 만하며, 그의 작품의 핵심적인 기법인 비자발적 기억(mémoire involontaire)은 매 순간 촬영하였지만 아직 인화하지 않은 장면들을 다시 끄집어내는 작업으로 간주될 수 있다. 벤야민은 여기서 한 걸음 더 나아가 대상의 근원성에 대한 사진의 관계를 번역대상인 원본텍스트와 번역결과물의 의미연관 관계로까지 확장시켜 해석하고 있다. Vgl. Benjamin, Walter: Gesammelte Schriften(이하 GS로 표기함). Bd. Ⅱ−1. Frankfurt/M. 1991. S. 382f.

적 논의들을 도출해 낸다. 특히 바이마르공화국의 잉태를 제1차 세계대전의 전개와 그 결과에서 찾고, 인류사에 획기적인 대량 살상전쟁의 시초라는 측면에서뿐만 아니라, 인류 역사상 전쟁에 최초로 투입된 비행기와 카메라의 결합이 낳은 '공중 조감도'로 대변되는 인간시야의 확장과 새로운 퍼스펙티브의 발견이라는 제1차 세계대전의 특성에 주목한다면 바이마르공화국의 성립과 같은 시기에 새로이 출범한 바우하우스의 예술가들이 새로운 양상의 인간 인지 능력의 변화에 대해서 주목하였을 것이라는 점은 이해하기 어렵지 않다.

본고에서는 바우하우스를 중심으로 한 사진을 비롯한 시각예술 분야의 '새로운 시야' 이론의 단초들을 벤야민(Walter Benjamin)의 테제[227]와의 연관성 속에서 다뤄 보고자 한다.

2. '새로운 시야의 개안'과 그 회화사적 전통

사진, 영화와 같은 기술복제적인 기술에 기반을 둔 매스미디어적 사회와 그 구성원으로서의 인간, 그 인간의 인지능력의 변화에 대한 논의의 시작점에서 우리는 '새로운 시야/뉴 비전'의 유의미싱을 이야기할 수 있으며, 이러한 맥락에서 바이마르공화

---

227) Vgl. Benjamin, Walter: GS Bd. Ⅰ-2. Frankfurt/M. 1991. S. 471~508.

국시대의 신즉물주의(Neue Sachlickeit)와의 연관성 역시 논의될 수 있을 것이다. 다른 한편으로는 사진예술 분야에서 대두된 새로운 시야 이론은 사진의 기술복제적 성격을 극복하고 독자적인 생산적·예술적 매체로서 자리매김하고자 하는 시도로도 읽힐 수 있을 것이다.[228] '새로운 시야' 또는 '뉴 비전'은 현실에 대한 기계의 눈에 의한 광학적 관찰방법을 의미하는 것이다. 제1차 세계대전 이후 급속히 확산된 시각화의 과정은 새로운 매체의 기술발전에 힘입어 예술 생산에 있어서 전통적인 가치가 붕괴되고 있음을 보여 주기에 충분했다.

가령 제1차 세계대전에서는 처음 투입된 비행기와 사진술이 결합되어 공중 조감도를 낳고 있다. 이는 인간의 지각과 감각의 역사에 가장 심오한 변화를 야기한 사건이다. 공중 조감도의 탄생은 인간의 시야를 카메라 렌즈화시켰으며, 이렇게 '차갑고 냉철한 기계의 눈'으로 바라보는 전장 사진에서는 관찰자의 어떤 감정적인 동요도 있을 수 없다.[229] 이로써 인류는 차가운 카메라의 눈으로 현실을 바라보게 되었고, 자연적인 광학의 세계는

---

228) 벤야민은 「사진의 작은 역사(Kleine Geschichte der Photographie)」(1931)에서 '대상을 아우라로부터 해방시킨' 공로를 아뜨제(Eugène Atget)에게 돌리고 있다. 아뜨제의 사진이 아우라의 소멸을 낳았다는 주장과 초상사진과의 차별성을 통해서 사진의 역사에서 일획을 긋는 사건임을 강조하고 더 나아가서 산더(August Sander), 브로쓰펠트(Karl Blossfeldt), 크룰(Germaine Krull) 등의 사진에 대한 언급을 하고 있다. Vgl. Benjamin, Walter: GS Ⅱ-1 S. 378.

229) 전쟁이 야기한 인공적 리얼리티의 재현은 감정이입이 절제된 기계적인 작업이 되었다. 전쟁이 전통적인 풍경화를 대치하여 인공성의 메타성만을 강조하는 결과를 낳은 것이다. 이런 식의 논지는 후에 폴 비릴리오(Paul Virilio)에게서 '전쟁은 시네마이고 시네마는 전쟁'이라는 도식으로까지 발전하게 만든다.

기계적 광학의 세계로 대체된다.[230] '새로운 시야'에 대한 관심은 그러나 광학기계의 발전과 사진사의 발전에만 힘입은 것은 아니다. 무엇보다도 르네상스 회화에서 이루어진 시각의 이성화 과정은 이후 사진을 비롯한 시각예술 분야에서 결정적인 역할을 하게 된다.[231] 사진의 발명에 따른 19세기의 사진과 회화와의 상호교류 과정은 전반적인 시각화의 과정을 촉진시켰으며, 특히 사진술의 발전에 따른 스냅사진의 대중화는 전통적인 예술 분야에서도 대상에 대한 관찰 방식에 있어서 질적인 변화를 낳았다. 새로운 시야의 '개안'을 통해서 대상현실과 모사된 이미지는 광학적으로 상호 교호하지만 경우에 따라서는 상호 독립적인 구조성을 지닌 것으로 이해되었다. 이러한 관점에서 보자

〈그림 4-4〉
드가: 무용시간, **1874**

면 바우하우스의 새로운 시야 이론 역시 예술가의 창조적 작업을 도모하고자 하는 논의의 일환으로 이해될 수 있을 것이다.

관찰자와 대상의 이미지 사이의 분리는 마네(Edouard Manet), 세잔(Paul Cézanne), 드가(Edgar Degas), 쇠라(Georges Seurat)의 회화에서는 일반화되어 나타난다.[232] 주지하다

230) Vgl. Hüppauf, Bern: Experiences of Modern Warfare and the Crisis of Representation. In: New German Critique Nr. 59 S. 41~76.
231) Vgl. Ivins, William M.: On the Rationalization of sight. New York 1973.

시피 사진 촬영에도 열성을 다했던 화가 드가는 당시의 순간촬영기법에서 자신의 회화에 많은 예술적 영감을 얻었다. 드가의 많은 그림에서는 무엇보다도 대상을 바라보는 관찰자의 시야가 주제가 되고 있다. 그림을 바라보는 우리는 드가 그림의 대상들을 마치 연극 무대를 바라보거나, 카페에 앉아서 바라보는 듯한 인상을 받는다.[233] 1874년경에 완성된 드가의 <무용시간>(<그림 4-4> 참조)을 예로 들어 보자면, 무용실의 모습은 그림의 오른쪽 끝에 소실점이 놓여 있어, 그림의 왼쪽 면은 대각선 모양으로 공간이 나눠지고 있다.

무용실의 바닥에 그어진 직선의 맞춤 선들의 방향과 관찰자의 시선은 서로 엇갈리고 있으며, 이 장면 앞부분에 서 있는 두 명의 어린 무용수의 존재는 감상자들의 시선을 분산시키기도 한다. 이 그림을 바라보는 감상자는 무용실의 상황에 대한 일별이나, 이루어지고 있는 일들에 대한 통일적인 조망을 쉽사리 하기 힘들어 보인다. 그림에 나타난 장면의 경계면 너머에 대한 지향을 통해서만 전체적인 조망이 가능하며, 드가는 마치 사진에서 보이는 바와 같은 광학적 시야를 회화에 도입함으로써 중립적인 시야, 즉 이미지의 내재성을 도출시킨다. 조망적인 소실점을 극단적으로 그림의 측면에 배치함으로써 드가는 관찰자와 대상의 이미지 사이의 일치를 방해하고 있는 셈이다. 관찰자는

---

232) Vgl. Kemp, Wolfgang: Foto-Essays zur Geschichte und Theorie der Fotografie. München 1978.

233) Kemp, S. 66.

자신의 시야를 회화 속에 그려진 지각형식과 분리해야만 하고 지각의 규정성을 체험하는 것이다. 이는 사진술이라는 새로이 발전된 기술의 존재는 새로운 인식의 도구이자 매체가 되었다는 사실을 역설적으로 보여 주는 실례일 성싶다.

주지하다시피 공간의 묘사에 대한 관점의 변화와 다양한 소실점의 동시적 존재는 현대

〈그림 4-5〉 쇠라: 포즈를 취한 여인들 습작, 1886/7

회화의 존재근거가 되었으며, 이미 인상주의자들의 회화에서는 대상에 대한 바라보기가 더 이상 현실에 대한 성찰의 대상이 아니라, 사물을 바라보는 과정에 대한 관찰과정의 예술적 생산의 형태로 나타나게 된다. 가령 쇠라의 경우에서 보자면(〈그림 4-5〉 참조), 대상은 다양한 색상의 수많은 반점들로 이뤄져서 보인다. 대상의 근원적 모티브들에 대한 탐구를 기반으로 하여 쇠라는 대상의 시각적 인지를 그 근원적 모티브로 환원시키는 시도를 한 것이다. 쇠라의 점과 색채에 기반을 둔 대상의 재구성이라는 점묘법에 기반을 둔 회화작업은 당시의 광학적 발견(안막의 시각화 과정)에 근거한 미학적 실험의 결과이며, 점묘화된 색채의 광학적 재구성은 그림이미지와 대상 사이의 층위를 분리시킨다.

쇠라의 이러한 시도는 후에 입체파들에게 더욱 심화되어 대상
에 대한 인지방법이 이미지 생성의 전제조건이 되기에 이른다.

3. '예술의 근원 형식'과 미적 미니멀리즘

쇠라에게 나타나는 대상
의 본질성에 대한 극단적인
환원에의 미학적 요구는 일
종의 관념론적인 미학을 전
제로 하고 있다. 즉 인간의
의식 산물로서 세계는 몇 가
지 근원 형식으로 환원될 수
있다는 것이다. 다른 한편으
로는 선과 점, 그리고 색채
의 조화를 통해서 대상의 미
학적 이미지를 생산하고자

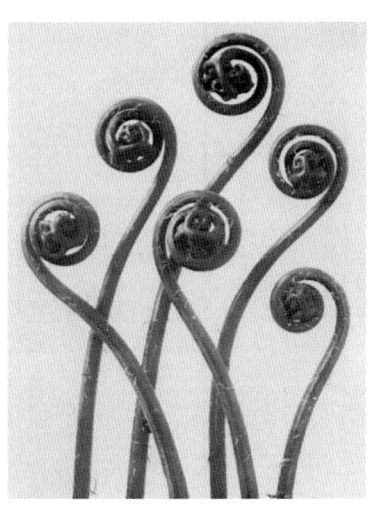

〈그림 4-6〉 블로스펠트: 공작고사리

했던 회화사적 전통에서뿐만 아니라 당시의 다른 시각예술 분
야에서도 이러한 시도가 가시화되고 있다. 원래 조각가인 블로
스펠트(Karl Blossfeldt, 1865~1932)는 베를린의 공예학교의 수강
생들에게 자연에서 발견할 수 있는 예술 모티브를 제공하기 위하
여 주로 식물들에 대한 수많은 근접촬영을 하였다(〈그림 4-6〉

참조). 후에 『예술의 근원형식들(Urformen der Kunst)』[234]이라는 이름의 사진집으로 발행된 블로스펠트의 작업은 항시 동일한 근접 촬영기법으로 여러 식물들의 확대된 이미지를 생산해 낸다. 블로스펠트가 자연에서 '수집'한 모티브들은 우리가 일상에서 접하는 건축물의 구조와 동일성을 지니기도 하고(가령 <그림 4-6>의 경우에 공작고사리의 머리 부분 사진인데 마치 유겐트 스틸의 창문 격자 모티브와 유사하다), 이러한 식물사진들은 예술교육의 교육소재로 활용되었다. 이렇듯이 사진이라는 광학적인 시야를 통해서 변형된 식물의 새로운 형태를 제공하는 것은 마치 쇠라에게서 나타났던 것과 유사하게 사진과 대상의 분화된 형식미를 낳고 있는 셈이다. 스트랜드(Paul Strand: 흰 담장, 1916)(<그림 4-7> 참조)나 코번(Alvin L. Coburn: Ezra Pound의 초상, 1916)의 그림들에서 보이는 바와 같은 현실에 대한 사진 이미지에서 드러나는 '추상화된' 미학적 모티브들은 무엇보다도 피카소와 브라크와 같은 입체파 예술가들의 회화에 지대한 영향을 끼친다.[235]

제1차 세계대전을 정점으로 이루어진 사진기술의 사회적 확산은 예술가들에게 차가운 카메라의 눈으로 현실을 바라보게 하였고, 자연적인 광학의 세계는 기계적 광학의 세계로 대체된다.[236] 당대의 예술가들은 사진에서 '자기 자신을 객체로 바라

---

234) Vgl. Blossfeldt, Karl: Urformen der Kunst. München/Paris 1994.

235) Vgl. Pawek, Karl: Das optische Zeitalter, Freiburg 1963.

236) Vgl. Hüppauf, Bern: Experiences of Modern Warfare and the Crisis of Representation. In: New German Critique Nr. 59 S. 41~76.

보는' 능력을 제공하는
'냉철한 제2의 의식'[237)
발전 가능성을 보았다.
사진은 모든 질료들의
저항을 극복할 뿐 아니
라, 촬영은 감각의 영역
을 넘어선다. 카메라 렌
즈는 인간이 눈으로 도

〈그림 4-7〉 스트랜드: 흰 담장, **1916**

저히 볼 수 없는 대상의 고유성을 포착해 낸다는 것이다. 벤야
민이 지적하고 있듯이 이 당시의 사진이 인상학적, 정치적, 학
문적 관심에서 자유로워질 수 있었던 것처럼, 사진이 모든 제반
상관관계로부터 자유로워질 수 있었기에 사진은 '창조적'이 될
수 있었다.[238)

4. '카메라의 눈'과 아우라

　주지하다시피 기술복제시대의 예술작품에서 아우라의 소멸
을 이야기하는 벤야민은 예술의 생산과 수용 과정에서 '매트릭
스'로서 대중의 역할에 대하여 설명하고 있다.[239) 이는 자본주

---

237) Jünger, Ernst: Über den Schmerzen, Hamburg, 1934, S. 201.
238) Vgl. Benjamin, GS Ⅱ-1 S. 378.

〈그림 4-8〉 파이닝어: 성당, 1919

의 사회의 대중은 결코 인간의 얼굴을 가진 존재가 아니며, 현대 사회를 규정짓는 모든 이미지들은 대중 속에 내재되어 있다는 것이다.[240] 매트릭스로서의 대중이 뜻하는 바는 개성 대신에 즉물성, 개인 대신에 기능이 중시됨을 의미한다.

기술복제시대의 대중 인식은 더 이상 집중을 요구하지 않고, 집단적이고 분산된 수용에 의해서만 규정지어진다. 따라서 전통적인 관조적 침잠에 반하는 분산적인 오락성에 대한 선호가 대중의 예술에 대한 관여방식의 특질을 이루게 되었다. 벤야민은 새로운 매체의 발생과 전통적인 경험과 인식 모델의 변화는 관객을 '산만한' 시험관(試驗官)이 되게 하였다고 주장한다. 사진 매체의 급속한 보급은 기존의 개인적·사회적 이미지들이 몰락함을 의미할 뿐 아니라, 새로운 기계들과 새로운 유형의 인간들 사이의 깊은 유대감에 기반을 둔 새로운 대중적 매체성의 시대가 도래한 것을 보여 준다. 사진이 지니는 객관성은 인간의 인지력 한계 및 장애와 그 대상으로서의 세계 사이의 새로운 인

239) GS Ⅰ-2, S. 503.
240) Bolz, Norbert: Auszung aus der entzauberten Welt, München 1989, S. 122.

과관계 모델로 작용한다. 이는 우리가 드가와 쇠라의 회화나 블로스펠트와 스트랜드의 사진작업에서 시도된 관찰자의 인지와 현실대상 사이에 존재하는 거리감의 미적 형상화의 실체로 작용한다. 이렇듯 변화된 대중의 인지능력에 대한 '선언적' 표현을 우리는 바우하우스 창립선언문에 인쇄된 파이닝어(Lyonel Feininger)의 판화(<그림 4-8> 참조)에서 볼 수 있다.

파이닝어의 판화에서 보이는 성당의 모습은 다양한 각도에서 인지된 시각의 절편들이 탈물질화되어 재구성됨으로써 통일적인 지향점이 존재함을 암시하고 있다. 마치 수정모양과 같이 거칠게 새겨진 교회형상에서 드러나는 수공업적 작업의 흔적과 질료적 특성은 미적 형식의 본질성을 각인하고 있는 셈이다. 바우하우스의 교육프로그램에서 사진예술은 1923년 그로피우스에 의해서 주창된 '예술과 기술의 통합'이라는 구호와 때를 같이하여 주요한 자리매김을 하게 된다. 기존의 수공업적인 공방작업을 탈피하여 새로이 기술적 이노베이션에의 주장을 통해서 생산과정의 기업화를 꾀하고자 한다. 이를 위해서 무엇보다도 디자인의 중심이 수공업적 작업보다는 대량생산을 위한 조립라인에 적합한 형태로 바뀌게 된다. 이 과정에서 형태와 색채, 기능을 아우르는 통일적 디자인에 대한 관심이 고조된다. 이를 위하여 모홀리-나지와 히르쉬펠트-마크(Ludwig Hirschfeld-Mack) 등을 중심으로 무엇보다도 빛과 사진에 대한 실험들이 이뤄졌다. 특히 모홀리-나지의 경우에는 광학적인 법칙성에 대한 추

〈그림 4-9〉 모홀리-나지: 포토그램

구에서 사진촬영의 과정에 대한 실험을 지속하였으며, 이러한 형식실험의 결과는 수많은 포토그램(Fotogramm)들에 나타난다 (〈그림 4-9〉 참조). 모호리-나지의 포토그램에서는 평면적인 활자의 배치와 입체적인 형상들의 '콜라쥬(Collage)'를 통해서 새로이 비주얼한 순간을 재구성하는 실험을 거행한 것이다. 이러한 포토그램의 형식실험은 고정화되어 버린 대상성에 대한 의문을 제기하면서, 대상을 바라보는 다양한 시야와 퍼스펙티브의 발견이 시각예술 분야에 관습화되었던 고정시각을 깨트리는 예술교육 기능으로 역할을 하게 된다.

일례로 바우하우스 예비과정(Vorlehre) 중 조형훈련 과정의 참여 학생들에게 칸딘스키는 새로운 시각훈련을 요구하였다. 이로써 모홀리-나지의 바우하우스에서 사진실험은 그 매체사적 의미를 지닌다. 냉철한 기계의 눈을 통해서 대상의 본질(예술적 원형)을 직시할 수 있는 새로운 시야의 개안에의 요청은 당대의 아방가르드 운동과 신즉물주의 사이의 접점으로 이해되어야 할 것이다. 벤야민의 논조를 빌리자면 이는 단적으로 예술과 사진 사이의 매우 특징적인 관계로 요약되어 이야기될 수 있는데, 벤

야민은 예술작품의 촬영에 따
른 예술과 사진의 '아직 해소되
지 않은 긴장'을 이야기한 바
있다.[241] 여기에서 우리는 더
나아가서 창조적인 행위로서의
사진예술과 구성적인 사진예술
사이의 논쟁 사이에서 바우하
우스의 예술실험들이 매체사적
의의를 지님을 짐작할 수 있을
것이다.

〈그림 4 - 10〉 모홀리 - 나지:
발코니, 1926

　관습화된 전통적인 대상에 대한 퍼스펙티브에 비하면 일견
자의적으로 다가오는(비스듬한 시선과 어둡고 불명확한 시야
등) 퍼스펙티브의 개방을 통해서 모홀리 - 나지를 비롯한 바우하
우스의 예술가들은 미니멀한 광학의 분야에서 형식 실험을 일
상의 대상성으로 확장시킨다(<그림 4 - 10> 참조: 동일모티브
의 반복적 형상으로서의 바우하우스 발코니). 무엇보다도 기술
과 자연의 연관성을 추구하였던 모홀리 - 나지의 시도들은 『회
화, 사진, 영화(Malerei, Fotografie, Film)』에서 잘 드러난다. 더구나
그는 렝어 - 파취(Albert Renger - Patzsch, 1897~1966)의 비스듬히
상승부를 향해 찍은 공장 굴뚝사진을 제시하면서 '공장굴뚝의 동

241) Vgl. Benjamin, GS Ⅱ - 1 S. 385. 이 점이 시대의 징후에 대한 감각이 깨우
　　처질수록 화가들은 회화로부터 등을 돌렸다는 벤야민의 단언이 모홀리 - 나지의
　　형식실험에 대해서도 바로 유효한 지점이다.

〈그림 4-11〉 렝어-파취: 발전기, 1925/6

물적인 위력'이라는 제목을 달고 있다.[242] 이미 보았던 블로스펠트의 사진이 식물의 사진에서 (미학적) 일상성의 근원 형식을 추구하였고, 아뜨제의 사진들에서 도시와 건축의 모습들에서 인간의 마음을 담고자 하였다면, 렝어-파취의 사진에서는 동물세계와 산업사회 공통의 '정글법칙'이 모홀리-나지의 코멘트로 드러나는 셈이다.[243] 렝거-파치의 다른 사진들(〈그림 4-11〉 참조)에서도 산업사회의 상징성들(발전기, 공장, 도로)에 대한 사진 작업을 통해서 동시대 삶의 본질성에 대한 새로운 시야를 확보하고 있다.

그럼에도 불구하고 모홀리-나지의 광학적인 새로운 시야 개념은 카메라라고 하는 기술적 기제에 대한 고려 없이는 생각할 수 없다. 카메라의 렌즈가 포착하는 기계적 광학의 세계에는 어떠한 도덕적·이데올로기적 입장을 강요하는 도상적 의미내용

---

242) Moholy-Nagy, Lazlo: Malerei, Fotografie, Film, München 1927, S. 57.
243) 벤야민은 그의 「사진의 작은 역사」에서 '미래의 문맹자는 글자를 모르는 사람이 아니라 사진을 모르는 사람'이라는 말을 인용하면서 자기 자신의 사진을 읽어 줄 수 없는 사람도 문맹자라고 보아야 하지 않은가 반문하고 있다. 그리고 표제 설명이 앞으로 사진의 가장 중요한 구성 요소가 되지 않을까 하는 질문을 덧붙인 바 있다.

이 존재하지 않는다.[244] 따라서 사진의 광학적인 시야를 통해서 전통적인 조형예술의 대상성에 대한 물음을 제기하고자 했던 모홀리-나지의 실험들은 대상의 미적 진정성(ästhetische Authenzität)에 대한 물음이지만, 이와 동시에 아우라의 소멸로 대변되는 기술 복제적 영상매체시대의 사진의 진품성(Authenzität)[245]에 대한 질문이었던 셈이다.

---

244) Vgl. Hüppauf, Bernd: Der entleerte Blick hinter der Kamera In: Heer, Hannes u.a.(Hrsg.) Vernichtungskrieg. Hamburg 1995, S. 504～527, hier S. 512.

245) Vgl. Benjamin, GS Ⅱ-1 S. 382.

문학과 영화의 상호 매체적 서사

– 〈스모크〉와 『오기 렌의 크리스마스 이야기』를 중심으로 –

1. '문학과 영화'

지난 20년간 '혼종(hybrid)', '혼종성(hybridity)' 또는 '혼종화 (hybridisation)'와 같은 용어들은 멀티미디어와 상호 매체성 (Intermediality) 개념과 마찬가지로 20세기 후반기의 문화 지형도 를 묘사하는 데 필수 불가결한 단어로 여겨졌다. 혼종 또는 혼 종성이라는 단어는 자연과학, 생물학, 문화연구, 포스트모던 이 론, 미디어 연구 등 거의 모든 분야에 두루 사용되었다. 문화의 '이질성'과 '퓨전', '경계의 해체'가 거의 모든 사회적 · 문화적 담론들의 주제어로 자리 잡았던 20세기 후반기의 매체사적 상 황에 대한 논의들은 종종 '전통적인' 활자매체와 문학의 위상 변화에 대한 언급으로부터 시작한다.246) 문학사는 다양한 매체

형식의 서사적 혁신의 역사로 이해될 수 있다. 물론 이러한 서
사적 혁신의 저변에 인간 지각의 제 형식이 당대의 급격한 현실
변화에 대응하고 있다는 점이 전제되어야 한다.[247] 서구 문화사
에서 보자면 18세기에 이르러 소설은 서사 기법상의 혁신을 통
해서 전통적인 문학 장르들을 제치고 가장 인기 있는 문학 형식
으로 자리 잡았다. 뿐만 아니라 이후 새로이 등장한 사진은 회
화를 위시한 여러 예술 분야에 새로운 시야를 제공하였다.[248]
무엇보다도 20세기 초반에 이루어진 영화의 발전은 전통적인
문학 영역, 특히 연극 무대에서는 볼 수 없었던 '이차적인 환상
성'[249]을 낳고 있다. 이제 우리가 '문학'을 이야기한다고 할 때
는 더 이상 텍스트 중심의 문헌학적 전통에만 머무르지 않는
다.[250] '문학'은 이미 오래전부터 더 이상 '활자로 구성된 텍스
트'만을 의미하지 않으며, '멀티미디어에 기반하고 디지털화된
네트워킹'[251]의 심미화 과정을 염두에 두고 있는 셈이다. 즉 현

---

246) 전통적인 문헌학과 달리 문화학으로 새로이 자리매김하고자 하는 현대의 문학연
구방법론의 방향전환 배경에는 포스트모던적 상황에서 유래한 전통적인 문예학
의 경계구분과 경계해체라는 대립적인 두 입장의 발현이라는 측면뿐만 아니라,
서구의 근대 이래로 논리중심주의적 획일화의 경향에 대한 이질적 논의들과 그
심미화의 과정(Ästhetisierungsprozess)도 이야기되어야 할 것이다.

247) Walter Benjamin, Gesammelte Schriften, Bd. Ⅰ-2, Frankfurt/M., 1991,
478쪽.

248) Birgit Wagner, Technik und Literatur im Zeitalter der Avantgarden,
München, 1996, 29쪽 참조.

249) Walter Benjamin, 495쪽.

250) 실례로 많은 문학입문서에서 전통적인 산문, 서정시, 드라마의 3 장르와 더불
어 영화를 4번째 장르로 소개하고 있다. 가령 Mario Klarer, Einführung in die
neuere Literaturwissenschaft, Darmstadt, 1999, 86쪽 이하 참조.

251) Mikle D. Ledgerwood, "The Semiotics of Cyberspace: Part One,

대의 문학 행위들은 상호 매체적 역동성에 많은 부분 빚지고 있다.[252] 뉴미디어의 발명과 디지털 기술의 발전은 21세기 새로운 문화 지형도를 예고하고 있다. 이미 우리는 14세기의 인쇄 활자나 19세기의 사진 기술이 당대의 사회와 문화에 혁명적인 충격을 주었던 것처럼, 컴퓨터를 매개로 하는 새로운 생산과 배포 및 의사소통의 형태가 문화의 중심이 되었음을 체험하고 있다.[253] 다른 한편 오늘날 글로벌한 시대에 전개되는 일상의 심미화 과정(Ästhetisierungsprozess)은 상품과 포장, 존재와 가상, 하드웨어와 소프트웨어의 위치교환이라는 일대기적 전환과, 심미적인 광고 전략들이 사회주도적인 재화로 성장해 가는 과정을 경험하고 있다.[254] 우리의 '경험세계' 심미화 과정, 즉 객관적 세계의 기술적 규정과 사회적 세계의 매개적 연결이라는 관점에서 심미적인 것은 '*버츄얼한 것*'이라는 의미를 지닌다. 의식의 심미화는 결국 우리가 의식의 전제가 되는 토대들(Fundamente)을 더 이상 바라보지 못하고, 현실을 우리가 이전에는 단지 예술의 산물로만 이해하였던 표현양식(Verfassung)으로만 받아들이게 된다는 것을 의미한다. 이런 점에서 우리는 '구텐베르크 갤럭시'를 벗어나 디지털 이미지에 의한 새로운 총체적 매체 환경의 우주

　　Persona", in: Ernest W. B. Hess-Lüttich, Jürgen E. Müller & Aart van Zoest(Hrsg.), *Signs & Space. Raum & Zeichen*, Tübingen, 1998, 275~289쪽 참조.

252) Irina O. Rajewsky: *Intermedialität*, Tübingen 2002, 69쪽 참조.

253) 레프 마노비치, 『뉴미디어의 언어』, 생각의 나무 2004, 61쪽 이하 참조.

254) Wolfgang Welsch, Grenzgänge der Ästhetik, Stuttgart, 1996, 22쪽.

속에서 이뤄질 21세기의 '오디세이'에 대해서 관심을 가져야 할 것이다. 우리 앞에 놓여 있는 새로운 매체 상황은 '현실이 대중에 적응하고 또 대중이 현실에 적응하는 현상이며 사고의 면에서는 물론이고 직관의 면에서도 무한한 중요성을 지니게 될 하나의 발전과정'이기 때문이다.

이러한 문제의식에서 보자면 초창기 영화의 역사는 여러 가지 점에서 시사하는 바가 많다. 뤼미에르 형제의 영화 실험이 세간의 관심을 자아낸 지 이제 갓 한 세기를 넘어서고 상대적으로 '새로운(New)' 미디어인 영화의 역사는 문학작품의 새로운 매체 실험의 역사이기도 하다. 이미 1896년 뤼미에르 형제가 괴테의 파우스트 소재를 바탕으로 작업을 하였을 정도로 특히 고전문학작품의 영화화에 대한 관심은 초창기 영화가 지닌 제작환경적 제약요소와 제작자의 창의성 사이의 긴장관계 속에서 고조되었다.[255] 처음 시네마토그래피가 선사하였던 기술적 혁신성은 너무나도 빨리 대중에게 외면되었기에, 더 이상 무의미한 동작들의 영상 재현이 아닌 이미지의 서사적 요소에 대한 관심이 고조되었던 것이다. 더욱이 초창기의 영화에는 심지어 자막조차 존재하지 않았던 터라 모두가 공감하는 고전적인 문학 소재의 차용은 너무나도 당연한 것이었을지 모른다.

여기에 덧붙여서 이제 막 새로이 탄생한 영화라는 매체가 이미 탄탄한 문화적 지위를 향유하던 (고전)문학의 성가에 기생하

---

255) Siegfried Kracauer, The Nature of Film: The Redemtion of Physical Reality, London, 1961, 12쪽 참조.

여 대중의 관심을 끌어 보고자 하는 문화 경영적인 마인드 역시 엿보이는 대목이다. 초기 영화사에서 단골 메뉴처럼 등장하는 스테레오타입의 뱀파이어나 괴물 형상들의 존재가치 역시 이러한 점에서 찾아질 수 있을 것이다. 이후 영화의 비약적인 발전의 과정에서 우리는 수많은 문학작품의 영화화를 경험하게 되었고, 이제는 반대로 문학작품이 영화의 대중적 성공에 기대여 그 존재 가능성을 시험해야 하는 시기가 도래하였다. 그럼에도 한동안 무척 특이하게도 문학작품의 영화화 경우에는 소위 '오리지널' 텍스트에 영화화된 '내용'을 견주어 보거나, 심지어 저본 줄거리의 완벽한 영화적 재현을 예술적 완결성의 한 척도로 삼는 일들에 익숙해 있었다. 매체적 특수성의 관점에서 저본 텍스트의 '생산적인 수용'이라는 문제의식으로 문학의 영화화를 바라보게 된 것은 그리 오래되지 않은 최근의 일이다.[256]

2. '상호 매체성과 혼종성'

일찍이 맥루한은 '두 가지 미디어의 이종교배(hybrid), 혹은 만남은, 거기에서 새로운 형태가 탄생하는 진실과 계시의 순간'이며 다른 미디어와의 만남을 통해서 기성 문화에 만연되어 있는

---

256) Angsgar Nünning, Metzler Lexikon Literatur - und Kulturtheorie, Stuttgart, 1998, 355쪽 참조.

나르시스적 자기도취에서 벗어나 기존의 미디어에 의해 무감각하게 마비된 감각이 자유를 얻어 해방되는 순간이라고 설파한 바 있다.[257] 그러나 기존의 지배적 미디어가 만들어 놓은 일상적인 마비로부터 해방을 전제로 하는 매체 간의 만남에 대한 맥루한의 혼종성 개념은 매체 간의 고정된 경계 지음을 전제하고 있어 보인다. '핫' 미디어와 '쿨' 미디어와의 유명한 구분뿐만 맥루한은 '미디어'라는 개념을 매우 확장하여 사용하고 있는 것으로도 유명하다. 맥루한이 인류의 매체사에서 읽어 내고 있는 '인간의 확장으로서의 미디어'[258] 개념에 따르자면 미디어란 우리가 일반적으로 이해하는 (매스)미디어 개념을 훨씬 넘어서는 화폐, 수레바퀴, 시계, 자전거, 자동차, 비행기, 심지어 무기 등과 같은 기술적 기제들을 포괄하고 있다. 이렇다면 미디어 간의 만남 또는 혼종을 이야기할 때 가장 우선시되어야 하는 문제는 미디어를 어떻게 보아야 할까 하는 점일 것이다.[259] 맥루한의 미

---

257) 마샬 맥루한, 『미디어의 이해』, 커뮤니케이션북스, 1997, 92쪽.

258) 주지하다시피 마샬 맥루한(1911~1980)은 저서 『미디어의 이해』(1964)에서 커뮤니케이션 기술의 발전에 따른 인류 문명의 변천사에 대한 규명을 매체사적 관점에서 규명하고자 한다. '미디어는 메시지이다'라는 중심 테제는 '생활세계(Lebenswelt)' 영역으로까지 확장된 형식 개념에 대한 모더니즘적 강조와 다름 아니다. 맥루한에게 미디어란 인간감각의 확장이며 동시에 우리 사회의 정신생활 전체를 제약하기도 한다. 캐나다 출신의 정치경제학자 이니스(Harold Adams Innis, 1894~1952)의 영향을 많이 받은 맥루한은 인류사를 지배적인 미디어의 유형에 따라 구두(口頭)커뮤니케이션, 문자의 시대, 인쇄의 시대, 전기매체의 시대 4단계로 구분하고, 현대의 전기매체의 시대, 즉 '지구촌'의 시대에 살아가는 인류는 문자와 활자매체가 억압하였던 다감각적 권능을 다시금 되찾게 되리라고 믿는다.

259) 왜냐하면 철학적, 사회학적, 경제학적, 생물학적, 의사소통적, 기술적 틀로부터 담론의 경로, 시뮬레이션, 행위의 패턴 혹은 인지과정의 패턴 등에 이르는 상이

디어 개념에서 보자면, 즉 인간(신체기관)의 확장으로서 매체, 즉 발의 확장으로서 수레바퀴, 기억의 확장으로서 문자문화, 노동력 가치의 교환수단으로서 화폐의 교환은 상호 교호적인 이종교배를 통해서 핵분열과 핵융합과 같은 문화적 역동력을 발생시켜 왔다. 이렇듯 확장으로서 미디어는 '알리는' 매개체가 아니라 '발생시키는' 매개체라고까지 단언하고 있다.[260] 또한 '자동차가 있기 전에는 아무도 자동차를 원하지 않았으며, TV프로그램이 있기 전에는 누구도 TV에 흥미를 갖지 않았다'라는 맥루한의 언급은 어떤 기술적, 사회적, 역사적 환경하에서 새로운 미디어가 '발생하는가'에 대한 질문을 던지기에 충분하다.

주지하다시피 인쇄술의 발명과 서적의 출간은 구전문화시대와 문자문어시대를 융합하는 활자문화의 시대라고 할 수 있는 근대의 세계와 그 세계관을 낳았다. 또한 단일 감각의 '정세도'의 높고 낮음에 따라 '핫' 미디어와 '쿨' 미디어로 나눈 맥루한의 규정에 따르자면 인쇄문화는 핫 미디어이지만 전기문화의 총화인 전화는 쿨 미디어였다. 그러나 영상을 전달하는 두 매체인 영화와 텔레비전에 있어서 영화는 '핫'하지만 텔레비전을 '쿨'하다고 규정한 맥루한의 논지에 대해서는 디지털 시대를 살아가는 우리는 다른 견해를 제시할 수 있을 것이다.[261] 물론 맥

한 과학적 패러다임에 입각한 매체의 '정의(定義)'에 대한 수십 가지의 시도가 존재함을 알고 있기 때문이다.

260) 맥루한, 82쪽.

261) Jürgen E. Müller, Intermedialität, Münster, 1996. 참조.

루한은 작가와 영화감독이 하는 일이 독자나 관객을 하나의 세계, 즉 독자나 관객의 자신 실제 세계로부터 또 하나의 다른 세계, 즉 인쇄와 필름에 의해서 만들어지는 새로운 세계로 옮겨 놓는다는 점에서 공통점을 지니고 있고, 아마도 그런 이유에서 활자의 인간이 '기꺼이' 필름을 받아들였다고 쓰고 있다.262) 이러한 점이 초기 시네마토그래피 이래로의 영화 발전사에서 문학과의 상호 작용성이 이야기되는 이유인 듯하다.

뿐만 아니라 이러한 문제의식에서 보자면 기존의 여러 예술 장르를 포괄하는 종합예술로서 영화의 매체적 특수성을 이야기하기 위해서 최근 상호 매체성이라는 용어를 선호하는 이유도 자명하다 할 것이다.263) 상호 매체적 접근은 다매체적 결합이라는 의미를 지니는 혼종성의 범주를 넘어서는 매체의 특수성에 기반을 둔 세분화된 공시적·통시적인 연구를 가능하게 한다.264) 뿐만 아니라 혼종성의 개념이 오늘날에는 거의 모든 포스트 모던적 사회·문화적 현상에 적용되고 있다는 사실로 미루어 보건대 너무나 일반적이고 보편적인 범주만을 제공하고 있지 않나 하는 문제의식에서 그러한 것이다.

---

262) 맥루한, 405, 416쪽 참조.
263) 최근의 연구는 혼종성을 미디어변환의 동력에 개방시킴으로써 정적인 개념인 '혼종성'의 약점을 극복하려 하고 있다. 또한 여기에서 우리는 '상호 텍스트성'과 '상호 매체성'의 개념사적 유사성을 그려 볼 수 있을 것이다. S. J. Schmidt, Medienwissenschaft und Nachbardisziplin. in: Gerhard Rusch(Ed.), Einführung in die Medienwissenschaft, Wiesbaden, 2002. 53~69쪽.
264) Müller, 127쪽 참조.

3. 〈스모크〉와 『오기 렌의 크리스마스 이야기』

당시 미국에서 활동 중이던 홍콩 출신의 영화감독 웨인 왕
(Wayne Wang)은 1990년 크리스마스에 즈음하여 뉴욕 타임즈에
실린 폴 오스터(Paul Auster)의 『오기 렌의 크리스마스 이야기
(Auggie Wren's Christmas Story)』265)를 읽고는 영감을 얻어 〈스
모크(Smoke)〉(1994)를 촬영하게 된다. 웨인 왕과의 대화에서 관
심을 가지게 된 작가 폴 오스터는 〈스모크〉의 시나리오 작업
에까지 참여하였다. 〈스모크〉의 모티브가 되었던 폴 오스터의
짧은 스토리는 영화 전체 줄거리의 일부분으로 자리 잡게 된다.
영화는 5개의 상호 연관적인 스토리가 마치 소설의 챕터와 같은
모양새로 이루어져 있다. 영화의 전체 줄거리는 1990년 여름, 뉴
욕 브루클린의 '브루클린 시가 컴퍼니'라는 담배 가게를 중심으
로 전개된다.

임신한 아내가 백주대로에서 총상으로 사망한 충격으로 펜을
놓은 작가 폴 벤자민과 자신의 담배 가게에서 한심한 동네 한량
들이랑 수다나 떠는 오기 렌은 가게 주인과 손님의 관계지만 어
느 날 친구가 된다. 14년 동안 매일 같은 자리에서 아침 8시에
거리 풍경을 찍어 왔던 오기는 폴에게 동일한 수천 장의 사진이
들어 있는 앨범을 보여 준다. 우연히 폴을 찾은 흑인 청년 라시
드는 폴의 집에서 며칠 묵었다가 길을 떠난다. 생부를 찾아간

---

265) 폴 오스터, 『오기 렌의 크리스마스 이야기』, 열린책들, 2001.

라시드는 자신의 정체를 밝히지 않고 생부의 허름한 주유소에서 일하며 그와 얘기를 나눈다. 한쪽 팔을 잃은 생부 사일러스는 12년 전 무모했던 자신의 행동을 자책하며 살고 있었다. 그러던 어느 날 오기의 담배 가게에 외눈의 여인이 찾아온다. 18년 전 오기를 배신하고 떠난 루비는 느닷없이 나타나 오기에게 딸이 있었으며, 그 애가 임신 4개월에 마약중독자라는 사실을 얘기하며 금전적인 도움을 요청한다. 오기는 쿠바산 시가를 밀수하여 돈을 벌고 있는데, 다시 폴에게 돌아온 라시드가 폴의 소개로 오기의 가게에서 일을 하다가 밀수한 시가를 망치게 된다. 라시드는 일전에 손에 넣었던 동네 갱들의 돈을 오기에게 주고, 오기는 그 돈을 루비에게 다시 건네준다.

　폴과 오기의 도움으로 라시드는 생부와 화해하고, 뉴욕 타임즈의 크리스마스 스토리 기고를 의뢰받은 폴에게 오기는 점심을 사면 멋진 크리스마스 스토리를 이야기해 주겠다고 한다. 같이 점심을 먹으면서 오기의 크리스마스 스토리는 수년 전에 겪었던 이야기를 한다. 수년 전에 가게에서 책을 훔치던 흑인 청년을 쫓다가 그의 지갑을 줍게 되는데, 그 지갑 안에는 어머니와 찍은 어린 소년의 사진과 운전면허증이 있을 뿐이었다. 그해 크리스마스에 하릴없이 지갑에 있는 연락처를 찾아가게 된 오기는 그곳에 혼자 지내는 흑인 청년의 맹인 할머니를 보고 그 청년인 양 크리스마스 디너를 같이하고 화장실에 있던 훔친 카메라를 한 대 들고 나온다. 다음에 다시 그곳을 찾아가 보았을

때 그 할머니는 없고 다른 사람이 살고 있었다고 한다. 그 이후에 오기는 그 카메라를 들고 매일 아침 사진을 한 장씩 찍고 있다는 것이다. 폴 오스터의 『오기 렌의 크리스마스 이야기』에는 오기 렌과의 만남과 사진 앨범을 보는 장면, 그리고 오기가 점심을 대가로 들려주는 크리스마스 이야기 부분이 들어 있을 뿐이다.

폴 오스터의 『크리스마스 이야기』는 오기의 기이한 사진 찍기와 그 사진 찍기를 하게 된 동기가 되는 카메라를 손에 넣게 되는 과정에 대한 이야기만을 담고 있다. 반면에 영화 <스모크>에는 폴과 오기, 두 사람만의 이야기뿐만 아니라 라쉬드, 사일러스, 루비 등의 이야기가 원래 스토리의 틀 내에서 복잡한 이야기 구조를 만들어 내고 있다. 여기에서는 전통적인 문학과 영화의 상관관계와는 다른 양상을 보이고 있는 셈이다.

일반적인 문학 작품의 영화화와는 달리 <스모크>에서는 폴 오스터의 『오기 렌의 크리스마스 스토리』는 전체 영화의 오리지널 저본이 아니라 모티브만을 제공하고, 영화의 플롯은 폴 오스터가 새로이 집필한 시나리오에 기반하고 있다. 『오기 렌의 크리스마스 이야기』는 단지 다음의 3가지 모티브를 <스모크>의 영화화에 제공하고 있다. 즉 이야기의 전개 장소로서의 '브루클린 시가 컴퍼니'라는 오기 렌의 담배 가게와 스토리가 교환되는 오기와 폴이라는 두 주인공의 존재, 마지막으로는 스토리와 영화의 공통적인 테마로 이야기될 수 있는 사진을 이야기할 수 있을 것이다. 영화라는 영상 매체와 쇼트 스토리라는 활자매체 사이의 공통적인 테마가 되는 사진이라는 또 다른 매체는 한편으로는 <스모크>에서는 동일한 시간과 동일한 장소에서 매일 계속되는 오기 렌의 기이한 사진 찍기의 모습을 통해서 드러나고 있고, '저본 텍스트'에서는 오기 렌이 카메라를 어떻게 수중에 넣게 되었는가에 대한 답변을 제공하고 있다.

뿐만 아니라 이야기의 전체 줄거리가 중층적으로 '매체적인' 재구성이 되어 있다. 오기 렌의 카메라 습득과정을 담은 크리스마스 경험담은 '구어적인' 이야기의 형태로, 그 이야기를 담은 폴 오스터의 크리스마스 스토리는 '문학적으로', 즉 쓰인 텍스트를 통해서 매일매일 사진을 찍는 오기의 이야기를 보여 주고 있으며, 오기는 찍은 사진을 차곡차곡 담은 앨범을 보여 주고 있으며, 영화는 필름을 통해서 전체의 줄거리를 다시금 구성하고 있다. 바로 여기에서 상호 매체성을 이야기할 수 있을 것이다.266) 뉴욕 타임즈 신문에 실린 크리스마스 스토리의 텍스트와 시나리오에 드러나는 문자성, 문학과 영화의 서사에서 드러나는 구전성, 공통적인 서사 테마이자 서사의 대상 매체로서 사진이라는 매체가 각기 상이한 형태의 매체적 서사의 가능성과 상호작용하고 있는 것이다.

4. '상호 매체적 서사'

『오기 렌의 크리스마스 이야기』와 <스모크>에 있어서 이야기가 전개되는 서사의 공간으로는 오기 렌의 담배 가게를 들 수 있다. 그러나 『크리스마스 이야기』의 인쇄된 텍스트는 뉴욕 타임즈의 신문 지면 위에서 독자들과 호흡하고 있었다면, <스모크>의 이야기는 1초에 24장씩 셀룰로이드 필름 위에 기록되어 극장의 스크린 위에서 관객들에게 읽히고 있다. 두툼한 성탄절 특집 뉴욕 타임즈를 손에 쥐고 한 장 한 장 넘겨 가면서 세상의 소식들과 함께 크리스마스 선물 광고들 속에서 『오기 렌의 크리스마스 이야기』를 찾아서 읽어 나갔을 개인으로서 독자에 비해서 극장에서 <스모크>를 관람하였을 관객의 존재는 영화상영 프로그램의 일부분이다. 일견 너무나도 당연시되었던 개인화된

---

266) Joachim Paech, Intermedialität, in: Franz-Josef Albersmeier(Hrsg.), Texte zur Theorie des Films, Stuttgart, 1998. 447~475쪽 참조.

문학의 독자와 집단적인 영화의 관객이라는 구분법은 디지털 시대에 이르러서는 더 이상 유효하지 않을지도 모른다. 종이 책 대신에 컴퓨터 모니터에서 읽히는 하이퍼텍스트의 존재만큼이나, 비디오레코더와 DVD와 같은 디지털 영상 기제의 발전과 인터넷으로 대변되는 효율적인 '배급'시스템은 영화 관람자와 독자의 존재론적 구분을 허용하지 않는다. 더구나 멀티미디어적 여러 요소들로 중무장한 인터넷 신문들의 존재는 과거처럼 인쇄되어 활자화된 '핫' 미디어의 독자와는 다른 '독서' 습관을 낳을 것이다. 이런 점에서 보자면 서로 상이한 매체 특성에 근거한 서사의 형태를 관찰하는 것이 매체 상호 간의 교호관계를 살펴보는 데 의미 있는 일이다.

『오기 렌의 크리스마스 이야기』와 <스모크>의 경우에서 보자면 이야기 내용이 어떻게 전달되는 것인지에 대한 관심뿐만 아니라, 저본 텍스트가 지닌 서사의 매체형식이 새로운 미디어에 있어서는 어떤 새로운 형식으로 표현되는가에 대해서 해명되어야 할 것이다. 구전문화의 특성인 서사가의 '목소리'는 활자화를 거치면서 많이 위축되어 몇 가지 문장기호나 문체상의 표식에 힘입어 서사가의 현재성을 보여 주는 데 어렵사리 성공하고 있다. 가령 쇼트 스토리에서 오기 렌이 작가에게 자신의 크리스마스 이야기를 들려주는 식당 장면은 다음과 같이 쓰여 있다.

우리는 한 블록을 걸어서 잭네 식당으로 갔다. 거기는 비좁고 떠들썩한 샌드위치 가게인데, 훈제 쇠고기 샌드위치가 아주 맛이 있고, 옛날 다저스 팀의 사진이 벽에 걸려 있는 곳이다. 우리가 뒤쪽에 자리를 잡고 음식을 주문하고 나자 오기는 이야기를 꺼냈다.

"1972년 여름이었어." 그가 말했다. "한 꼬마가 어느 날 아침 가게에 들어와서 물건을 훔치기 시작했지. 아마 열아홉이나 스물쯤 되었을 거야. 내가 봐 온 사람들 중에 가장 애처로운 좀도둑이었지. (……)"[267]

작가는 자신의 픽션 속에 등장하는 오기와 폴의 대화를 묘사함에 있어서 오기의 모든 이야기를 인용 따옴표 안에 집어넣음으로써 오기가 전하는 이야기의 독립성을 보장하는 일종의 격자 형식을 만들어 내고 있는 셈이다. 마치 오기가 전달하는 이야기는 그의 앞에 앉아 있는 폴에게 행하는 대화일 뿐이며 작가와는 무관한 서사상황이라도 되는 것처럼 연출된 것이다. 구전 전통에 근거한 오기의 이야기가 지닌 '목소리'와 작가의 문자성에 근거한 보고에서 드러나는 목소리는 다른 빛깔을 내고 있는 것이다. 동일한 장면이 영화 <스모크>에서는 다른 매체적 형식을 통해서 묘사된다. 『크리스마스 이야기』에서는 '우리가 뒤쪽에 자리를 잡고 음식을 주문하고 나자 오기는 이야기를 꺼냈다'라고 설명되었던 상황 설정이 <스모크>에서는 오기와 폴이 식탁에 앉고 오기가 어떻게 이야기를 꺼내는지 다음과 같이 부연 설명 없이 직접적으로 보여 준다.

---

267) 폴 오스터; 18쪽 이하.

웨이터, 간다. 오기는 다시 기사를 내려다본다. 폴이 돌아와 오기 맞은편 자리에 앉는다.

　폴: (자리를 잡으며) 자, 준비됐어?

　오기: 됐어. 언제든지 좋아.

　폴: 들을 준비가 됐어.

　오기: 좋아. (사이, 생각한다) 자네가 나더러 어떻게 해서 사진을 찍게 됐냐고 물었었지? (사이) 좋아. (사이) 1976년 여름이었어. 내가 막 비니 밑에서 일하기 시작했을 때로 돌아가는 거야. 독립 2백 주년 기념식이 있던 여름이었지. (사이) 어느 날 아침 한 꼬마 녀석이 가게에 들어와서 물건을 훔치기 시작했어. 앞쪽 창문 가까이에 있는 신문 선반 옆에서 셔츠 밑으로 잡지를 쑤셔 넣고 있었지. 그때는 카운터 주변에 사람이 많아서 처음에는 못 봤어.[268]

　<스모크>에서는 『크리스마스 이야기』에서 오기의 이야기를 문자로 옮기던 작가의 역할은 한편으로는 카메라의 시선 속으로, 다른 한편으로는 폴 벤자민(과 관객)에 의해서 관찰되는 주변인들과의 상황 설정 속으로 녹아 들어간다. 오기가 담담하게 풀어내는 이야기는 영화에서나 텍스트에서나 본질적으로는 구전성에 기반을 둔 동일한 내용이나, 오기의 입과 폴의 눈을 상징적으로 보여 줌으로써, 『크리스마스 이야기』에서 인용 따옴표의 처리를 통해서 제시하고자 했던 바와 같은 효과를 자아내고 있다. 그리고 오기가 이야기하는 내용은 오기의 내레이션에 덧붙어 간간히 무성의 흑백 화면으로 재구성되어 스크린에 흐른다.[269] 『크리스마스 이야기』에서는 오기가 자신의 경험담을 이

---

268) 폴 오스터, 180쪽 이하.

야기하는 부분이 초입 부분의 사건 전개 부분에 비해서 분량 면으로 훨씬 많게 배치되어 있지만 <스모크>에서는 오기가 폴에게 카메라를 얻게 되는 과정을 설명하는 부분은 얼핏 영화가 다 끝날 무렵에 마치 에필로그와 같은 형식으로 보이고 있다. 오기가 이야기하는 내내 카메라는 빅 클로즈업까지 해 가면서 주로 오기의 얼굴에 머물고 있고, 오기의 이야기가 다 끝나면 일종의 코다로서 폴의 타자기가 클로즈업되고 오기의 이야기의 첫 페이지에 제목의 마지막 단어가 타이프 쳐진다. 그런 후 톰 웨이츠의 음악이 나오면서 화면은 흑백 촬영 부분으로 디졸브된다. 오기가 이야기하는 그리 전형적이지 않는 크리스마스 스토리와 훔친 카메라를 다시 무단으로 집어 온다는 이야기가 상징적으로 보여 주고 있듯이 <스모크>에서는 훔친다는 것이 무엇인지, 무엇을 준다는 것이 무엇인지, 진실이란 무엇인지, 하여튼 이런 모든 질문들이 뒤섞여 있으며, 이러한 문제의식들이 등장인물들의 혈연적 관계와 서로 얽혀 오기와 폴의 주변을 마치 연기처럼 떠돌고 있다. 스모크, 즉 연기는 어떤 규정성을 지닌 것이 아니고, 연기는 현실을 제대로 바라보는 것을 방해하기도 하고, 항시 그 실체가 끊임없이 변화무쌍하다. 그러면서도 연기는 마치 봉수대의 연기처럼 위급함의 신호이기도 하고 새로운 변화의 출발점이기도 하다. 이 영화의 주인공들은 끊임없이 변화하고 그들의

---

269) 이 장면에서 오기의 내레이션에서는 드러나지 않지만 물건을 훔치다 들켜 달아난 로저 굿윈은 공교롭게도 폴과 다툼이 있었던 동네 갱이었다는 사실뿐 아니라, 바로 직전에 폴이 바라보았던 신문기사를 통해서 그가 보석을 털다가 사망했다는 사실을 관객들은 알아차리게 된다.

행위에는 규정성이 없다. 그리고 그들은 모두 오기의 '시가' 가게에서 이야기를 나눈다.[270] '브루클린 시가 컴퍼니'는 버츄얼한 실재(virtuelle Realität)와 현실(reale Realität)이 서로 영향을 주고받는 현대의 심미적 상황을 상징적으로 보여 주는 이야기의 공간인 것이다.

오기의 동일한 경험담이 텍스트에서는 '스토리 속의 스토리'로서, 영화에서는 '영화 속의 다른 영화'의 형태로 배치되면서 나름의 매체적 특성에 충실한 서사의 틀을 유지하고 있다면, 매일 같은 시간대에 동일한 장소를 촬영한 오기의 '우스꽝스럽고 어이없는' 사진들을 감상하는 장면에서는 '연기'와 같이 반복되는 일상사에서 예술의 기능에 대한 풍자적 성찰을 제시한다면 너무나 과한 표현일까? 처음에 오기의 '예술작품들'에 대한 폴의 속내는 다음과 같이 기록되어 있다.

> 나는 별다른 기대를 하지 않았었다. 하지만 그다음 날 오기가 보여 준 것은 전혀 예상 밖이었다. 가게 뒤에 달린 창문도 없는 작은 방으로 나를 데려간 오기는 두꺼운 종이로 된 상자를 열고 똑같이 생긴 열두 권의 검은 앨범을 꺼냈다. 그는 자신이 일생 동안 이것을 만들었지만 하루에 5분 이상 투자한 적이 없는 작품이라고 말했다. 그는 지난 12년 동안 매일 아침 정각 7시에 애틀랜틱 에브뉴와 클린턴 스트리트가 만나는 모퉁이에 서서 정확하게 같은 앵글로 딱 한 장씩 컬러 사진을 찍어 왔다. 그렇게 찍은 사진들이 이제는 4천 장이 넘었다. 앨범 한 권이 한 해 분량이었고, 사진들은 1월 1일부터 12월 31일까지 순서대로 붙어 있었다.

---

270) 이러한 전제조건에서 출발하는 서사의 양태는 결코 맥루한이 구분한 '핫'한 상황을 야기하지는 않을 것이다.

사진들 밑에는 꼼꼼하게 날짜가 기록되어 있었다.[271]

 앨범을 열고 오기의 작품들을 자세히 보기 시작하면서 폴은 오기의 사진들이 그가 보아 온 것들 중에서 가장 우스꽝스럽고 어이없는 짓이라는 생각을 떨칠 수 없다. '모든 사진들이 똑같았다. 똑같은 거리와 똑같은 빌딩들의 반복이 나를 멍하게 만들었고, 지나치게 많은 이미지들이 무자비하게 밀고 들어와서 착란 상태가 될 지경'이라고 생각하는 폴에게 오기는 "너무 빨리 보고 있어. 천천히 봐야 이해가 된다고"라고 너스레를 떨고, 폴은 그제야 매일매일 빛의 차이와 사진 속의 등장인물들로 인해 다른 동일하지만 미묘한 변화가 있는 다른 사진들이라는 사실에 공감한다. 영화에서는 롤랑 바르트의 개념인 사진의 풍크툼(punktum)적 특성이 스튜디움(studium)적으로 변화되는 쇼크의 순간이 삽입되어 있다. 사진들을 넘겨보던 폴이 죽은 부인 엘렌이 우연히 사진 한 장에 들어 있는 것을 발견한 것이다.

 앨범의 사진들 클로즈업. 하나씩 하나씩. 각각의 사진이 스크린에 가득 찬다. 오기의 작품이 우리 앞에 펼쳐진다. 사진이 계속 스크린을 채운다. 같은 장소 같은 시간에 일어난 그해의 각기 다른 순간들. 클로즈업 안에 각기 다른 얼굴들의 클로즈업. 같은 사람이 다른 사진들에 나타나기도 한다. 때로는 카메라를 바라보기도 하고 때로는 다른 곳을 보고 있기도 하다. 수십 장의 정(靜)사진들. 마지막으로 폴의 죽은 아내 앨렌의 모습이 클로즈업된다.

---

271) 폴 오스터. 14쪽 이하.

폴의 얼굴 클로즈업.
폴: 맙소사. 이것 봐. 엘렌이야.

카메라가 뒤로 빠진다. 오기, 폴의 어깨너머로 본다. 폴의 손가
락이 엘렌의 얼굴을 가리키고 있다.[272]

이 장면에서는 명백한 동일 모티브를 반복적으로 촬영한 사
진들이 나열되어 있는 사진앨범을 마치 책장을 넘기듯이 바라
보는 행위가 있다. 그 안의 사진들은 필름 화면을 통해서 영화
적으로 재구성되고, 동일한 모티브처럼 보인 사진들 속에서 어
떤 '차이'가 읽힌다. 사진 – 책 – 필름의 매체변환이 이뤄지는 순
간에서 수용자의 적극적인 인식행위에 근거한 새로운 의미의
발견이 뿌연 담배 연기 가득한 오기 렌의 담배 가게를 중심으로
살아가는 인간 군상들의 매번 반복되는 일상의 존재 이유를 규
정짓는 것은 아닐까? 한 장의 사진이 야기한 폴의 슬픈 기억이
관객들에게 전달되는 순간은 기존의 미디어에 의해 나르시스적
으로 마비된 우리의 감각이 자유로워지는 계기라고 읽힐 수 있
을 것이다.

---

272) 폴 오스터, 87~88쪽.

맺는 말을 대신하며

　유혹(seduction/Verführung)이란 누군가를 물리력을 사용하지
않고 조종(manipulate/manipulieren)하는 것을 말한다. 누군가를 홀
려서 처음의 생각에 반하는 행위를 하도록 이끄는 행위를 유혹
이라 말할 수 있다. 제값보다 더 많이 받고 물건을 파는 행위나,
누군가의 마음을 빼앗아 욕망을 채우는 사적인 영역에서뿐만
아니라, 정치적 소신이나 종교적 양심에 저버리는 결과를 도출
시키는 공공영역의 행위들까지 유혹의 범주는 다양하다. '길을
잃게 만드는 것'이라는 라틴어 어원에서 볼 수 있듯이 서양문화
에서 유혹이란 주어진 길에서의 일탈을 의미하는 듯하다. 뱀의
유혹에 넘어간 이브의 이야기와 오디세우스 일행을 유혹하는
사이렌의 노래는 서구의 문화전통에 깊이 뿌리내린 원형적 사
고로서 유혹을 보여 주고 있으며, 주신(酒神)이자 유혹의 신인
디오니소스, 시이저의 유혹자('팜므 파탈') 클레오파트라, 천일
야화의 세헤라자데, 카사노바와 돈 후앙, 그레트헨을 유혹하는
파우스트 역시 이러한 전통을 기반으로 한 여러 이야깃거리를

제공한다. 또한 오비드의 <ars amandi> 이래로 이성을 유혹하는 사랑의 기술에 대한 '비책'과 '묘약'들이 존재한다('알파맨'-'알파걸' 신드롬). 한편 막스 베버의 카리스마 유형분석에 따르자면 유혹이란 권력과 통치술의 한 유형으로도 파악된다. 뭇 사람들을 감화시켜 자신의 의지에 따르게 하는 능력은 슈바이처와 간디의 경우처럼 긍정적인 의미를 지니기도 하지만 히틀러의 경우에서와 같이 매우 위험한 결과를 초래하기도 한다. 설득력과 여론조작 능력은 '유혹'의 실재적 측면이라 할 수 있으며, 파트릭 쥐스킨트의 『향수』는 이러한 맥락에서 유혹의 치명적인 특성을 잘 보여 주고 있다.

"쥐스킨트의 『향수』는 전후 가장 많이 팔린 독일어 문학작품이다. 30여 개 언어로 번역되어 천만 부가 넘게 팔렸으니 말이다. 『향수』를 읽는 묘미는 18세기 유럽의 풍속도 보는 듯한 느낌과 함께, 빠른 사건전개와 간결한 묘사와 상호 텍스트적 알레고리가 주는 즐거움일 것이다. 그러나 정작 작가인 쥐스킨트에 대해서는 알려진 것이 별로 없다. 『호밀밭의 파수꾼』을 쓴 샐린저와 마찬가지로 대중에 나서기를 싫어하고 사진도 거의 남기지 않았기 때문이다. 우리가 쥐스킨트 삶의 단면을 짐작할 수 있었던 것은 90년대 중반 <로씨니>라는 영화에 나오는 소심한 작가 빈디쉬의 모습에서였다. <글루미 썬데이>에서 레스토랑 주인 자보 역을 연기한 요하임 크롤이 세상물정 어두운 작가 빈디쉬, 아니 쥐스킨트의 이미지로 남아 있다. 벙거지를 어정쩡하게 눌러쓰고 자전거를 타고 슈바빙을 질주하는 천진난만한 작가 쥐스킨트, 여전히 사랑에 서툴지만 포도주 한 잔에 촌철살인의 유머를 구가하고 흥에 겨워 피아노 앞에 설 줄 아는 이 '어설픈' 작가의 모습은 비록 영화 속의 모습일지언정 작가의 실제 삶을 가장 잘 묘사해 주고 있다고 한다.

아이러니컬하게도 쥐스킨트의 첫 번째 장편 소설 『향수』에는 작가의 은둔자적 삶이 많이 반영되어 있다. 주인공 그르누이는 사회성이 결여된 고독한 향기의 장인으로 그려지고 있는 것이다. 『향수』는 '어느 살인자의 이야기'라는 부제가 보여 주듯이 18세기 프랑스를 배경으로 한 범죄소설의 외피를 두르고 있다. 생선 장수인 어머니의 사생아로 태어난 장 – 바티스트 그르누이는 궁핍한 유년기를 보내지만, 그는 천재적인 후각을 지니고 있었다. 아이러니한 것은 본인은 그 어떤 체취도 없다. 마치 그림자 없는 사람처럼 모든 이들에게 배척을 당한 그르누이는 세상의 모든 냄새를 소유하고 지배하고자 하는 복수심을 불태운다. 아름다운 한 소녀의 체취를 추적하고 그 향기를 담아내기 위해 살인도 서슴지 않는다. 자신의 천재적인 후각을 이용하여 향수장인이 될 것을 결심한 주인공은 25명이나 되는 젊은 여인들을 죽여 그들의 체취를 저장하여 본인의 체취로 위장하려는 시도를 감행한다. 시각의 세계에서는 얼굴을 가리는 가면을 통해서 익명성을 보장하듯이, 냄새의 세계에 살아가는 이들에게는 타인의 체취를 도용한 냄새의 가면이 익명성을 보장할 것이다. 그는 자신이 만든 향수 덕분에 처형을 모면하지만 바로 그의 매혹적인 체취를 갈망하는 한 무리의 군중들에 의해 잡아먹힌다. 동화 같은 황당무계한 이야기가 낯선 공포감을 유발하면서 만들어 내는 그로테스크의 대단원은 다음과 같은 예의 카니발리즘에 대한 정당성 부여로 끝을 맺고 있다. '그들이 사랑에서 비롯된 행동을 하기는 이번이 처음이었던 것이다.' 체취라는 일종의 자아 정체성을 의도적으로 만들어 낸 인간에 대한 신의 형벌은 타인들의 과도한 육화에의 열망이었던 것 같다."(『사이렌의 침묵』)

살인마 그르누이가 처형장에 끌려 나가는 장면에서 보이는 스펙터클한 '기적'의 장면은 다음과 같이 기록되고 있다.

"그 이상한 일은 바로 처형장과 그 주변 언덕에 구름처럼 모여 있던 만여 명의 사람이 한순간 갑자기 푸른 옷을 입고 마차에서 막 내려서는 작은 남자는 절대 <살인마>일 리가 없다는 확고한 믿음에 사로잡힌 일이었다. 사람이 바뀌었다고 의심하는 것이 아니었다. 그곳에서 내려서 남자는 그들이 며칠 전 교회 광장에서 법원 창문을 통해 본 그 남자가 틀림없었다. (……) 그가 살인자라는 사실은 의심의 여지가 없었다. 그런데 그럼에도 불구하고 그는 그 남자가 아니었다. 그럴 리가 없었다. 그가 살인자일 리가 없었다. 처형장 위에 서 있는 그는 무죄였다. 주교로부터 음료수 장사꾼에 이르기까지, 후작 부인으로부터 보잘것없는 세탁부에 이르기까지, 재판장으로부터 거리의 부랑아에 이르기까지 사람들은 한결같이 이 순간 그 사실을 깨달았다(353쪽)."

　　허나 결단코 그 길이 아닌데, '그럼에도 불구하고' 그 길을 가게 홀리는 '유혹'이 결코 부정적인 의미만을 지니는 것을 아니다. <위대한 침묵>의 자막에 흐르는 글귀처럼 말이다. "하느님 당신이 나를 유혹하였으니, 나는 홀려 여기에 이르렀나이다(Tu m'as séduit, o Seigneur, et moi je me suis laissé séduire)."

참고문헌

Adorno, Theodor W.: Ästhetische Theorie. Frankfurt/M. 1992.

Adorno, Theodor W.: Minima Moralia, Frankfurt/M. 1994.

Adorno, Theodor W.: Noten zur Literatur. Frankfurt/M. 1991.

Adorno, Theodor W.: Prismen. Kulturkritik und Gesellschaft. Frankfurt/M.
1987.

Assmann, Aleida/Jan Assmann/Christof Hardmeier(Hg.): Schrift und Gedächtnis.
Beiträge zur Archäologie der literarischen Kommunikation I. München
1983.

Assmann, Jan/Hölscher, Tonio(Hrsg.): Kultur und Gedächtnis. Frankfurt/M.
1988.

Assmann, Aleida/Dietrich Harth(Hg.): Mnemosyne. Formen und Funktionen
der kulturellen Erinnerung. Frankfurt a.M. 1991.

Baudrillard, Jean: Agonie des Realen. Berlin 1978.

Bazin, Andrè: The ontology of the Photographic Image, In: Gray,
Hugh(ed.) What is Cinema? vol.1 Berkley 1967 pp.9～16.

Behrens, Roger: Postmoderne. Hamburg 2004.

Behrens, Rudolf u. Figge, Udo(Hrsg.): Entgrenzungen. Studien zur
Geschichte kultureller Grenzüberschreitungen. Würzburg 1992.

Benjamin, Walter: Gesammelte Schriften, Frankfurt/M. 1980.

Benjamin, Walter: Berliner Kindheit um neunzehnhundert. Frankfurt/M.

1987.

Benjamin, Walter: Städtebilder. Frankfurt/M. 1973.

Beyle, Claud(Hrsg.): Une histoire du cinéma français. Paris 2000.

Blossfeldt, Karl: Urformen der Kunst. München/Paris 1994.

Blumenberg, Hans: Die Arbeit am Mythos. Frankfurt/M. 1979.

Böhm, G.(Hrsg.): Was ist ein Bild? Frankfurt/M. 1995.

Bohrer, Karl Heinz: Die Ästhetik des Schreckens. Die Pessimistische Romantik und Ernst Jüngers Frühwerk, München 1978.

Bohrer, Karl − Heinz(Hrsg.): *Mythos und Moderne*, Frankfurt/Main 1983.

Bolter, David/Grusin, Richard: Re − Mediations, Cambridge/Massachusetts/London 2000.

Bolz, Norbert: Am Ende der Gutenberg − Galaxis, München 1993.

Bolz, Norbert: Auszung aus der entzauberten Welt, München 1989.

Bourdieu, Pierre: Soziologie der symbolischen Formen, Frankfut/Main 1983.

Bourdieu, Pierre: Zur Soziologie der symbolischen Formen. Frankfurt/M. 1994(5.Auf.).

Brandt, Reinhard: Die Wirklichkeit des Bildes. Sehen und Erkennen − Vom Spiegel zum Kunstbild. München 1999.

Brod, Max: *Über Franz Kafka*, Frankfurt/Main 1962.

Bürger, Peter: Prosa der Moderne. Frankfurt/M. 1992.

Bürger, Peter: Ende der Avantgarde? In: Die Neue Rundschau Jg. 106(1995) H. 4.

Cassirer, Ernst: Mythischer, ästhetischer und theoretischer Raum, Hamburg 1930.

Derrida, Jacques: *Die Einsprachlichkeit des Anderen oder die Prothese des Ursprungs. Für David Wills,* In: Haverkamp, Anselm(Hrsg.): *Die Sprache der anderen.Übersetzungspolitik zwischen den Kulturen,* Frankfurt/Main 1997: S. 15 ～ 41.

Derrida, Jacques: Die Schrift und die Differenz. Frankfurt 1992(1976).

Eames, Charles: A Computer Perspective: Background to the Computer

Age. Cambridge 1990.

Eco, Umberto: Nachschriften zum "Namen der Rose". München 1986.

Elsaesser, Thomas: Filmgeschichte und frühes Kino. Archäologie eines Medienwandels. München 2002.

Eming, Jutta u.a.(Hrsg.): Mediale Performanzen, Historische Konzepte und Perspektiven, Freiburg 2002.

Emrich, Wilhelm: Protest und Verheißung. Studien zur klassischen und modernen Dichtung, Frankfurt/Main: Bonn 1968.

Enzensberger, Hans Magnus: Lob des Analphabeten. In: Über die schwarze Kunst. Nördlingen[p.14] 1985.

Faber, Richard(Hrsg.): Literatur der Grenze – Theorie der Grenze. Würzburg, 1995.

Febel, Gisela u.a.(Hrsg.): Kunst und Medialität. Stuttgart 2004.

Fellmann, Ferdinand: Von der Bildern der Wirklichkeit zur Wirklichkeit der Bilder. in: Sachs – Hombach, Klaus/Klaus Rehkämper(Hrsg.): Bild – Bildwahrnehmung – Bildverarbeitung. 2.Aufl. Wiesbanden 2004, S. 187～195.

Fellmann, Ferdinand: Wovon sprechen die Bilder? Aspekte der Bild – Semantik. in: Recki, Birgit/Lambert Wiesing(Hrsg.): Bild und Reflexion. München 1997, S. 147～159.

Florida, Richard: The Flight of the Creative Class. New York 2004.

Flusser, Vilém: Die Schrift. Hat Schreiben Zukunft? Frankfurt/M., 1993.

Foucault, Michel: Die ordnung der Dinge. Frankfurt/M. 1974.

Freud, Sigmund/Carl Gustav Jung: Briefwechsel. Frankfurt/M. 1974.

Geertz, Clifford: Dichte Beschreibung. Frankfurt/M. 1994(1987).

Giesecke, Michael: Der Buchdruck in der frühen Neuzeit. Eine historische Fallstudie über die Durchsetzung neuer Informations – und Kommunikationstechnologien. Frankfurt a.M. 1991.

Giuliani, Luca: Bild und Mythos. München 2003.

Goodman, Nelson: Sprachen der Kunst. Frankfurt/M. 1995.

Goody, Jack(Ed.): Literacy in Traditional Societies. Cambridge University Press. Cambridge 1968. Dt.: Literalität in traditionalen Gesellschaften. Frankfurt a. M. 1981.

Goody, Jack/Ian Watt: The Consequences of Literacy(1963). In: Literacy in Traditional Societies. Ed. by Jack Goody. Cambridge University Press. Cambridge 1968, S. 27 – 68. Dt.: Entstehung und Folgen der Schriftkultur. Mit einer Einleitung von Heinz Schlaffer. Frankfurt a. M. 1986.

Günter, Manuela: Anatomie des Anti – Subjekts. Zur Subversion autobiographischen Schreibens bei Siegfried Kracauer, Walter Benjamin und Carl Einstein. Würzburg 1996.

Habermas, Jürgen: Die Verschlingung von Mythos und Aufklärung.. in; Bohrer, Karl Heinz(Hrsg.): Mythos und Moderne. Frankfurt/M. 1983. S. 405～431.

Habermas, Jürgen: Theorie des kommunikativen Handelns Bd1. Bd2. Frankfurt a.M. 1995.

Halbwachs, Maurice: Das kollektive Gedächtnis. Frankfurt/M. 1985.

Helbig, J.(Hrsg.): Intermedialität, Theorie und Praxis eines interdisziplinären Forschungsgebiet, Berlin 1998.

Henzler, Harald: Literatur an der Grenze zum Spiel: eine Untersuchung zu Robert Walser, Hugo Ball und Kurt Schwitters. Würzburg 1992.

Herz, Rudolf u.a.: Revolution und Fotografie. München 1918～19, Berlin 1988, insb. S. 251～274.

Horkheimer, Max: Gesammelte Schriften. Bd. 5: Dialektik der Aufklärung und Schriften 1940～1950. Frankfurt/M. 1987.

Howe, Irving: Mass – Society and Postmodern Fiction In: Partisan Review XXVI, 1959, S.420～436.

Hug, Theo(Hrsg.): Technologiekritik und Medienpädagogik. Zur Theorie und Praxis kritisch – reflexiver Medienkommunikation, Baltmannsweiler: Schneider – Verl. Hohentgehren, 1998.

Hüppauf, Bern: Experiences of Modern Warfare and the Crisis of Representation. In: New German Critique Nr. 59 S. 41~76.

Hüppauf, Bernd: Der entleerte Blick hinter der Kamera, In: Heer, Hannes u.a.(Hrsg.) Vernichtungskrieg, Hamburg 1995, S. 504~527.

Ivins, William M.: On the Rationalization of sight. New York 1973.

Jaspers, Karl: Die geistige Situation der Zeit, Stuttgart 1977.

Jens, Walter: Statt einer Literaturgeschichte. Dichtung im zwanzigsten Jahrhundert, München 1990.

Jung, Carl Gustav/Karl Kerényi: Einführung in das Wesen der Mytholgie. Zürich 1951.

Jung, Carl Gustav: Archetypen. 12. Aufl. München 2001.

Jünger, Ernst(Hrsg.): Das Antlitz des Weltkriegers. Fronterlebnisse deutscher Soldaten, Berlin 1930.

Jünger, Ernst: Sämtliche Werke, Stuttgart 1979.

Kaempfer, Wolfgang: Ernst Jünger, Stuttgart 1981.

Kafka, Franz: Beschreibung eines Kampfes. Frankfurt/M. 1983.

Kemp, Wolfgang: Foto – Essays zur Geschichte und Theorie der Fotografie. München 1978.

Kiesel, Helmuth(Hrsg.): Ernst Jünger 1895~1995, Heidelberg 1995.

Kittler, Friedrich A.: Aufschreibesysteme 1800 · 1900, München 1995(1987)(3. überarb. Aufl.)

Kittler, Friedrich A.: Die Parameter ändern. Ein Gespräch mit Rudolf Maresch am 4. 4. 1992. In: Tulmut, Nr. 19. Wien, 119~131.

Kittler, Friedrich A.: Draculas Vermächtnis. Technische Schriften, Leipzig 1993.

Kittler, Friedrich A.: Grammophon Film Typewriter, Berlin 1986.

Klarer, Mario. Einführung in die neuere Literaturwissenschaft. Darmstadt, 1999.

Kracauer, Siegfried. The Nature of Film: The Redemtion of Physical

Reality. London, 1961.

Ledgerwood, Mikle D. "The Semiotics of Cyberspace: Part One, Persona", in: Ernest W. B. Hess − Lüttich, Jürgen E. Müller & Aart van Zoest(Hrsg.). Signs & Space. Raum & Zeichen, Tübingen 1998. 275∼289.

Lethen, Helmut: Verhaltenslehren der Kälte. Lebensversuche zwischen den Kriegen, Frankfurt/M. 1994.

Levin, Harry: What was modernism? In: Massachusetts Review, 1960, S. 609∼630.

Lüdeking, Karlheinz: Bildende Kunst als Bildkritik. Was unterscheidet den pictorial turn vom linguistic turn. In: Sachs − Hombach: Wege zur Bildwissenschaft. Köln. 2004. S. 255∼266.

Luhmann, Niklas: Die Realität der Massenmedien, Opladen 1996.

Lukács, Georg: Gedanken zu einer Ästhetik des Kino. in: Schweinitz, Jörg(Hrsg.): Prolog vor dem Film. Nachdenken über ein neues Medium 1909 − 1914. Leipzig 1992. S. 300∼305.

Lukács, Georg: Metaphysik der Tragödie, in: Logos. Internationale Zeitschrift für Philosophie der Kultur Bd. II:S. 79∼91(1911).

Lukács, Georg: Theorie des Romans, Darmstadt/Neuwied 1971.

Lukács, Georg: Von der Armut am Geiste, in: Neue Blätter(1912) S. 66∼92.

Lyotard, Jean − François: Beantwortung der Frage: Was ist Postmoderne? In: Engelmann, Peter(Hrsg.) Postmoderne und Dekonstruktion. Stuttgart 1990, S. 33∼48.

Lyotard, Jean − François: Der Widerstreit. München 1989.

Lyotard, Jean − François: Das postmoderne Wissen. Wien 1999.

Manovich, Lev: The Language of New Media, Cambridge 2002.

Martus, Steffen: Ernst Jünger, Stutgart 2001.

Mattenklott, Gert(Hrsg.): Ästhetik des Ähnlichen. Zur Poetik und Kunstphilosophie der Moderne. Frankfurt/M. 2001.

Mattenklott, Gert. Blindgänger. Frankfurt/M., 1986.

Mattenklott, Gert: Postwendend. Eine Retourkutsche an die Verfechter der Moderne. In: Guggenberger, Bernd(Hrsg.): Postmoderne oder Das Ende des Suchens? Egginen 1992, S. 127~139.

Maturana, Humberto.: Der Baum der Erkenntnis. München 1987.

Maturana, Humberto: Biologie der Realität. Frankfurt a.M. 2000.

McLuhan, Marshall: Die magischen Kanäle. Düsseldorf/Wien, 1992.

McLuhan, Marshall: Understanding Media, The Extension of Man, N.Y/London 1964.

Menke, Betinne: Das Nach — Leben im Zitat. In: Haverkamp, Anselm/Lachmann, Renate(Hrsg.): Gedächtniskunst. Raum — Bild — Schrift. Frankfurt/M. 1991. S. 74~110.

Mersch, Dieter: Ereignis und Aura, Untersuchungen zu einer Ästhetik des Performativen, Frankfurt/M. 2002.

Michalski, Ernst: Die Bedeutung der ästhetischen Grenze für die Methode der Kunstgeschichte. Berlin 1996.

Misch, Georg: Geschichte der deutschen Autographie im 18. Jahrhundert. Theoretische Grundlegung und literarische Entfaltung, Stuttgart 1977.

Moholy — Nagy, Lazlo: Malerei, Fotografie, Film, München 1927.

Müller, Jürgen E. Intermedialität. Münster, 1996.

Nagl — Docekal, Herta(Hrsg.): Der Sinn der Historischen. Frankfurt 1996.

Neaman, Elliot Yale: A Doubious Past. Ernst Jünger and the politics of literature after Nazism, Berkeley/Los Angeles/London 1999.

Newhall, Beaument: The History of Photography from 1839 to the Present Day. New York 1964.

Niggl, Günter(Hrsg.): Die Autobiographie. Zur Form und Geschichte einer Literarischen Gattung, Darmstadt 1998.

Nünning, Angsgar. Metzler Lexikon Literatur — und Kulturtheorie. Stuttgart, 1998.

Paech, Joachim u.a. Intermedialität, in: Franz — Josef Albersmeier(Hrsg.),

Texte zur Theorie des Films, Stuttgart, 1998. 447~475.

Pascal, Blaise: Gedanken. Stuttgart 2004.

Pawek, Karl: Das optische Zeitalter, Freiburg 1963.

Pohl, Walter(Hrsg.): Grenze und Differenz im frühen Mittelalter. Wien 2000.

Politzer, Heinz: Franz Kafka, der Künstler, Frankfurt/Main 1965.

Pongs, Hermann: Franz Kafka. Dichter des Labyrinths, Bamberg 1960.

Probst, Peter: Die Macht der Schrift. Zum ethnologischen Diskurs über eine populäre Denkfigur. In: Anthropos 87(1992), S. 167~182.

Rajewsky, Irina O.: Intermedialität. Tübingen 2002.

Rajewsky, Irina O.: Intermedialität. Tübingen 2002.

Recki, Birgit/Lambert Wiesing(Hrsg.): Bild und Reflexion. München 1997.

Sachs – Hombach, Klaus/Klaus Rehkämper(Hrsg.): Bild – Bildwahrnehmung – Bildverarbeitung. 2. Aufl. Wiesbanden 2004.

Said, Edward W.: Culture and Imperialism, N.Y. 1994.

Schlesier, Renate(Hrsg.): Faszination des Mythos. Studien zu antiken und modernen Interpretation. Basel u. Frankfurt/M.. 1991.

Schlesier, Renate: Kult, Mythen und Gelehrte. Anthropologie der Antike seit 1800. Frankfurt/M. 1991.

Schmeling, Manfred u.a(Hrsg.): Literatur im Zeitalter der Globalisierung. Würzburg 2000.

Schmidt, Siegfried(Hrsg.): Der Diskurs des radikalen Konstruktivismus Frankfurt a.M. 2003.

Schmidt, Siegfried J.(Hg.): Gedächtnis. Frankfurt/M. 1992.

Schmidt, Siegfried J.: Gedächtnis – Erzählen – Idendität. In: Assmann, Aleida/Harth Dietrich(Hrsg.): Mnemosyne. Formen und Funktionen der kulturellen Erinnerung. Frankfurt/M. 1991. S.378 – 400.

Schnell, Ralf: Medienästhetik Zu Geschichte und Theorie audiovisueller Wahrnehmungsformen, Stuttgart; Weimar: Metzler, 2000.

Schultz, Edmund(Hrsg.): Die veränderte Welt. Breslau 1933.

Schulz, Martin: Ordnungen der Bilder. München 2005.

Simanowski, Roberto: Interfictions, Vom Schreiben im Netz, Frankfurt/M. 2002.

Sontag, Susan: Kunst und Antikunst. Frankfurt/M. 1988.

Steinbrenner, Jakob: Die Ähnlichkeit und die Bilder. in: Sachs – Hombach, Klaus/Klaus Rehkämper(Hrsg.): Bild – Bildwahrnehmung – Bildverarbeitung. 2.Aufl. Wiesbanden 2004, S. 125 ~ 130.

Todorov, T.: La naissance de l'individu dans l'art. Paris 2005.

Turk, Horst: Philologische Grenzgänge. Zum Cultural turn in der Literatur. Würzburg 2003.

Virilio, Paul: Guerre et Cinéma 1. Logistique de la perception. Paris 1981.

Wagner, Birgit. Technik und Literatur im Zeitalter der Avantgarden. München, 1996.

Welsch, Wolfgang.: Grenzgänge der Ästhetik. Stuttgart 1996.

Welsch, Wolfgang: Unsere postmoderne Moderne. Berlin 1997.

Wenzel, Horst: Vom Anfang und vom Ende der Gutenberg – Galaxis, in: Musner, Lutz u.a.(Hrsg.): Kulturwissenschaften Wien 2002, 339 ~ 355.

Whitford, Frank: Das Bauhaus, Darmstadt 1993.

Wiggershaus, Rolf: Die Frankfurter Schule. München/Wien, 1986.

Wortmann, Volker: Authentisches Bild und Authentisierende Form. Köln 2003.

Zischler, Hanns: Kafka geht ins Kino. Reinbek 1996.

김영룡(에세이스트)

서울대학교, 마르부르크 대학교 및 FU 베를린 졸업(Ph.D.)
서울대학교, 한양대학교, 광운대학교 등에서 강의, 상지대학교 연구교수

『세계의 서사가능성』
『사이렌의 침묵』
『드라큘라의 유산』
『뉴미디어 시대의 자서전』
『진리요구와 삶의 서사적 의미성』
『서사의 권위와 진정성』

내 안의 너

삶의 시화 詩化 와 문학의 탈신화 脫神化

초 판 인 쇄| 2011년 2월 25일
초 판 발 행| 2011년 2월 25일

지 은 이| 김영룡
펴 낸 이| 채종준
펴 낸 곳| 한국학술정보㈜
주   소| 경기도 파주시 교하읍 문발리 파주출판문화정보산업단지 513-5
전   화| 031) 908-3181(대표)
팩   스| 031) 908-3189
홈 페 이 지| http://ebook.kstudy.com
E - m a i l| 출판사업부 publish@kstudy.com
등   록| 제일산-115호(2000. 6. 19)

ISBN   978-89-268-1974-6 03810 (Paper Book)
            978-89-268-1975-3 08810 (e-Book)

이담
books 는 한국학술정보(주)의 지식실용서 브랜드입니다.